公子有點忙 3

風 文創 447

佑眉 著

目錄

第二十四章 書院盛會

和其他幾家大族的雞飛狗跳不同，陳家由內而外都透著一股子喜氣。

尤其是李靜文，瞧見長高了快一頭的兒子，又是開心又是難過，親自下廚做了一頓陳毓愛吃的飯菜後，把之前準備的很多衣物一股腦兒拿了出來。

即便陳毓不在跟前，李靜文每年每季製作新衣時都還是給陳毓做了幾套，有的能及時送過去，有的則堆在家中，以致陳毓瞧見鋪了滿床的衣服時，整個人都傻了。

「娘，我哪裡穿得了這麼多？」陳毓口裡雖這樣說，卻聽話的全都收下，又挑出幾套身量稍微小些的，想著待會兒送給小七。

知道陳毓要出去，李靜文幫著選定了一件天藍色有著精緻繡花的書生長袍，越發襯得陳毓面白如玉。又替他把玉珮、寄名鎖、鑰匙扣等零碎東西給一一掛好，後退一步上下打量一番，臉上神情又是開心又是酸楚——毓兒真的長大了呢！

她忽然想到什麼，回頭對老神在在坐在一旁喝茶的陳清和道：「我一直覺著咱們毓兒還小呢，可你猜怎麼著？昨兒個鄭家的太太過府，想要給咱們毓兒作媒呢。」

正低頭整理衣襟的陳毓怔了下，不知為何，眼前不期然閃過小七的影子。

陳清和「唔」了一聲。「咱們毓兒還小，待得舉業有成，再討論婚姻大事也不為遲。」

毓兒這麼小就中了縣試的案首，終身大事怎麼也得等到鄉試之後……

李靜文心裡也是作此想，當下含笑應了，剛要囑咐陳毓些什麼，卻發現陳毓低著頭，連耳朵都有些發紅，一時是既納罕又好笑。

毓兒從來都是小大人似的，難得露出這麼無措的一面。

直到走出很遠，陳毓還能聽見身後爹娘的笑聲，臉上燒得慌。

上一世也曾有過年少慕艾的青春時光，只是十分短暫，及至後來亡命天涯、落草為寇，便再興不起成家的念頭了。鎮日裡過的是刀口上舔血的日子，說不好什麼時候就得橫死，何苦成親拖累家人？

沒有想到這一世這麼早便會觸及這個問題，更讓陳毓無法理解的是，方才娘親說到自己親事時，腦海裡竟不經意間跳出了小七的模樣——難不成真要問問小七有沒有生得相似的姊妹？

「什麼？」小七的聲音忽然響起。

陳毓抬頭，身體一下僵住，原來自己不經意間已來至沈府，因為想得太入神，連小七來到身邊都不知道。看小七的反應，難不成自己把心裡的話說出來了？

小七猶自有些懵懂。詢問自己有沒有姊妹也就罷了，為什麼還要相似的？雖然大哥交代過不可透露身世，這個問題還是可以作答的，當下點頭道：「我大姊吧，家人都說我大姊和我有六分像呢。對了，你問這個做什麼？」

「啊，沒事。」陳毓強自鎮定，忙把手裡的包裹遞過去。「這是我娘做的衣服，我給你挑了幾件，你選一件穿，咱們待會兒去西昌書院一趟吧。」

今日是西昌書院書法盛會第一天，陳毓名義上也是替柳和鳴來參加這次盛會的，即便心懸著西昌府不久後就要迎來的那場暴雨，但無論如何也得去走一遭。

小七接過包裹，打開來，眼睛亮了下，笑著道：「真該拿給那嚴宏瞧瞧，胡說什麼你貪慕他家錢財，真真讓人笑掉大牙。」

雖說是幾件袍子罷了，可全是最上等的布料裁成，儘管嚴宏自詡京城貴公子，想要買到這種頂級的料子怕也得費些周折，陳毓卻隨隨便便就送人了。

小七知道陳家的底細，當下也不客氣，提著進了房間，換好衣服準備出門時，忽然想到一件事，便叫住旁邊的丫鬟。「如果有人向妳打聽有沒有生得相似的姊妹，這是什麼意思？」

「相似的姊妹？」那丫鬟也是個蕙質蘭心的，年紀又大了好幾歲，聽小七這般問，抿嘴一笑道：「小公子生得這般俊，家裡姊妹肯定也生得美，真有人這麼問公子，怕是想要和公子家攀親呢。」

「攀親？」小七臉上頓時「轟」的一下，像是燒著了一般。甚而直到走出院子，還有些恢復不過來。

「怎麼了，臉這麼紅？」瞧見小七兩頰緋紅，陳毓有些擔心，便探手碰了一下。

小七慌得身體猛往後仰，神情有些慍怒。「你做什麼？」陳毓的手尷尬的停在半空，越發摸不著頭腦。怎麼這些日子以來，小七的性子越發喜怒無常了？

知道自己反應太過了，小七有些忸怩，頓了一下道：「你不是說要去書院嗎，咱們走吧。對了，師父說師兄熟路，讓他領著我們一塊兒去。」

兩人說著來至院外，沈胤已經在外面候著了，他的旁邊還有一輛馬車。

數日不見，沈胤明顯瘦了很多，神色憔悴。瞧見陳毓和小七連袂而來，起身迎了過來。「陳公子、小七。」

「沈大哥太客氣了，你叫我的名字便好。」陳毓擺手道。

小七心裡有事，便也不和兩人囉嗦，只管往車上爬，沒留神，差點兒碰到車廂門。

「慢著些。」陳毓和沈胤齊齊道。

到底是陳毓動作更快，手堪堪放到車廂門那兒，幫小七擋了一下，下意識的瞧了沈胤一眼。小七什麼時候同沈胤關係這般好了？不知為何，瞧著這個沈胤越發不順眼起來。

當下只不發一言的跟著上車，探頭瞧瞧騎著馬跟在車後面的沈胤，壓低聲音道：「沈大哥怎麼了？」

還記得剛到西昌府時，沈胤就跟個刺蝟似的，逮誰扎誰，尤其是對虛元師徒，真是要多厭惡就有多厭惡。

陳毓問得含糊，小七卻馬上明白陳毓的意思。「沈大哥的性子其實和師父很像，這麼多年來，雖是沈家有意誘導，沈大哥的性子有些偏激，可究其根底，其實是個重情的人。」

這樣的人，但凡接收到他人一點善意，便會銘記於心。這般想著，小七又有些慚愧，要說之前，自己其實算計了沈胤。

那日王淺語私會沈胤，正好被自己撞見，畢竟從醫小有時日，瞧見王淺語走路的姿勢，小七便斷定，這個女人已然有了身孕。她隨便彈了點藥粉，令王淺語整張臉腫脹起來，以沈胤對王淺語之深愛，即便王淺語不願，依舊被強行送到醫館。

沈胤自然就順理成章的知道了，原來自己不惜為了她和親生父親決裂的女神，究其實質，也和娼館裡的婊子沒什麼兩樣……

「站住！」一聲斷喝忽然在車外響起，若非車夫的技術一流，兩個人說不好會被掀翻在地。

陳毓探頭往外瞧了一眼，臉色有些不好看。馬車這會兒堪堪停在峭壁的邊緣，虧得方才沒有傾覆，不然自己和小七就得萬劫不復了。

陳毓忙護著小七從車上下來，前面不遠就是西昌書院山門，這會兒一個身著絳色團花錦衫、眉眼清秀的十五、六歲少年攔在車前。他的身邊還有一個身著藍色長袍、年歲差不多的少年。那少年比錦衫少年高出了足足半個頭，再加上綺年玉貌，瞧著竟是比女子還要秀美。

兩人也瞧見從馬車上下來的陳毓二人，錦衫少年眼底閃過厭惡的神色，他旁邊的藍衣少年沒想到車上坐了這麼兩個風流俊秀的少年，一時瞧得有些呆了。

「小毓、小七，你們兩個沒事吧？」沈胤看兩人下來，忙上前詢問。

陳毓尚未搭話，那錦衫少年已狠狠的在地上「呸」了一聲，怒罵道：「貪慕富貴的小人，無恥之尤！簡直枉披了張人皮！先用盡陰謀詭計把對你恩重如山的叔父一家逼入絕境，又利用卑劣手段壞我姊姊的名聲，似你這等不忠不義、禮義廉恥全無的混帳，自己巴結權貴也就罷了，可莫要玷污了我們書院聖地，有我王朗在此，你休想踏入書院一步，現在、馬上、滾！」

王朗？壞他姊姊的名聲？陳毓心中了然，眼前無比仇視自己一行人的少年，是沈胤以前的小舅子吧？瞧他頤指氣使的模樣，怕是過去對沈胤都是這般態度。

要說王家也真夠極品的，即便沈胤之前在沈家處境不妙，好歹也是大房嫡子，真娶了王淺語這個庶女，怎麼說都是受委屈的那一個。王家人倒好，一個個給了沈胤多大恩惠似的，動不動就以退婚威脅。還有，什麼叫壞他姊姊名聲？明明是王淺語自己水性楊花還想賴上沈胤，怎麼成了沈胤對不起他們了？

小七暗自苦笑一聲。就說沈胤是個重情的呢，王淺語都做到這步了，沈胤痛苦絕望之餘，依舊不願把王淺語逼到絕境，只默默把婚退了，對退婚的原因隻字不提，以致坊間早把沈胤說成了道德敗壞的小人……

看王朗一直糾纏不休，沈胤也有些惱了，臉色一沈，猛地抬手推開几自罵個不休的王朗，引領著陳毓二人往山門處而去。

王朗沒想到向來在自己面前小心翼翼討好的沈胤敢這般對待自己，一時連躲都忘了，踉蹌一下，臉色鐵青。

「好了！」旁邊的藍袍少年也覺得王朗所言有些過了，忙小聲勸阻。「今兒畢竟是書院盛會的第一日，這麼多賓客，真是鬧出了什麼，怕是會被山長責罰。」

「你知道什麼?!」王朗哪裡吃過這樣的虧？眼瞧著沈胤三個就要進入山門，忽然一把推開藍衣少年，梗著脖子道：「沈胤，你給我站住。」

聲音響亮，令得其他正要進山門的人紛紛側目。

一個站在山門處引頸張望著山路的書生明顯被驚擾到，神情立時有些不悅，斥道：「今天是什麼日子？你這般大呼小叫成何體統？這麼多客人面前，沒得丟了書院的臉面。」

王朗頓時就有些吶吶，倒是藍袍少年忙道：「澄海師兄怎麼也下來了？可是有什麼貴客要到？」

澄海師兄可是山長劉忠浩大師的得意弟子，不獨在書院中，便是在書法界也闖出了不小的名頭，前年更是高中進士。實在想不出，哪方貴客可以勞動澄海師兄親自在此恭候？

那叫澄海的書生明顯同藍袍少年較為熟悉，神情緩和了些，點了點頭道：「是子玉啊，我是替山長來迎接書院貴客的。」

他又瞟了眼王朗，語氣卻嚴厲得多。「平日裡也就罷了，今日萬不可行差踏錯，沒得墮了我們書院的臉面。」

姚澄海還要再說，又一群人從山下走來，為首的是一個三十左右的男子，看到山門旁的眾人，遠遠的就打招呼。「澄海！」

「恩銘兄？」姚澄海神情一喜，忙忙的迎了上去。「恩銘兄公務繁忙，我還以為恩銘兄不會到了呢。」

他忙叫來鄭子玉，囑咐他待會兒若是有白鹿書院的貴客前來，讓他趕緊派人通知自己。

瞧著姚澄海陪著客人上山，王朗頓時鬆了一口氣。姚澄海走了，自己想做什麼就不用再束手束腳了。

待得抬頭，他臉色再次沈了下來，這片刻間，沈胤已帶了陳毓和小七走出老遠了。

王朗惱火至極，噔噔噔上前幾步，一把扯住沈胤的衣襟，沈著臉道：「喲呵，合著我方才的話全都白說了？你沈大公子沒臉沒皮的想要巴結什麼人、去什麼地方遊山玩水都是你自己的事，只今兒個可是咱們西昌書院三年一度的盛事，可不是什麼阿貓阿狗隨隨便便可以進的。」

始終跟在旁邊的鄭子玉有些尷尬，上前輕輕拉了下王朗。「阿朗，事情已經過去了，方才姚師兄不是說了嗎？」

王朗的眉頭一下蹙了起來，雖是壓低了聲音，語氣卻明顯很是不滿。「什麼叫已經過去了？姚師兄又怎樣！你也知道，當初我家是如何照顧這個畜生的，憑他那般爛泥扶不上牆的沒出息樣，若非可憐他，焉能答應和他這種東西結親？倒沒想到這廝找回親爹，奪了沈家的大權，做出這等背信棄義之事，我們家人當初真是瞎了眼！」

沈胤一旁聽著，臉色蒼白無比；小七冷眼瞧著一語不發；至於陳毓，則是臉色冷凝。

這王家人是假蠢還是真蠢啊？沈胤這般容讓，一力承擔起退親的過錯，於王家而言已經是燒高香了。王家人倒好，這個時候不想著夾著尾巴做人，還就敢這麼鬧起來，也不想想事情真傳出去，到底是誰無法做人！

陳毓自然不知道，自己其實冤枉王家了。

王淺語搞出未婚先孕這樣傷風敗俗的事，王家人恨不得把所有知情人的嘴巴都縫起來，王朗年紀又小，王家其他人自然不會跑到他面前說嘴。只耐不住王淺語姊弟的生母喬姨娘是個不省心的，關於王淺語被退親的所有情形，王朗全是從她那兒聽說的，黑白自然就全都顛倒了。

王朗本來就瞧不起沈胤，又是目中無人的狂妄性子，聽了後火冒三丈，這些日子一直想堵著沈胤，好生出一口惡氣。

這會兒他好不容易在這裡把人給找著了，尤其還帶了陳毓來——姨娘可是說得清楚，那沈胤不就是巴上了這狗屁知府家的公子，才敢那麼對待姊姊？

方才有姚澄海在，王朗不敢放肆，這會兒人既然走了，自己又怕些什麼？他揪著沈胤的衣襟，就想往下搡。「禽獸不如的東西！沒聽見我的話嗎？出去！」

哪知手腕卻一下被人給攥住，王朗抬頭，只見沈胤正無比凶狠的瞧著自己。

還從未見過沈胤這麼狠戾的一面，王朗愣了一下，下一刻更加惱火。「便是你爬上了沈家繼承人的位置又如何？這書院也不是你隨便想進就能進的，想要擺譜的話，盡可去那些銷金窟。書院這般聖地，你和你的狐朋狗友也配在此立足？」

王朗會這般定位陳毓和小七兩個也不是全無依據，以沈胤之前偏激的性子，哪裡交得上上得了檯面的朋友？而眼前兩人，那個小七王朗已經派人打探過，乃是沈喬的弟子，一個出家人，還能收了什麼出自名門的弟子？

至於這陳毓，也就是不學無術的紈袴罷了，不然，怎麼交好沈胤這樣沒出息的東西？

「好啊，那你倒詳細說說，不過是退了和你家的親事罷了，沈大哥就怎麼禽獸不如？又是如何背信棄義了？這般徇私報復，不許我們上山，西昌書院當真好氣度！」始終沈默的陳毓忽然開口，而且不同於方才王朗刻意壓低的聲音，這一嗓子洪亮得很。

王朗驚得臉一白，這裡可是人來人往的山門，退親這樣的事，怎麼好意思在大庭廣眾之下談論？王朗頓時有些後悔，自己還真是小瞧這個紈袴了。

只是這幾人的臉面自己是下定了，要知道今兒個山門這裡由自己掌總負責接待客人，為防意外，一旁還有自己特意帶來的家丁，不會連這幾個人都攔不住。

他當下冷冷一笑，也不屑再同陳毓三個分說，直接喊來幾個人，一指沈胤道：「這人是來書院搗亂的，現在立馬拖出去，給我盯緊了，書院方圓二里地內，不許他踏足。」

陳毓是知府公子，王朗不好和他動手，可他卻不怕沈胤，別說眼下這等羞辱，就是這會兒拖出去打一頓，有家裡長輩撐著，諒沈家也不敢把自己如何。

「慢著。」陳毓忽然開口。「王公子的意思是，因為我們不經允許入內，所以要趕人離開？」

王朗臉上譏諷的神情更濃。「倒是有些自知之明。」

「我要是有請柬呢？」陳毓隨即道。並探手懷中，拿出一張鑲著金邊的請柬遞了過去。

「是嗎？」王朗笑容有些詭譎，接過請柬時手忽然一鬆，那請柬飄飄悠悠的掉到了旁邊山溝裡，很快浸濕了。「呀，不好意思，失手了、失手了，麻煩公子撿回來。或者，這狗腿子不是現成的嗎？」他神情裡滿是嘲諷和戲謔。

「你！」沈胤勃然大怒。王朗針對自己也就罷了，卻害得小七和小毓受了連累。

陳毓一把拉住他。「沈大哥，掉了就掉了，還理它作什麼？」

他冷冷瞧向王朗，高聲道：「原來這就是你西昌書院的待客之道，這樣的書法盛會，我們不去也罷，就只是王公子待會兒莫要求著我們進去才好。」

「求你？」王朗好像聽到了世間最可樂的笑話一般，捧腹笑個不停，好容易止住，才冷笑一聲，神情無比諷刺。「似公子這般大才，怎麼是我等凡人能高攀得起？西昌書院這間廟太小，怎麼容得下幾位這樣的大佛？」

陳毓也懶得再和他廢話，回身拽了沈胤和小七就往山下而去。

看到幾個人終於被自己趕走，王朗的心情終於開朗，倒是鄭子玉，好幾番欲言又止，終是長長嘆了口氣，不再說什麼。

兩人正自靜默無言，又一陣咚咚咚的腳步聲傳來。姚澄海去而復返，看見山門處除了王朗幾人外，並沒有其他陌生面孔，不免很是失望，轉頭瞧向鄭子玉。「這麼長時間了，白鹿書院的貴客還是沒有到嗎？」

「沒有啊。」鄭子玉搖頭。

「有沒有手持請柬的十二、三歲少年？」姚澄海依舊不死心追問。

姚澄海受授業恩師劉忠浩的影響，同樣酷愛書法。年前得恩師信件，說是在白鹿書院發現了一個書法天才，起初姚澄海不以為然，畢竟按先生信中所寫，那所謂的天才也就是個十二、三歲的少年罷了，於書法一途上又能有多深的造詣？

哪想到第二封信就接到了劉忠浩轉贈那少年的一件墨寶，姚澄海甫一見到不由驚為天人，若非平日裡公務繁忙，姚澄海說不好早就跑去白鹿書院找那人切磋了。

本來山上的書院裡，有專門負責接待的執事，來客到那裡再呈上請柬即可，姚澄海卻等不得，主動向劉忠浩討了個接人的差事。自然，姚大進士要接的人只有一個，那就是大儒柳和鳴的關門弟子、書法天才陳毓。

哪裡想到等了這麼久，卻是連人影都沒見到。

手持請柬的十二、三歲少年？王朗心忽地一跳，旁邊的鄭子玉更是一下張大了嘴巴。不會那麼巧吧？剛被王朗趕走的那叫陳毓的少年，不就符合姚師兄口裡要恭候的人的特徵？

雖然王朗很快調整好表情，搖搖頭示意並沒有見到這樣的人，姚澄海卻發現了不對勁，當下也不看王朗，只盯著神情惴惴的鄭子玉。

「子玉，方才有沒有人拿著請柬前來？」

「啊？」鄭子玉明顯不會說謊，聽姚澄海這般詢問，頓時有些驚慌，眼睛也不由自主的往山溝瞟了一眼。

姚澄海循著鄭子玉的視線瞧過去，臉色變得很不好看，朝著山溝一指。「那是什麼？」

陳毓之前拿在手中又被王朗扔進水裡的請柬，這會兒就剩最中間一點還露在水面上。

王朗愣了一下，還沒反應過來，姚澄海已朝那水溝走去，拿了樹枝把請柬勾了起來，打開來一看，字跡已洇濕，隱隱約約能瞧見白鹿書院幾個字。

姚澄海抬起頭來，瞧向王朗的視線已是冰冷無比。「你方才說，沒有人持請柬而來？」

「這……」王朗沒想到這麼快就被姚澄海給拆穿，登時有些慌張，忙辯解道：「是有人手持請柬前來，不過對方是一個紈袴子弟……」

姚澄海當下一揚手中濕漉漉的請柬，厲聲道：「睜大你的眼睛瞧瞧，這上面寫著什麼？」

王朗越發心驚膽顫，好容易靠近一瞧，卻是立時喜上眉梢——那個紈袴冒充誰不行，竟敢冒充白鹿書院的人！

白鹿書院作為大周第一大書院，既能作為代表來訪西昌，定然是當代有名的宿儒。也就陳毓這般腦袋進了水的紈袴，才會想出冒充白鹿書院學子這樣的昏招。

他當下正色同姚澄海道：「姚師兄莫被騙了，方才那手持請柬的人在下剛好認識，絕不可能是白鹿書院的人。」

「你認識？」沒想到王朗還要狡辯，姚澄海不怒反笑。「那你倒說說，方才那人是誰？」

「不瞞師兄，方才手持請柬的人是西昌新任知府陳知府家的公子，陳毓，那麼一個紈袴罷了，也不知從哪兒弄來白鹿書院的請柬……」王朗越想越覺得自己的想法有道理之極，還想再說下去，卻被暴怒的姚澄海一下喝止。

「混帳！你還不承認，方才是你把陳公子給趕出去的？」

「啊？」王朗驟然被打斷，頓時覺得丈二金剛摸不著頭腦。這姚澄海怎麼回事，竟然因為一個冒充白鹿書院宿儒的紈袴子弟這般喝罵自己？

姚澄海懶得再同王朗多說，抬手就把擋在前面的王朗給推開，厲聲道：「趕走書院和山長的貴客，王朗你好大的膽子。有什麼話，你還是同山長解釋吧。」

他隨即叫來一個書院學生。「快去告訴山長，就說白鹿書院派了大儒柳和鳴的關門弟子、書法天才陳毓陳公子前來，卻被王朗給趕了出去，我這就追過去，看能不能補救一番。」

白鹿書院的貴客，還是名滿天下的大儒柳和鳴的弟子，甚而是山長也欽佩的書法天才？

王朗徹底懵了，心裡更是涼到了底，忽然想到陳毓離開時撂下的狠話，這會兒才明白對方話裡的意思——若然真如姚澄海所說，以山長性子之嚴厲，自己怕是必會受到嚴懲。

「你還是去尋陳公子道歉吧，只要陳公子不追究，想來山長也不會說什麼的。」雖覺好友方才所為不妥，卻沒想到會捅下這麼大的樓子，鄭子玉也很是替王朗擔心。

「找他道歉？」王朗聲音一下抬高。「就那個紈袴，小小年紀怎麼可能被大儒柳和鳴看中？還書法天才？叫我說，不過欺世盜名之輩罷了！也不知怎麼矇騙了姚澄海，就這麼堂而皇之跑到咱們西昌書院來招搖撞騙了。」

說完依舊氣不過，又惡狠狠的加了一句。「便是他真是柳和鳴的弟子又如何？這般不學無術之輩，沒得就會給老師蒙羞罷了，讓我跟他道歉，萬萬不能！」

鄭子玉還要再說，卻忽然覺得氣氛不對，忙回頭瞧去，臉色頓時一白。「山長……」

劉忠浩不知什麼時候走了過來，身邊還有書院的一些貴客。與往日諄諄教誨的和藹模樣不同，劉忠浩這會兒的臉色難看，眼神也嚴厲得緊。

王朗一下站直了身體，饒是自詡平日裡頗得山長青眼，這會兒也不免惴惴不安，囁嚅了聲。「山長。」

「讓先生蒙羞的不是陳毓，而是你。」劉忠浩瞧著王朗，一字一字道：「心胸狹窄、睚眥必報、不聽勸告、一意孤行，王朗，這就是平日裡書院教給你的東西？柳和鳴先生之前論及人才時說過，德為主，才為輔，德才兼備方是人才。」

眼前不期然閃現出陳毓在白鹿書院山門上題的「厚德載物」幾個大字，眼中失望的情緒愈濃。「所謂知錯能改善莫大焉。今日事本就是我們書院有錯在先，也是我這個山長沒有教好你們。現在，你和我一起去向陳毓賠罪！」

「什麼？」四周頓時一片驚叫聲，便是王朗也完全嚇得傻了。

要知道劉忠浩可不僅僅是書院山長、大書法家，更是隴西望族劉家嫡系子弟，家族中在朝為官者眾，只是劉忠浩生性佻達，不願受官場束縛，才隱居在西昌書院。這麼一個有著錚傲骨的人，如今卻受王朗所累，不得不去跟一個十二、三歲的少年道歉，一時眾人看向王朗的眼神充滿了譴責。

「這般連累書院和山長，這樣的學子，還要他作什麼？」

也有人勸劉忠浩。「山長，這事全是由王朗一人惹出來的，您何必把責任攬到自己身上？」

「就是，山長本就為書院操碎了心，這會兒還要幫個不成器的學子收拾爛攤子……」

也有人不以為然，認為是陳毓以勢相壓，不然山長怎麼會這般委屈自己？

劉忠浩一眼瞪過去，擲地有聲的道：「犯錯不怕，可怕的是不知道自己的錯處，把所有過錯都推在別人身上。若然再有人敢非議陳公子，那就別怪書院廟小，把這等大佛全請出去。」這話無疑也是說給王朗聽的。

王朗臉越發沒一點血色，雖是萬般不願，卻擔心山長一怒之下真會把自己趕出書院，這樣丟臉的事王朗可不敢冒險。無奈何，只得咬著牙跟在劉忠浩身後往山下而去。

走不了多遠，便瞧見姚澄海正和幾人站在一處說話，劉忠浩一眼認出中間那俊秀無雙的少年正是陳毓。

陳毓也瞧見了劉忠浩，臉上神色一緩，更是有些歉疚——在白鹿書院時他就明白劉忠浩是個真性情的人，方才倒不是刻意針對西昌書院，實在是之所以會來西昌府，本就不是為了參加書院盛會，這會兒既遇到了這等糟心事，陳毓也不欲在此浪費時間。

之前帶來的治理河道的能人已是在衍河走了個來回，這兩天就會回來，相較於書院比鬥而言，自然是即將到來的那場風暴更重要。

沒想到事情卻驚動了劉忠浩，累得這位山長親自追來了。

陳毓忙上前見禮。「怎麼驚動先生了？毓真是慚愧之至。」

「說什麼慚愧。」劉忠浩神情很是欣慰，更有種「別人家弟子怎麼就這麼優秀」的羨慕嫉妒，這麼一想，瞧向王朗的神情也就更加嚴厲。「是我沒有教好，才會發生這等事情。王朗，還不快過來道歉？」

王朗羞得恨不得鑽到地底下去，心裡恨極卻不敢不聽，只得上前深施一禮道：「方才是我的錯，還請陳公子海涵。」他躬身站立半晌，卻久久沒有聽到陳毓的聲音，待抬起頭來，好險沒氣死——陳毓已然和劉忠浩一起往山上而去，根本連理都沒理自己。

倒是那個照常跟在陳毓身邊的小七還站在原處，王朗一挑眉，就要開口喝罵。

小七冷笑一聲，搶先道：「今兒個書院的事，我已然派人稟報師尊。你們王家這般沒家教，犯錯在先不說，還膽敢侮辱沈大哥，既然你們敢鬧，就得有承受後果的代價！」這也是之前陳毓囑咐的——既然王家人都不怕鬧大，又何必幫他們藏著掖著？

已然走了幾步的沈胤聽到了這話，頓了下，終究沒有回頭。

王朗猶自不明白發生了什麼，聽小七這麼威脅自己，只覺好笑之極。「好好好——」

數日後，就傳出了王家庶女王淺語與人私通、珠胎暗結的消息，王淺語並一個喬姓姨娘被打發出府，王家庶子王朗則是知情不報而被家法伺候，被打得渾身是傷。這還不算，王家人更拖著王朗到人來人往的街口長跪。一身是傷的王朗幾乎昏死過去，王家人卻是看都沒看一眼。

其他人雖詫異，卻也不敢多管閒事。鄭子玉聽說後連忙趕了來，看到王朗遍體鱗傷，忙令人抬往醫館。

渾然不知，遠遠的路邊，一個錦衣華服的男子正垂涎三尺的瞧著自己……

嚴宏也沒有想到，被禁足了這麼久，一出來散散心，就瞧見了鄭子玉這樣的極品——這西昌府倒是地傑人靈！

「少爺看上了那個小白臉？」嚴家家丁熟知自家少爺的喜好，見此情景忙不迭上前湊趣。「不然小的去打聽打聽？」

嚴宏點頭，眼睛根本捨不得從鄭子玉身上挪開。

那家丁很快回返，臉上神情有些為難。「少爺，那個小白臉，怕是不好動——」

「怎麼？」目送鄭子玉離開，嚴宏這才轉回頭。

那家丁小聲道：「這鄭子玉，是鄭家威遠鏢局的小少爺。」

鄭家在這西昌府頗有名氣，家中七個兒子除鄭子玉外，個個身手了得。因鄭子玉生得甚肖乃母，一家人都對他寵得不得了，之前曾經有紈袴想要調戲鄭子玉，結果便宜沒占到，就被鄭家人堵住打了個半死。

那家丁抖了下，就自己少爺這小身板，怕真不夠鄭家人捶的！

嚴宏的神情有些晦暗，依舊不死心，眼神慢慢落在被抬走的王朗身上，眼中閃過一抹志在必得。「無妨，咱們可以找幫手。明的不行，就來暗的。等那王朗能動了，帶過來見我。」

與此同時，陳毓也在加緊尋找一個叫鄭慶陽的人。

上一世那場暴亂鬧得轟轟烈烈，為首挑起叛亂的人的名字，可不是叫做鄭慶陽？

早在知道父親調到西昌府做知府時，陳毓就動了殺機，暗下決心，雖說那鄭慶陽這會兒還沒犯事，可若殺了他一人能免去一場兵災，挽救上萬人的性命，那自己絕不會手軟。

只是陳毓沒有想到，單一個西昌府，就已找出了五個名叫鄭慶陽的人。

除了排在調查表上第一位是威遠鏢局的大少爺外，其餘五人盡皆是一般百姓。這些人眼下的情況來看，全不符合將來會引兵作亂的條件。畢竟，大周朝已是百年盛世，平日裡民憤並不大。天災難料，這種情形下起兵造反，表明那人要麼本就是窮凶極惡之輩、要麼就是家境赤貧，活不下去才會鋌而走險。

從那人造反後取得的成績而言，當是個胸中有韜略的；再看手裡這幾個人的情形，要說最符合條件的，就是威遠鏢局的大少爺了。可威遠鏢局的大少爺卻是出了名的義薄雲天，又家境富足，即便遇到水災，家裡絕不會缺吃少喝，這樣的人除非腦袋被驢踢了，才會扯起大旗，走上滅九族的造反路子。

至於剩下的這幾人，有農夫、有商人，還有一位盲人，這樣的普通人，怎麼也不可能領導一場戰爭，難不成是後來從其他地方湧入西昌府的人？

「這裡堆放的是藥材……還有這裡是糧食……」

裘家在西昌府負責打理生意的是一個叫裘英的管事，這會兒正恭恭敬敬的陪著陳毓查看從江南一帶收購而來的糧食和藥物。

「很好。」巡視了一圈，陳毓滿意的點頭。

這裘英瞧著真是個盡心幹實事的，糧食也好、藥物也罷，都依著自己吩咐，在下面砌了厚厚的硬底，硬底上面還鋪了一層防水的油布。這般防護，便不須擔心會出現霉壞的情形。

看陳毓滿意，裘英也長出了口氣。作為裘文雋的心腹，裘英知道別看這位陳公子年紀小，卻是三公子真正的合夥人，對三公子的影響不是一般大，等於也對裘家生意有一定的決策權。

更不要說，陳毓還是知府陳清和唯一的兒子，貨真價實的西昌府第一衙內。

這令裘英自然絲毫不敢看輕眼前這個十三歲的少年，全心全意依吩咐做事。這會兒看陳毓滿意，裘英提著的心也放了下來。

兩人一路來到正廳，早有多個匠人候在那裡，看兩人進來，忙起身相迎。

陳毓擺手讓他們坐下，自去主位坐了。

「衍河流經西昌府內的堤壩，共有十餘處需要修築，其中十處只需要稍加營繕，其餘的則比較麻煩，需要徵發民夫前往。」

這種情形，真是有大水災發生，以西昌府的地形，怕是必成一片澤國。

按照工匠們的敘述，陳毓在手裡的地圖一一認真標注好。

旁邊的裘英瞧得愈加驚詫——難不成陳毓之所以這麼大手筆的收購糧食，是得到了什麼高人指點，知道西昌府可能會受災？若是這麼一想，之前所有自己覺得古怪的吩咐都可以解釋得通了。

只是風雨雷電俱皆上天所賜，神仙之說又太過縹緲，裘英實在無法理解，到底是什麼樣的高人竟然能預測出西昌府將來的情形。也就三公子和面前這位陳公子錢財豐裕，可以賭一把。

「唯有這裡，」一個工匠上前，在陳毓手裡的地圖上點了一下。「這個地方叫漁峽口，乃是武原府所轄，堤壩已坍塌……」

武原府的堤壩塌了，又和西昌府有什麼關係？裘英心裡暗自詫異。

陳毓的臉色卻是一下凝重起來。

已研究了好幾遍西昌府的地圖，他如何不知道漁峽口於西昌府的意義。如果說西昌府地形是一個葫蘆的話，漁峽口那裡就是葫蘆嘴，一旦坍塌，於武原府影響不大，大量河水卻會傾灌入地勢低窪的西昌府境內，這也是武原府從來不管那一段堤壩的原因。

陳毓回到府裡後，逕自去了書房見陳清和。

聽兒子說讓自己派人著手修建堤壩，陳清和不由蹙了下眉頭，半晌緩緩道：「給我一個必須這樣做的理由。」

今年西昌府少雨，甚而有幾處河道水渠幾乎見底，這個節骨眼修築堤壩實在是大違常情。

陳毓靜了一下，手不自覺攥緊。早就知道終究會面對這個問題，陳毓明白這次若不說出實情，無法過得了父親這一關。畢竟，真要按照自己的話去做，西昌府必有一番大動靜。

陳毓很快有了決斷，站起身來至書房外，令護衛看守書房，自己和爹爹談話未結束之前，絕不許任何人靠近。

房間內的陳清和不由越發狐疑，卻也隱隱約約明白，兒子怕是要告訴自己一個驚天大秘密。

安排好外面，陳毓很快回轉，父子倆久久對坐，好半晌，陳毓終於開口。「我……我之前作了一個很長很長的惡夢，有時候我甚而不知道那是夢，還是真實，或者一切都是我的錯覺罷了……」

陳毓思量著，揀上一世的事情說了幾件，包括秦家、陳家的敗落，李家背信棄義毀壞婚約……

陳清和越聽越心驚，實在是越聽越覺得，陳毓的表情，根本不是他說的那般不過一個惡夢罷了，所有的一切怎麼聽都像是真的發生過，聽到後來，也發現了不對之處。「我呢，你的夢裡，我這個爹爹在哪裡？」

自己即便不為官，好歹也是舉人身分，阮家如何就敢生生吞了岳家留下的生意？還有，兒子雖然沒有細說，他卻完全可以想見在李家受到的種種屈辱，這所有裡面都有一個關鍵，那就是，發生了這麼多事，為何自己卻沒有丁點兒作為？

陳清和忽然想到一種可能……

陳毓頓時緘默，上一世失去父親後的遭遇實在太過折磨，甚而只是把前世經歷當一個夢說出來，可潛意識裡依舊不願說出「父親離世」這幾個字來。

「難不成我……不在了？」陳清和怔了一下，半晌緩緩道，心卻是一下揪了起來。

陳毓轉頭，眼睛直視窗外，卻是不敢眨動，擔心自己一個忍不住，淚水就會掉下來。

看著紅了眼眶的陳毓，陳清和不覺內心大慟。如果是因為那樣，對於兒子所有超乎年齡的表現與洞燭機先的能力，全都能說得通了，陳清和也忽然理解，為什麼兒子每日裡那麼努力那麼拚命，就是想要盡快強大起來，保護這個家……

「爹——」看陳清和久久不說話，陳毓心慢慢下沈，爹爹不會是把自己所言當成胡說八道了吧？「您信我，很快西昌府就會連降大雨，然後成為一片澤國，甚而引起饑民暴動……」

「方才說過的話全部忘掉，以後即便是你的妻子，也不要告訴她。」陳清和盯著陳毓的眼睛，緩緩的一字一字道：「毓兒，你要信爹。」

「信爹？」陳毓一時沒有反應過來，不是要讓爹爹相信自己嗎？

還未想清楚個所以然，陳清和已再次點了點頭。「是的，相信我，不要再逼著自己，像其他孩子一樣，開開心心的就好。」

陳毓身體頓時僵住，雖低垂著頭，身體卻不停微微顫抖。

陳清和眼眶都紅了，上前一步，把身高快趕上自己的兒子攬在懷裡，淚水潸然而下。

「毓兒，這些年，苦了你了……」

這一夜陳清和徹夜難寐，一直到天光將亮時，他心裡終於有了決斷。

西昌府也好、武原府也罷，這會兒都有旱情傳出，眼下又正值青黃不接的時候，以致好多人家拖家帶口乞討度日，大量流民湧入西昌府。

天一亮，便有官差到處張貼告示，言明知府大人有令，但凡生活無以為繼的百姓可以到府衙中報名修築河堤，只要願意去的，每日裡管飽之外還可以另發一斤高粱麵粉。

消息傳出，西昌府百姓無不感激——不是無可奈何，誰家願意淪為乞丐？一斤高粱麵粉雖不多，卻能保證家中一個孩子的吃食，知府大人所為無疑是一大善舉，定然能救濟無數人。

一時百姓奔相走告，人人稱頌陳清和是青天轉世。

適逢西昌書院書法盛會，正好有途經此處的巡按御史在此停留，消息很快上達天聽。

皇帝聽說此事，久久沈吟，招來戶部尚書一起討論所為，越發覺得西昌府這般以工代賑，既解決了百姓的生計，還以最少的付出幫朝廷做事，當真是兩全其美。第二天朝堂上，皇上下令，把西昌府的做法在整個大周加以推廣，並詔令各地效仿此處行事。

消息傳到武原府，自來和嚴鋒交好的知府程恩卻如同聽見了什麼了不得的笑話。那陳清和也不過欺世盜名之輩罷了，以西昌府和武原府近幾年的情形，不大旱就不錯了，還築河堤防澇？開什麼玩笑！下面官吏請示可要仿效西昌府所為時，直接便被程恩攆了出去。

「那陳清和是想上天呢！真以為龍王爺是他把兄弟啊？從他到任，西昌府就再未有雨，自己分明是個掃把星，還就充起救世主了！說什麼築堤防澇，三月之內若然會下一場透雨，我就跟他姓！」

程恩說這話倒也不全是想要埋汰陳清和，實在是據自己多年主政經驗，未來幾個月內最應該做的是想著如何緩解旱情，至於說雨大成災，根本就是百年來從未發生過的事情。

話果然不能說得太滿，老天爺絲毫不喜歡有人奪了他的差事。六月初五這日，天就變了。

先是烏雲密布，晴日一下變成了黑夜，緊接著幾聲炸雷響徹寰宇，到得午時，久違的大雨便從天而降。村莊、原野頓時陷入了一片狂歡之中，無數的人從家裡跑出來，在雨裡不停的跳啊、笑啊，那情景，真是比過節都要熱鬧。

唯有西昌府知府衙門內卻是一片肅靜。

陳清和與陳毓站在廊下，仰頭望著彷彿撕開了一道口子的天空。

如果說之前陳清和還對陳毓所言有那麼一絲絲不敢相信的話，這會兒卻只餘震驚和擔憂了。

活了這麼些年，陳清和還是第一次見到這般大的雨勢，雨水當真是從天上往下倒一般。就這麼會兒工夫，腳下已積了高高的水，縱橫流瀉之下，打著旋兒往低窪處而去。別說十五天，就是一整天這般雨勢，莊稼便得受災，再下去，百姓房屋真不知要被澆塌多少。

到了晚間，雨勢終於小了下來，可依舊淅淅瀝瀝下了一夜。等到陳清和起身，出來才發現，天依舊是陰沈沈的，絲毫沒有放晴的意思。

剛用過早飯，傾盆大雨再次從天而降。

陳清和一推飯碗就去了府衙，令衙差在城中高地搭上氈棚，又冒雨去了衍河旁。

不過一夜之間，衍河水已然暴漲，昨兒個還是緩緩潺流，如今卻是濁浪翻滾，好不壯觀。

好在堤壩剛剛修築過，用了好的材料，工匠們之前得了吩咐，也依照最高規格去修築，那些濁水撲到壁上，又無力的退回去。

跟在後面的衙役看著陳清和的神情已是充滿了欽佩——自家大人果然是神人嗎？這邊剛把堤壩建好，就迎來了這麼一場暴雨。有這道堤壩在，便是再下幾場這樣的大雨，西昌府也可以高枕無憂了。

陳清和暗暗搖頭，心卻是提得更高。依毓兒的話，這場雨可是足足下了十五日之久啊！現在水勢還小，若然再過些時日，實在不敢確定這道堤壩是否還可以扛得住。當下嚴令臨河各縣長官嚴密監視堤壩情形，一旦發現有異，立馬來報。

而西昌府百姓的喜悅在第三天也完全消失殆盡，之前還能見到秧苗在大地上苟延殘喘，這會兒放眼望去，除了一片汪洋，哪裡還有其他？

越來越多的民房禁不住大雨侵襲而倒塌，即便陳清和寧願自己之前做的全是無用功，可建在高處的氈棚裡還是匯集了越來越多的人，他們滿面悲戚拖家帶口，揹著家裡微薄的財物和口糧，蜷縮在氈棚下，一個個面色蒼涼……

鄭子玉再回到城裡時，瞧見的正是這樣一幕淒慘景象，都說水火無情，天災面前，這些普通百姓除了靜默在雨中苦苦捱著，根本沒有其他辦法，好在知府大人大雨的第一日便讓人搭好了氈棚，不然城裡怕是早就亂了。

鄭子玉是從山上下來的。

大雨從天而降的第一日，山長劉忠浩便緊急令書院學生各自歸家。因山長之前和陳家公子有過面談，據陳公子言講，書院的位置雖好，可若下雨，最易造成泥龍翻身。因劉忠浩想要回武原府的老家，兩人便在城外各自分別。

哪裡想到剛進城，就聽說一個消息，說是城北被淹得最厲害，已然有部分房屋倒塌。鄭子玉當即就嚇了一跳，顧不得回家，便即打馬往城北而去。

好不容易趕到城北，鄭子玉已渾身都濕透，那麼風急雨驟之下，即便是夏日，也令得鄭子玉不住的打冷顫。

敲開房門，那醫館大夫瞧見鄭子玉時明顯長出了一口氣。醫館的房間大多漏水，今天早上時更是塌了半邊，主家擔心夜裡睡著被埋在房底下而不自知，正在收拾東西，準備今兒個夜裡先去城中氈棚裡避避呢。

「王公子在裡間。」掌櫃的給了鄭子玉一盞燈籠，便自顧自的去收拾東西了。

鄭子玉提著燈籠往裡面走，才發現這裡的房子已大多漏水，一腳高一腳低的走到裡間，差點兒被絆倒，只見地上放了好幾個盆，地面上已經有好幾片積水，而最角落那裡正有一個人擁被坐著。那直勾勾的空洞眼神，當真是和鬼一般。

「阿朗？」鄭子玉嚇了一跳，忙忙上前。「你這會兒能走吧？我給你收拾東西，咱們先到我家去……」手卻被王朗給拽住。

「怎麼了？」鄭子玉怔了一下，以為王朗擔心家人不歡迎他。「你放心，我哥哥們最疼我了，我的朋友他們一定歡迎得緊。」

明滅的燈光下，少年如山水畫一般好看的眉眼、清俊之極的笑容，都帶著一種勾人心魄的美。

「我——」王朗深吸一口氣，似是強自壓制著什麼，正好頭頂上一道驚雷忽然炸響，整個房屋都彷彿在哆嗦，王朗受到驚嚇般猛地推開鄭子玉的手。

「別怕，我們這就走。」鄭子玉忙安撫性的拍拍王朗，臉上全是溫暖的笑容。

王朗如同孩子般一把抱住鄭子玉，大口大口的喘著粗氣，鄭子玉神情詫異，剛要開口詢問，卻又被王朗猛地推開。

再抬起頭來時，王朗臉上已掛上了一抹虛弱的笑容。「子玉，你的心意我領了，可我還是不去你家了。我和守備府的嚴公子是好朋友，他今兒個來過，說是可以幫我跟我爹求情，你能不能把我送去守備府？」口裡說著，卻不敢看鄭子玉的眼睛。
「嚴公子？」鄭子玉很乾脆的應了下來。「好。」

第二十五章　滔天怒火

陳清和已經連續多日沒有安睡了，便是吃飯也都是胡亂對付幾口罷了。

城裡城外那麼多災民需要安置，因是夏末，府庫中糧食不足以應付這場大災，八百里加急的奏摺早已讓人快馬送往京城，更要日夜懸心那些堤壩能不能扛得住……

好在之前的準備沒有白費，雖是一直提心吊膽，派去巡防堤壩的衙差也沒有送回更壞的消息來。

陳清和全副身心都投入了安置湧入城中的災民的事務中。多日操勞之下，整個人都是鬍子邋遢的，更足足瘦了一圈有餘。

陳毓從外面進來時，正瞧見陳清和斜倚在椅子上睡著的情景。太過疲勞，陳清和甚而連身上的蓑衣都沒有來得及除去。

陳毓默默站了會兒，把手中的食盒輕輕放在桌案上，又躡手躡腳的上前，想要拿件衣服幫父親披上。哪想到陳清和忽然睜開眼來，待瞧見站在眼前的陳毓，一時有些迷糊，不覺問道：「毓兒，這雨……快要停了吧？」

「嗯。」陳毓點頭。「應該也就半月左右，要不了多久，雨就會停了。」

陳毓話音一落，陳清和一下從椅子上跳了起來，動作倉卒，連那張椅子都給帶倒。只見他神情戒備無比，心裡更是後悔不迭。果然是睡糊塗了，怎麼竟問出這麼一句話來？若然外人聽在耳中，可不要對毓兒起疑？

「無妨。」陳毓忙扶住陳清和。「爹爹莫要擔心，外面並沒有人。」

陳清和依舊堅持往外瞧了一眼，重重雨幕中，果然沒有其他人的影子。這才蹣跚著回到桌案旁，打開食盒扒拉了兩口飯，便又站起身。「我去氈棚那裡看看。」

因著連日降雨，這幾日冷得和深秋季節相仿，氈棚又四面透風，可不要凍壞人才好。

「我陪爹爹一起。」陳毓忙也跟了上去。

父子倆剛出府門，幾匹快馬忽然從長街的盡頭而來，馬上騎士身披蓑衣頭戴笠帽，伏身馬上打馬疾行，絲毫不受大雨影響的樣子。

眼瞧著幾匹馬已要從兩人身前馳過，為首之人卻是猛一抖韁繩，「吁」了一聲，衝著陳清和一拱手，神情很是恭敬。「慶陽見過陳大人。」

陳清和愣了下，這才認出來，馬上高大男子正是威遠鏢局的總鏢頭鄭慶陽。這幾日西昌府局勢頗為混亂，陳清和幾次令守備嚴鋒派兵丁維護秩序，奈何嚴鋒陽奉陰違，根本毫不配合。好在這位鄭大公子不愧有義薄雲天之譽，主動請纓，把自己鏢局上下一百餘人全派到陳清和手下聽令，才令得西昌府沒有出現什麼大的事故。

「是慶陽啊，慶陽這是要去哪裡？」陳清和疲憊的臉上閃過一絲笑意。

「還不是劣弟。」鄭慶陽苦笑一聲，責備的語氣裡更多的是憂慮。「我聽說西昌書院泥龍翻身，幸得劉忠浩大師先行讓學生都下山返家了。大師要回武原府，劣弟許是一路陪同前往，只這麼大的雨，這孩子也不回來商量一下，家父家母聞訊，俱皆日夜不安，我同幾個兄弟這就趕去武原府打探一番。」

本來鄭家人以為鄭子玉一直待在西昌書院，哪裡想到昨日街上，突然聽見衙差談論西昌書院附近泥龍翻身的事，這才知道那座存在了百年的西昌書院已盡皆埋葬於山石之下。

鄭家人聞訊頓時全都懵了——要知道鄭子玉本就是鄭父鄭母的老來子，又生得極好，自來是全家人的掌中寶、眼中珠，這要是真出事了，那還不等於要了老人的命了？

鄭慶陽怕父母受刺激，忙命人瞞著，紅著眼睛就想往西昌書院衝，好在到城門口時遇到了鄭子玉昔日同窗好友，一番交談才知道，書院中的人已盡數從山上返回。鄭子玉是個孝順的，沒回家的話，便應該是護送劉忠浩山長回老家了。

鄭慶陽這才回去跟父母稟報了此事。

這麼大的雨，鄭父鄭母哪裡放得下心來，忙吩咐鄭慶陽趕緊追過去。

若然鄭子玉這會兒已然到了劉家，那便把人好生接回來。若然還在路途中，這般冒雨跋涉的艱辛，小兒子怎麼受得住？還是讓鄭慶陽接著護送劉忠浩，至於手無縛雞之力的鄭子玉則趕緊回家，一家人怕是才能安生。

陳毓想起鄭子玉精緻的面容，心下了然，那少年那般乾淨美好的樣子，的確讓人想要多護著些，也怪不得鄭家人擔心。

簡單交談之後，鄭慶陽重新上馬，往城外疾馳而去。

很快來至官道之上，幾人卻是齊齊倒吸了口涼氣。

遠遠的能瞧見官道不遠處的堤壩，衍河水這會兒已幾乎和堤壩平齊，巨浪滔天。

「陳大人於西昌府而言，當真是恩同再造。」鄭慶陽沈默片刻不由低語，隨即一揚馬鞭。「走吧。」

這麼大的雨，劉山長和子玉說不好這會兒還在西昌府境內。哪想到快馬加鞭直追了一日，都沒有見著人。

「大哥，再往前走就是漁峽口了。」鄭慶寧抹了把臉上的雨水，衝著鄭慶陽大聲道。難不成小弟這會兒已是到了武原府境內？

鄭慶陽剛要說話，卻是瞧見一輛馬車正從下面一個路口處拐了出來，他忙不迭打馬上前。

急促的馬蹄聲令得馬車旁邊的幾個隨從有些受驚，忙停下來瞧向鄭慶陽，一個老人也從車廂裡探出頭來。

鄭慶陽眼睛一亮，可不正是劉忠浩山長？他忙往旁邊瞧，卻沒見著自己弟弟的影子。轉而一想，這麼大的雨，子玉當然一樣在車裡了。

他當下取下斗笠，向劉忠浩問好。「西昌府鄭慶陽見過山長。」

鄭慶陽之前去過好幾次書院，劉忠浩倒也認得他，瞧見他這般冒著大雨，不免大為詫異。「原來是鄭大公子，鄭大公子這是要去哪裡？對了，鄭大公子可知書院那裡如何了？」

「山長英明。」鄭慶陽一拱手。「虧得山長令眾學子全都從山上下來，西昌書院，這會兒已是全被埋入山石之下。」

「什麼？」一句話說得劉忠浩和他周圍的隨從全都傻了眼，內心更是駭然不已，那不是說，若非聽了陳毓的勸告，這會兒眾人早就沒命了？

鄭慶陽點了點頭。「可不，聽說消息，我們全家人也嚇壞了，想著子玉可是在山上呢，後來才知道，子玉竟是跟著先生一起。」

嘴裡說著，依舊覺得有些不對，自己跟山長說了這麼久的話，怎麼子玉在車裡一聲都不出？

哪知一言甫畢，劉忠浩已是大驚道：「子玉沒有回去嗎？我們是最後一批離開的人，當日子玉想要送我，被我勸了回去，老夫親眼瞧著他進城的啊。」

「啊？」鄭慶陽臉色大變，連剛才去掉的斗笠都來不及戴上，調轉馬頭，卻又頓住，吩咐鄭慶寧道：「老五，你留下護送劉老先生回家。」

「不用。」知道鄭家兄弟情深，更何況鄭子玉也是自己最看重的學生，劉忠浩忙拒絕。

鄭慶寧手一下攥緊，卻還是留了下來，大聲道：「大哥，你一定要找回七弟——」聲音裡已帶了哽咽之意。

然後才回轉身，護著劉忠浩往漁峽口方向而去。

哪想到不過走了兩里多路，前面忽然傳來一陣刀劍交鳴的聲音。連帶著一個渾身是血的身影跌跌撞撞而來，他的身後則是幾十個手持刀劍的男子緊緊追趕。

離得近了，才發現血人的身上竟是穿著衙差的服飾。

那血人遠遠的也瞧見了馬車，拚盡全力喊道：「快去攔住他們，武原府派人……要挖塌堤壩！」

鄭安寧心頭一凜，唰的抽出了寶劍。

劉忠浩則是失聲道：「盧師爺！」

劉忠浩認識武原府知府程恩，也隨之認出眼前那個領著一群窮凶極惡的人追殺衙差、想要搗毀西昌府堤壩的人，可不正是程恩的師爺盧明？

盧明嘴唇哆嗦了一下，一揮手。「全都殺了。」

西昌府。

陳清和站在氈棚前，嘴唇緊緊的抿著。

冒雨走遍了整個西昌府城，卻發現之前準備的極為寬裕的遮雨氈棚，如今擠滿了人，算下來，逃難來的百姓怕不已有了一萬餘人？

「這幾日可有災情報過來？」陳清和蹙眉道。前幾日也就地勢最低窪的寶清縣因積水太多受災嚴重，當下立即派人前往處置，據報已是令百姓情況穩定下來。便是有零零散散逃亡來的百姓，再加上西昌府房屋倒塌不得不暫居氈棚的，頂天也就上千人，怎麼眼下卻這麼多災民？

何方忙上前一步，小聲道：「這些災民大多是武原府的，據聞，武原府那裡已是一片汪洋……大人，要不要關閉城門？」

從四、五天前起，糧食就一天一個價，從最開始的一斗一百文到現在四百文才能買一斗，即便如此，各大糧棧每天開張後剛把糧食擺出來，立刻就被人哄搶一空，以致幾乎所有糧棧都是賣出為數不多的糧食後便即關門歇業。

說不好明日的價格會更高，這是所有人的心理，而此種情形反過來自然也令得糧食價格漲得更快。現在又湧來這麼多災民，怪不得大人日日不得安枕。

「不可。」陳清和擺手。「都是大周子民，分什麼武原府、西昌府？」

這般說著，卻是嘆了口氣。這麼多人，怎麼也不能出現餓死人的事情，不然，怕是會有大亂子。

他回頭看了一眼一直侍立在旁的裘家大管事裘英。「裘掌櫃，勞煩你去邢家那邊等候，我先去王家一趟，然後咱們在邢家會合。」

說完便帶上何方，一路往王家而去，哪知卻在王家門外碰了個釘子，王家家主連門都沒出，只派了個二管家出來，說他們家主前些日子受了衝撞，這會兒正臥病在床，不見外客。

一句話說得何方臉色很是難看。之前王家發生的事無疑都和自家少爺有關，王家這樣，分明告訴大人，他就是故意的。

何方心中憤怒，恨不能上前搧那管家一巴掌，卻被陳清和叫住。

接著又去了其他兩個糧食大戶邢家和周家，兩家家主雖親自出來迎接，說話卻滑不溜丟，委婉拒絕陳清和讓他們明日繼續售出糧食的請求，只答應絕不會和其他人惡意結盟，囤積居奇哄抬物價。

「既然貴家主這幾日不準備放糧，明日可否把糧棧借我家一用？」一直默不作聲的裘英很是客氣道。

「你們家要售賣糧食？」邢家家主邢敏智眼中閃過一縷精光。

「不錯。」裘英點頭。「我們糧棧正好有些糧食，依著這會兒的糧食價格，我瞧著也差不多了，我打算都賣出去。當然，若是你們糧棧明日依舊有糧食售出，就當我這話沒說。」

裘英強忍著內心的激動才把話清楚說完。不怪即便人老成精的裘英也興奮成這樣，要知道當初從江南運來的這批糧食，加上運費也就七十文一斗罷了，而現在，一斗糧食的價格卻接近半貫！照這樣的勢頭發展下去，到得最後，說不好漲到一貫也有可能。

裘英簡直無法想像，囤積的那些糧食若都賣出去，裘家和陳家將得來怎樣潑天的財富。

三公子和陳毓，當真是神人！

自家不賣，現在有人當著知府大人的面說他要賣，不過借借自家的門面罷了，而且明顯是之前和知府大人商量好的，邢敏智怎麼也不好拒絕，不然知府大人要真翻臉，自家可不像王家那般有守備府做依仗。想想此事對自家也沒有什麼損害，雖不知道知府大人葫蘆裡賣的什麼藥，也只得答應下來。

周家家主也是作此想，待陳清和等人與兩家家主都談妥，走出來，外面天色已是暗了，瞧著街上的積水，何方不禁有些猶豫。「大人還要去守備府嗎？」

方才走訪的這三家就是西昌府最大的糧食商人，尤其是王家，占了西昌府糧食一半的分額。王家從來都是和守備府過從甚密，看王家態度這般強硬，要說這裡沒有守備府的手筆誰信！

和雨中艱難跋涉的陳清和不同，嚴府這會兒卻是高朋滿座，言笑晏晏、喜氣洋洋。

房間裡居中而坐的可不就是嚴鋒？

他的下首依次是兒子嚴宏，王家家主王赫及其兄弟，和嫡系子弟中算得上有出息的兩個三代弟子，先前被逐出家門的王朗赫然也在列。

「還是守備大人高瞻遠矚，」王赫臉上全是諂媚的笑容。「不過稍使手段，就把那陳清和鬧了個人仰馬翻。嚴大人哎，您不知道那陳清和登我家門時灰溜溜的樣子……說不好，再過不久那陳清和就會求到嚴大人門下了。」

「這還只是開始罷了。」嚴鋒笑得得意。

本來依照嚴鋒的想法，這麼大一場雨，西昌府怎麼也會饑民遍野才對，哪想到那陳清和倒是個有福的，讓他碰巧先修了堤壩，以致自己不得不使了些手段——一旦有糧棧開門售糧，嚴家和王家就第一時間派人趕過去，把對方搬出來的糧食一搶而空。

商人本性逐利，見此情景哪裡還肯再賣？自然每天只肯拿出一些來試探一下，而且價格一次比一次定得高，接連幾日下來，這會兒每斗糧食的價格已攀升至五百文。

今兒個也就一家糧棧開門營業，待得明天說不好一家也沒有。等持續幾天無人售糧，嚴家和王家再開倉賣糧，到時候那些人可不得瘋搶了去？一想到銀子將流水般進入自己腰包，房間內幾人就興奮得兩眼發光。

正說話間，一個家丁匆匆而來。「老爺，外面知府大人求見。」

房間內眾人怔了一下，頓時得意地大笑起來。

「這會兒想要求老夫了？可惜，晚了！」嚴鋒聲音裡全是囂張。「這陳清和給臉不要臉，這會兒還有臉登門？你去告訴他，我出去籌措軍糧了。」

那家丁出去，趾高氣揚的轉告了嚴鋒的話，陳清和剛說了一句「明日會再來拜訪」，那家丁草草應了聲，就不耐煩的直接關上了府門。

「簡直是欺人太甚。」何方氣得狠狠的咬了牙，神情更是沮喪。

旁邊的裘英卻是「噗哧」一聲樂了。

「走吧。」陳清和帶頭往回路而去，冷笑一聲。嚴鋒和王家既然如此，就別怪自己坑他們。

「子玉……」王朗猛地坐起身，動作過猛，右手一陣鑽心的痛。他視線慢慢下移，終於落在自己包紮得結結實實的手掌上。

昨日到守備府，因心懷愧疚，王朗便私下懇求嚴宏讓他去看看鄭子玉。沒想到嚴宏手段竟是那般狠辣，不獨打斷了鄭子玉的腿，還用兩道鐵鏈穿過鄭子玉的肩胛骨，把人牢牢鎖在床上。王朗本想攙鄭子玉一把，哪想到一下被鄭子玉咬住手……

到現在，王朗還能憶起鄭子玉嘴唇上沾滿的鮮血，不斷死命咬著自己的瘋狂樣子，他不覺打了個寒顫，若是有可能，說不好鄭子玉生吃了自己的心情都有吧？

正思緒混亂間，被敲門聲給打斷，堂兄王章的聲音在外面響起。

「阿朗，起來，我們去守備府一趟。」

「守備府？」王朗臉色頓時有些白，當下就想開口拒絕。

王章的聲音再次響起，語氣懊惱之外又有些興奮。「街上好幾家糧棧開始對外售糧了，咱們得趕緊去守備府商量對策。」

本來如何處置，應該父親或者幾位叔伯作出決定，只是今日一大早，知府大人的請帖再次送了來，甚而請帖上的措辭語氣明顯已惱羞成怒。

爹爹唯恐那陳清和狗急跳牆，令得這麼一個發財的大好機會功虧一簣，無奈何，只得捏著鼻子帶著幾位叔伯赴會。臨走時交代自己和王朗負責和守備府聯絡，一旦情形有變，便前往守備府商量對策。

作為現任家主的兒子，王章篤信將來整個王家都將交到自己手上，可眼下有這麼一個可以提前掌控家族的機會，還是讓王章興奮不已。

王朗又何嘗不是作此想？即將做成一件大事幫王家贏來潑天財富，好讓任何人無法撼動自己地位的想法，令得王朗暫時戰勝了內心的恐懼。

只是等兩人齊齊來至守備府時，卻並沒有見著嚴鋒，原來一大早嚴鋒就去軍營了。

「不然派人去請大人回來？」想起昨天嚴鋒就說過，會以去大營的名義讓陳清和再撲個空，王章小心翼翼的對滿臉鬱氣的嚴宏道。

嚴宏的語氣頗不耐煩。「何必那麼麻煩，照舊和先前一樣便可。」

軍營離得可不是一般的遠，不然爹爹怎麼會用這個做藉口？

他隨手拿了一張一萬兩銀子的銀票遞給管家。「你找人把對方的糧食全都買下。」

看嚴宏如此，王章兄弟對視一眼，當即叫來家族管事，並遞上去兩萬兩銀票。「你和嚴大管家一起去，該怎麼做不用我教你了吧。」

兩家的大管事笑著應了，畢竟這事之前已經配合過很多次，實在再容易不過。

同一時間。

「公子，每斗半貫錢，這價格是不是高了些？」即便從前過手的銀錢成千上萬，裘英依舊止不住開始哆嗦。那可是每斗半貫啊！這樣的價格，裘英就是作夢也沒敢把糧食價格定得這樣離譜過。

「照我說的去做。」陳毓卻是波瀾不驚的模樣。

「哎，好。」裘英忙忙的應了，站起來就往外跑，太過激動之下，整個人都有些發飄。每斗半貫啊！發財了，真的要發財了！

只是，那嚴家和王家真的會像少爺所說的那樣，老老實實的跑過來送錢嗎？這麼一路傻笑一路不安的來到糧棧，剛要從車上下來，抬起的腿卻又放下，裘英不敢相信的揉了揉自己眼睛。這才剛打開門，就有人上門購糧了？

似乎是怕裘英收到的驚嚇還不夠，糧棧管事很快送了張銀票上來，裘英瞧了瞧上面的數字，小心臟頓時沒出息的「撲通撲通」跳了起來，那是一張足足一萬兩的銀票！

不過一個時辰，自家糧食就賣出了三萬兩的高價。

「還沒關門？」王章好險沒給氣樂了，雖是已然有了決斷，卻依舊瞧向嚴宏。「這幾家還真是夠貪的，公子瞧……」

「繼續買。」嚴宏臉上閃過一絲戾色。「我們守備府的便宜也是任誰想占就能占的嗎？你們放心，他們今日吃進去多少，來日本公子定然讓他們雙倍吐出來。」

一番話說得王章和王朗也是樂開了花，有嚴宏這句話，自己還怕什麼？

隨著嚴、王兩家銀票一張張送出去，裘英終於體會到了數錢數到手抽筋的幸福和無奈。

而此時，知府邸的後花園中，家主王赫並三個兄弟也正傲然就座。昨兒個碰了那麼大個釘子，這陳清和竟然還厚著臉皮一再邀約，可見是山窮水盡走投無路了的。

既然是被求的一方，王家人自然端足了架子，一個個蹺著二郎腿，歪七扭八的坐在椅子裡，那模樣，哪裡是等著拜見知府，分明是外出踏青找樂子。

「喲呵，不愧是知府家的後花園，這裡的花兒還真是多啊。」下了這麼大一場雨，便是枝頭有花也早已被大雨打得零落滿地了，王行卻是看得興致勃勃。

「那是，我瞧著這花園很是透著一股野趣，你們發現沒有，怎麼瞧著和那陳大人有些像呢？」王老三的一席話，令得幾人一起哈哈大笑起來，笑聲肆意猖狂，一直傳出去老遠。

「對了，說了這麼久的話，也有些累了。」王赫語氣不滿道：「這陳大人可真是小氣啊！客人都來這麼久了，怎麼連杯茶水都沒有？」

從被人引領入府，到這會兒怕不都有半個時辰了，別說讓人上茶了，花園裡竟是連個鬼影子都沒有，再配上淅瀝瀝的雨聲，還真是有些想起雞皮疙瘩。

王行就有些不樂意，哼了聲抬高音量道：「把我等邀請過來卻不聞不問，陳大人的待客之道當真令我等佩服。」

可饒是這麼大的聲音，都依舊沒見有人出來。

王赫好整以暇的笑容頓時滯住，情形好像有些不對勁啊。

蹙了下眉頭，他朗聲道：「陳大人既然公務繁忙，我等兄弟即刻告退便是。」說著便站起身，對王行幾人示意。「咱們走吧。」

王行等人跟著起身，只是幾人剛走至花園門口，卻被幾個彪形大漢給攔住。「知府大人著我等轉告，他處理完幾件緊急公務便會即刻回轉，幾位還請稍安勿躁。」

說著似是不經意間一抖手中的大刀，那凜凜的寒光映著腳下地上積水，令得幾人頭皮都是麻的，幾乎嚇破了膽。無奈何只得退回亭子，卻是再沒有了閒聊的興致。

時間又過去了一個時辰，然後是兩個時辰、三個時辰……

幾人枯坐在涼亭裡，別說一口飯沒吃，就是連口水都沒混到嘴裡。

好容易天色將晚，陳清和都沒有出現，倒是派管家來了一趟，轉達了一個消息——知府大人事務繁多，今兒個怕是沒工夫見王赫兄弟了。

一句話說得王行好險沒吐一口老血出來！明明是陳清和厚著臉皮把自己兄弟請來，現在倒好，竟是一副自家兄弟上趕著來巴結他的模樣。

四人中最老謀深算的王赫卻是變了臉色，如果說之前還是猜測，那這會兒他是終於確信，兄弟幾個怕是中了調虎離山之計。當下顧不得多說，一迭聲的命車夫快些回家。

剛行至一個街口，迎面正好碰上騎著馬冒雨匆匆而來的王章和王朗。

王赫的心不由得就開始往下沈。「章兒、朗兒，是不是發生了什麼事？」

兩人也瞧見自家馬車，早就從馬上下來，臉色俱是陰晴不定。

一天內，王章兄弟花光了府中所有能夠拿出來的儲備銀兩，加上嚴府的，怕不得有上百萬兩的鉅款！

與此同時，裘英則是高興得手舞足蹈。「哎呀，咱們可真是發財了！」

數了這麼長時間的銀票，裘英的手這會兒還是抖的，但卻絲毫不影響裘英的狂喜。

當初那批糧食的價格也就在二十萬兩左右，這才賣出去一半多，就足足賺了將近八十萬兩，這可是裘英之前完全無法想像的暴利。說句不好聽的，就是剩下的糧食全都一分錢不要的送出去，自己也心甘情願。

「明日依舊售糧，價格就定在——每斗一百文。」陳毓臉上也鮮有的露出一朵大大的笑容來。不坑死嚴、王兩家，自己就不姓陳！

等跨出糧棧，剛走不遠，就瞧見王家四兄弟正對著王章、王朗當街喝罵，甚至拳腳相向。

陳毓冷笑一聲，正要離開，卻被旁邊一個老人的話給吸引住。

「嘖嘖，這王家小公子還真是倒楣。前些日子差點兒被打殘，虧得他那好朋友出手相助，倒不料，今兒個又被打成這般模樣。」

王朗的好朋友？不就是那個長相很精緻的鄭子玉嗎？記得不錯的話，那日大雨中碰見的鄭慶陽兄弟，可不是外出去尋鄭子玉的？

「這位老丈，借一步說話。」陳毓蹙了下眉頭，從馬上下來。

老者正是之前接診王朗的那位大夫，見是陳毓，神情裡頓時多了幾分恭敬。

這些日子以來，陳毓每每跟著父親陳清和到城中各處察看災民情形，說是風裡來雨裡去一點兒也不為過，不獨那些暫居氈棚的災民，便是城中百姓也大多認識了這父子倆，出於對陳清和這般一心為民的好官的感激和尊敬，連帶的陳毓也跟著沾光不少。不管走到哪裡，都會被人尊稱一聲「陳小公子」。

這會兒看攔住去路的是人人稱道的知府公子，瞿大夫自然絲毫不敢托大。「陳小公子有何吩咐？」

「不知老丈方才說的，那王朗的好朋友是……」

「您說那位小公子啊，老朽也不認得。」即便那少年每次到醫館都是來去匆匆，可耐不住人長得實在太過搶眼，比起眼前這鐘靈毓秀的陳小公子也不遑多讓，瞿大夫可是印象深刻。以當時王朗的處境，連家人都不管，若非至交好友，怎麼也不可能冒著得罪沈家和知府的危險出手救人。

瞿大夫突然想到一點，陳小公子這般問，不是想著報復那少年吧？

陳毓蹙了下眉頭，實在是鄭慶陽這個名字太過叫人心驚肉跳，但凡和他有關，自己都沒辦法不關心。「老丈可還記得，王家公子那位好友，叫什麼名字？」

「不知小公子是要……照老朽看，那孩子和王家小公子不同，瞧著是個心腸好的。」瞿大夫猶豫了一下，他對那少年印象極好，加上之前的推測，說話不免有些吞吞吐吐。

「老丈誤會了。」陳毓搖頭。「之所以打擾老丈，不過是我朋友的弟弟這幾日不知去了哪裡，家中人頗為擔憂。聽說他那弟弟和王家小公子關係頗好，才會有此一問。對了，他那弟弟名叫鄭子玉。」

「鄭子玉？」瞿大夫神情明顯一愣，詫異道。「王公子那位好友似乎就叫子玉？不過當時我離開城東的醫館前，他就和王公子一起離開了。」

「此話當真？」陳毓倒抽了口冷氣。

鄭慶陽兄弟冒雨出城的情景再次浮現在眼前，再加上之前聽聞鄭家闔家對鄭子玉的寵愛，陳毓怎會不明白，鄭家人有多看重鄭子玉這個么兒。

要是威遠鏢局的鄭慶陽真和上一世那個扯起反旗的鄭慶陽是一人，說不好原因就是出在鄭子玉身上。

眼瞧著好不容易護住了西昌府，陳毓無論如何都不能讓民亂發生。他很快就有了決斷，今晚必須夜探王家，無論如何要先把鄭子玉掌握在自己手裡，以防萬一。

陳毓這邊剛離開，房屋後面就轉出一個人來，可不正是鄭慶陽？

鄭慶陽的臉色陰沈。

幾兄弟回到西昌府回稟父母，聽說小兒子並沒有和山長在一起，鄭父如遭雷劈，鄭母則是當場昏了過去。

連日來暴雨如注，子玉如何會在外流連？怎麼想都覺得情形怕是極為凶險。

鄭慶陽之所以會出現在這裡，也不過是抱著最後一絲希望。鄭子玉自來同王朗交好，或許可找他打探子玉的下落。哪裡想到去了王家卻並沒有見著人，這麼一路打聽下來才會行至此處，正巧聽見了這麼一番話。

鄭慶陽正蹙眉思索，前邊忽然靜了下來，原是這片刻間王家人已經紛紛離去，遠遠的還能瞧見王章、王朗兄弟一瘸一拐上馬的情景。

鄭慶陽深吸一口氣，轉身往自家而去。

雖心急如焚，可眼下並不是對王朗出手的好時機，怎麼也得等到天黑後才好……

「賤人，妳想燙死我啊！」王朗把手中的茶杯朝著侍立的丫鬟頭上狠狠的甩了過去，水花四濺，那丫鬟額頭頓時破了，鮮血順著額頭汩汩流下。

饒是如此，丫鬟一句話也不敢說，只跪在地上邊哭邊不停磕頭。

至於王朗，也因為方才那一下用的力氣太大了，扯動了傷口，疼得出了一身的冷汗，咬著牙衝那丫鬟恨聲道：「滾過來！」

那丫鬟明顯被王朗狠絕的模樣給嚇到了，有心跑出去，卻又不敢，終於哆哆嗦嗦著上前。「公子……」

王朗一下揪住她頭髮，朝著旁邊的矮櫃狠狠的撞去，丫鬟痛叫一聲，兩眼一翻就昏了過去。

雖依舊渾身都疼，王朗卻覺得心裡的鬱氣散了不少。

聽到屋裡的動靜，很快便有兩個小廝進來，待看清屋內的慘況，都嚇得一哆嗦，不敢聲張，彎腰極快的拖了人離開。

其他下人本就對王朗避之唯恐不及，又聽說此事，唯恐被殃及，紛紛尋了由頭避了出去。

王朗一覺醒來，口渴得冒煙，一迭聲的叫人時，連一個人都沒有過來。

「好好好，這些狗奴才，竟敢這麼對我，待得明日——」

話音未落，門「吱呀」一聲被推開，一個人影隨即閃身而入。

王朗剛要喝罵，嘴卻一下被人捂住，下一刻，被人勒著脖子從床上拖了下來。

「說，你把鄭子玉弄到哪裡去了？」

「唔——唔——」王朗正在劇烈的掙扎，待聽清楚這人的話，一下打了個哆嗦。

「快說！」那人手上猛一用力，王朗頓時覺得喉嚨處火辣辣的痛，可對方的手卻並未停下，在王朗身上又是幾下連點，王朗的一張臉頓時扭曲成了可怖的形狀，恍若渾身的骨骼都被人捏碎一般。

這樣的劇痛，是王朗從未體會過的，如何能承受得住？當下吐出實情。「鄭子玉在……嚴宏那裡……」

黑衣人剛要說話，房間外「哢嚓」一聲輕響，當下顧不得再說，身形一閃就鑽窗而出。

正好瞧見前面一個黑影，黑衣人猶豫了下，終是追了上去。

同一時間，幾個鬼魅般的影子閃身進了王朗的房間，又很快的扛著人離開。

待得黑衣人追丟了人再次回返，房間裡哪裡還有王朗的影子？

「不好。」黑衣人低叫一聲，一矮身形出了王家，往守備府的方向縱身而去。

嚴宏今天也是一肚子的氣。

本以為即便父親不在，自己運籌帷幄之下，照樣可以讓嚴家賺得盆滿缽盈，卻不料會上這麼一個大當。

嚴鋒得意洋洋的從軍營回返後，聽嚴宏回稟今日又有幾家糧棧開業，本來並不以為意，緊接著就聽說兒子竟把這幾年採用種種手段積斂的錢財，將近一多半都用於收購糧食。

即便之前已經打定了主意只要有糧食售賣就推波助瀾，通過搶購糧食把價格推上去，可今日的事情也委實太過蹊蹺。

像邢家這樣的糧商大戶，之前自己可是明示暗示過，必得和嚴家一同行動共進退，以自己在西昌府的威勢，嚴鋒不相信他們膽敢出爾反爾糊弄自己。

嚴鋒立即派人前往那幾家糧棧探詢，得到那幾家糧棧雖分別隸屬於不同的家族，這次卻是被同一家租用來開倉賣糧的答案。

聽到這個消息，嚴鋒如何不明白自己上了當？對方分明是挖坑等著自己跳，雖然糧價靠自家和王家的力量才一路暴漲，結果還沒賺到一文錢呢，自家就先掉坑裡了。

今日糧食的價格雖然上去了，但嚴鋒已經料到，明日糧食價格不但不會再漲，反而還會下跌。自家辛辛苦苦這麼久，卻為他人作了嫁衣裳，不但沒能從中賺錢，反而把自家的銀兩給拐了進去。

聽了嚴鋒的分析，嚴宏好險沒氣瘋了。

煩悶之下，不免多喝了幾杯酒，待行至自己房間外，已是興致高昂。今兒個無論如何得在鄭子玉身上爽一爽，也算去去晦氣。

推開房門，正好瞧見小兔子般縮在房間一角的鄭子玉，嚴宏頓時覺得小腹一陣火熱。

這之前也玩過不止一個小倌，要麼故作清高、要麼假模假樣，唯有這鄭子玉，不獨生有一張俊美之極的臉，更兼純淨如稚子。

世間人莫不嚮往美好的事物，嚴宏這樣的紈袴也不例外，著了魔般戀上了鄭子玉。之前每次摁著鄭子玉承歡，對方都是拚了命的掙扎，還是第一次瞧見鄭子玉這般柔弱的樣子。

這樣的鄭子玉讓嚴宏怎麼也無法控制自己，上前一步，半跪在鄭子玉身前。「子玉，寶貝，呀！」

嚴宏一下變了臉色，他靠近了才發現，鄭子玉的腳底下有一灘鮮紅的血，再抬頭，正好瞧見鄭子玉的手腕上有一條深深的傷口，而鮮血正從傷口裡汩汩而出。

「子玉，你——」嚴宏上前就要抱鄭子玉，卻不防身後的門一下被人推開。

「誰讓你們進來的？滾出去！」嚴宏頭也不回道，又想起什麼。「回來，快去找——」

「大夫」兩個字尚且未說出口，胳膊上傳來一陣劇痛，嚴宏正想要叫，卻一句話也沒有說出來，抱著鄭子玉的雙手已被齊齊砍斷。

進來的正是鄭家兄弟，為首的，正是威遠鏢局總鏢頭鄭慶陽，明明平日裡什麼樣的陣仗都見過，鄭慶陽這會兒卻是全身都在哆嗦。

自己看到了什麼？全家人的寶貝、鄭家闔府怎麼也寵愛不夠的小弟，竟是被人摧殘至此！

鄭家老二一下跪倒在鄭子玉面前，伸手去探弟弟的鼻息。「小弟、小弟，你醒醒，是二哥——」話音未落，眼淚已大滴大滴的落下。

「禽獸不如的東西，我要殺了你！」鄭家老三、老四眼睛都紅了，手起劍落之下，嚴宏腦袋和腿頓時落了一地。

而被他們挾持而來的王朗，見此情景，好險沒嚇暈過去，求生的慾望驅使，慢慢的就想往後退，卻是被鄭家老六一劍刺了個對穿。

「畜生！玉兒不是你的好朋友嗎？你怎麼忍心？怎麼忍心……」

王朗驚恐欲絕的神情頓時定格，連帶的胯下一陣騷臭的味道同時傳來。

鄭子玉這會兒的鼻息若有若無，明顯已到了油盡燈枯的地步。

「小弟、小弟！」饒是鐵打的漢子，鄭慶陽依舊紅了眼，揮劍砍斷穿過鄭子玉琵琶骨上的鐵鏈，俯身抱起命懸一線的鄭子玉就往外衝。

看著鄭子玉被折斷了好幾截的雙腿，其他鄭家兄弟已是恨得發狂。刀劍齊落，直把王朗和嚴宏砍成了肉醬。然後幾個起落，跟著離開守備府。

幾人剛從牆上躍下，就看見鄭慶陽幾個正和一個黑衣人對峙。

「讓開！」盯著眼前的黑衣人，鄭慶陽眼睛恍若能噴出火來。「回去稟報你家公子，就說子玉的事，我鄭家承情了，現在趕緊讓開，不然……」

雖然天色漆黑如墨，鄭慶陽還是認出眼前這黑衣人是方才去王家逼問王朗的人，再加上傍晚時陳毓和瞿大夫之間的對話，鄭慶陽有九分把握，這黑衣人應該是陳毓的人。

「是我。」陳毓索性扯下面罩，露出本來面目。「想讓你弟弟活下去，就把他交給我。」以鄭子玉現在的情形，除非虛元道長親自出手，其他大夫均無力回天。

「陳公子？」鄭慶陽大為震驚，方才還奇怪陳毓從哪裡找來這麼一個高手，雖瞧著身形瘦弱，可這身功夫當真了得，沒想到竟是陳毓本人。

如此文武雙全，當真是天縱奇才！

緊接著卻是心裡一沈，再怎麼說，陳毓的背後站的都是官府，自己方才所為無疑已是站到了官府的對立面，哪怕是對自己頗為欣賞的陳清和，也絕不會放過自己。

只是鄭慶陽絕不後悔方才所為，嚴宏和王朗，全都該死。

「我弟弟如何，就不勞公子操心了。現在趕緊讓開，若是耽誤了我弟弟的救治，即便你是知府公子，我也絕不輕饒。」

知道鄭慶陽不相信自己，陳毓疾聲道：「這地方並不是敘話之所。以子玉傷情，須得趕緊搶救，我認識一位神醫，鄭大哥信得過我的話，咱們就一道前往。至於守備府還有你家，讓你幾個兄弟趕緊想想善後之法……」

鄭慶陽遲疑了一下，終是點頭。「好。」

又回去跟幾個兄弟交代了幾句，然後才和陳毓匆忙離開。

兩人走不多遠，就瞧見嚴宏的房間冒出通紅的火苗，雖然連日陰雨，外面潮濕得緊，那火卻是從房間裡燒起來的，很快就煙炎張天，守備府頓時一片擾攘。

兩人很快到了沈家，徑直往虛元的房間而去。

「道長、道長！是我，陳毓——」

陳毓話音剛落，門就從裡面打開，虛元道長探出頭來，瞧見陳毓和他身後的鄭慶陽，而鄭慶陽的懷裡則是血人一般的鄭子玉。

「這是我朋友，受了重傷，還請道長幫他瞧瞧。」

「請道長救救我弟弟，慶陽來世定做牛做馬報答道長。」鄭慶陽「撲通」一聲就跪倒在地。

來的路上陳毓已跟鄭慶陽說了沈喬的身分——被人們稱為怪醫醫聖的虛元道長。

鄭慶陽也是久聞這位神醫的名頭，想不到對方就是西昌府人，還是昔日人人唾棄的那位沈家浪蕩公子。卻也突然明白，怪不得沈喬一出手，沈家二房就全無還手之力，要知道，連太醫院的院判可都是這位的弟子，對醫界及藥材商都有不容小覷的影響力。

「我憑什麼要救他？」虛元半夜裡被叫醒，心情很是不好，對兩人翻了個白眼。

「道長……」鄭慶陽連連磕頭。

陳毓也不由苦笑，好在自己還留了後手。「不然，我去找小七來。」

「找小七？你敢！」虛元眼睛一下瞪得溜圓，這深更半夜的，陳毓去找小七？這臭小子，根本一點兒不安好心。唯恐陳毓真去小七的房裡，只得忍了氣道：「好了，進來吧。」看虛元答應，鄭慶陽顧不得抹去額頭上磕出來的鮮血，忙抱起鄭子玉就往屋裡去。

「你們全都出去。」虛元接過鄭子玉，一瞪眼睛道。

「我們在外面等著就好。」陳毓忙拉了一把鄭慶陽，老道這會兒心情不好，還是不要惹毛了他。「你放心，道長的醫術放眼大周，怕是沒人能比得上他。」

「多謝陳公子。」鄭慶陽這一聲謝當真是真心實意。

早聽說過怪醫醫聖的名頭，尋常人想請他出馬治病，無疑是難如登天，鄭慶陽確信，方才若非看在陳毓的面子上，自己這閉門羹怕是吃定了。

「不用。」陳毓搖頭，頓了片刻道：「鄭大哥，不如我先陪你離開，我瞧著子玉的傷勢，怕是暫時不好挪動……」

「你說什麼？」鄭慶陽簡直不敢相信自己的耳朵。

看到弟弟慘狀的第一時間，鄭慶陽心頭的戾氣就怎麼也壓不下去。即便弟弟性命無憂，嚴家所有人他也絕不放過。

鄭慶陽明白，早在自己兄弟揮刀殺人時，就已經注定站到了官府的對立面。而陳毓身為知府公子，不獨肯幫著救活弟弟，更願意幫著善後，他方才所言，用意無疑是告訴自己，把鄭子玉留在這裡，他願意跟在自家人身邊充作人質，以確保子玉安全無虞。

陳毓為何要這麼幫自己？

「嚴宏該死。」陳毓輕輕道。之所以如此，除了想要化解鄭慶陽帶來的劫難外，還有更多的，來自於陳毓上一世為所欲為、無法無天的血性。

鄭慶陽眼睛亮了一下，不由得對陳毓起了一種惺惺相惜的心思，下一刻在陳毓肩頭上重重的拍了一下。「好，我信你便是。你不用跟在我身邊，我自有法子出城，明日午時，我會在衍河渡口處恭候。」

燒毀嚴宏的屍體即便能拖延一時，可以嚴家的權勢，這西昌府鄭家是不能留了，眼下之計唯有趕緊帶領家小連夜逃離。

「好。」陳毓心中的大石終於稍稍放下了些，鄭慶陽的語氣看來並不會繼續同嚴家死磕，而是打算離開，那豈不是說，上一世那場兵禍不會出現了？

鄭慶陽回頭深深的望了一眼虛元依舊緊閉的房門，終於晃身離開。

待得天亮時分，屋門終於打開，虛元疲憊的身形出現，橫了陳毓一眼道：「進來吧。就你這小兔崽子會給我惹麻煩。」以少年傷勢，虛元確信，虧得遇上的是自己，不然必死無疑。

陳毓跟著進去，審視了眼躺在床上的少年，除了一張臉依舊完好，少年整個人都被一條條白布給裹了起來。饒是如此，卻仍散發一種讓人不容逼視的聖潔。

第二日一大早，陳毓便坐上馬車再次出城。

這邊陳毓的馬車剛一離開，嚴鋒就帶人衝到城門處，紅著眼睛道：「傳我的命令，四門緊閉，全城搜捕威遠鏢局鄭家的人，沒有我的允許，絕不許放任何一個人離開！」

「不許放任何一個人離開？」城門守衛愣了下，懾於嚴鋒往日的威勢，終是稟報了知府公子方才出城巡視衍河一事。

陳毓一大早出城了？嚴鋒臉上的橫肉哆嗦了下，一揮手，點了一群驍勇的將士。「其他人繼續在城中搜捕，你們跟我去衍河渡口。」

「好了，小七，你和何方從這裡下去，我很快就會回來。」眼瞧著前面不遠處就是衍河渡口，陳毓終於放下心。

鄭子玉傷情嚴重，陳毓擔心馬車一路顛簸出了什麼意外，只得讓小七一路陪同。

小七點點頭，和何方從馬車上下來。

陳毓一個人趕著馬車繼續向前，待來至渡口處，果然瞧見一輛馬車並兩匹馬，一旁翹首往這邊看的可不正是鄭慶陽和鄭家老三、老四？

看到陳毓前來，鄭家兄弟無疑都很激動，鄭慶陽動作很快，衝過來一把掀開車帷幔，瞧見躺在車廂裡雖依舊昏迷不醒，呼吸卻明顯平穩的鄭子玉，虎目中已是蘊含了淚花，三兄弟齊齊跪倒，衝著陳毓連磕了三個響頭。

「大恩不言謝，公子恩情，鄭家來日再報。」然後才迅速起身，小心的把人抱出來，急急朝著馬車而去。

見鄭家兄弟離開，陳毓懸著的心終於落下，此時一陣急促的腳步聲忽然在身後響起，待得回頭，他不由大吃一驚。

只見小七和何方正狼狽而來，而他們的身後則是拿著武器步步緊逼的嚴鋒。

嚴鋒看到陳毓眼睛都紅了。「陳毓！是不是你放了鄭家人離開？」

說著一揮手，那些兵丁就把陳毓三人圍了起來，至於嚴鋒則幾個箭步衝上了衍河堤壩，遠遠的正好瞧見岸邊逐漸遠去的一行人，眼睛一片赤紅。

「鄭慶陽，你不是號稱義薄雲天嗎？我嚴鋒今天有一句話放在這裡，你若是敢逃，信不信我立時就把陳毓他們三人碎屍萬段。」

就見一馬上騎士停頓了片刻，卻沒有回轉的意思，嚴鋒獰笑一聲，轉過頭來，對那些兵丁道：「給我——」

話音未落，突然傳來一陣驚叫，連帶著一陣轟隆隆彷彿天塌地陷的聲音忽然傳來。

陳毓一把抓住小七，身形急退，站在堤壩最高處的嚴鋒也覺察到不對，下意識的抬頭瞧去，卻是驚恐的一下瞪大雙眼。

衍河上方，一道鋪天蓋地的洪流正滾滾而來。

嚴鋒「啊」了一聲，還沒有反應過來，就和他身邊的親信一道被那突然而至的洪流給捲入滔滔洪水之中。至於其他兵士，見此情景嚇得連救嚴鋒也不顧了，竟是一轉身四散而逃。

「不好！」陳毓大驚失色。明明暴雨前晚就已停止，怎麼上游會突然有洪水狂瀉而來？

那堤壩——

心念電閃，果然發現隨著洪流奔湧而至，本就岌岌可危的堤壩裂開了一條縫，若不趕緊堵上，說不好衍河很快就會決堤。

「何方，你快護著小七離開。」陳毓對著兩人厲聲道，自己則轉身就往堤壩上跑。

那道有了裂縫的堤壩處，正好矗立著一塊高數丈的石碑，本是為慶祝堤壩建成勒石記事而用，眼下之計，只有把這石碑推到水裡，堵住這縫隙才好。

無論如何，自己都不能坐視堤壩被沖毀。

何方看出了陳毓的意圖，有些猶豫。雖然明白陳毓有一身傲人功夫，可那石碑巨大，又豈是隨便什麼人都可以推倒，又正好放在那裂縫處的？

還未拿定主意，身邊人影一閃，小七已經追隨著陳毓的腳步而去。「我們一起。」

「回去。」陳毓回頭看了一眼，厲聲道，神情裡滿滿的全是責備。

「若然大水決堤，我們就是跑，又能跑多遠？」小七腳下不停，瞧著陳毓的眼神全是信賴。「陳毓，我信你。我們，一起活。」

陳毓怔了一下，想要笑，卻有熱辣辣的感覺湧上喉頭，終是緊緊握住小七的手。「好。我們，一起活。」

小七，你放心，即便是我死了，也絕不會讓你有一絲一毫的危險。

三人很快來至石碑處，遠處又一陣似滾滾驚雷的聲音傳來，很明顯又一股洪流將要到來，陳毓明白，必須要在洪流到來之前把石碑推下去，還要把握準角度，恰好擋住縫隙，不然即便衍河不決口，自己三人怕也要步嚴鋒的後塵。

「陳毓，你站在這裡！」頭頂上忽然傳來一聲呼喝，卻是鄭慶陽和鄭家老三去而復返，各站在石碑一角，而載著鄭家老四和鄭子玉的馬車已經沒了蹤影。

「好。」陳毓眼睛中滿是感激。

耳聽著驚雷的聲音越來越近，連那滔天的濁浪都能盡收眼底，五人根本無暇分神，齊齊把全身的力氣用在石碑之上。

「轟——」眼看著那濁浪轉了個彎，就要往幾人立足之處席捲而來，石碑終於被推翻，朝著下面的衍河墜落，由於衝力太大，陳毓和小七沒站穩身形，跟著石碑一起往衍河墜落。

「小七！」陳毓雖是身在半空，卻探手就撈住了小七的腰，一用力，就把人向上拋去，這一動作之下，身形自然更加急速下墜。

同一時間，那濁浪已呼嘯而至，等小七顧不得膝蓋處傳來的劇痛，狼狽的從地上爬起來，眼前除了濁黃的河水，哪裡還有陳毓的影子？

「毓哥哥——」小七伏在堤壩上，只覺肝腸寸斷。

第二十六章　朝野震動

衍河上游堤壩坍塌，大量洪水沿著衍河洶湧而下的噩耗很快傳回西昌府。

而伴隨著這個噩耗的，還有另外兩個讓所有人為之震動的消息——第一波洪水到來時，為了護住堤壩，守備嚴鋒並知府公子陳毓雙雙被洪水捲走。

消息傳來，舉城默哀。

知府陳清和一夜之間白髮滿頭，卻強壓下心中悲痛，帶領府中下人並城中兵丁、壯漢親赴堤壩，誓要和堤壩共存亡。

許是上天保佑忠義之人，兩天之後，洪水終於慢慢退去，這般大雨之下，衍河堤壩確保無恙，西昌府未遭受水淹之禍，知府陳清和卻昏倒在堤壩之上。

消息傳開，西昌府百姓齊齊跪倒在知府衙門之外，淚落如雨。

而陳清和在醒來的第一時間，便和身著素服的妻女徒步往下游而去，一路呼喚著愛子的名字，聲聲悲啼令得天地變色，草木亦為之含悲。西昌府百姓更是傾城而出，全加入了尋訪知府公子陳毓並守備嚴鋒的隊伍之中，人數竟至數萬之多。

所有人都不知道的是，早在一日前，衍河兩岸守軍就都接到了來自英國公府的密令，全力搜尋一個叫陳毓的少年……

「小七，把這碗粥給喝了。然後洗漱一下換換衣服睡一覺。」說話的是一個高大挺拔的英俊青年。青年劍眉星目、長身玉立，正是英國公世子成弈。明明人生得極為英俊，旁邊侍立的人卻全都斂顏屏息，別說看一眼青年，根本連大氣都不敢出。

只有一個人除外，可不正是衣衫上滿是泥水、頭髮蓬亂嘴唇乾裂，瞧著隨時會昏倒卻依舊強撐著的小七？

小七空洞的眼睛直盯盯的落在濁黃的水面之上，整個人都好似一個沒有靈魂的木偶一般，對於成弈的話，根本充耳不聞。

旁邊的虛元嘆了口氣，早知道小七對陳毓已是情愫暗生，可還是低估了這份感情之深。自從陳毓跌落洪水，小七魂魄好似也跟著陳毓而去，對外界沒有了半點反應，甚而連吃飯喝水這種本能都忘了，即便被灌入湯水也會盡數嘔出，若非虛元跟隨左右，日日用銀針幫著渡穴保持體內生機，真不敢想小七現在會變成什麼模樣。

果然，成弈手中那碗粥雖送到眼前，小七連瞧都沒有瞧上一眼，依舊呆呆看著水流的方向，即便因為喊得太久，喉嚨裡早發不出一點聲音，小七的嘴巴卻依舊不停的開合著，看口型，可不是依舊在喊著「毓哥哥」三字？

成弈忽然伸手箝住小七的下頷，令得小七的眼睛正對著自己。「小七，把這碗粥吃下去，不然，即便陳毓生還，我也會取了他的命去。大哥說到做到。」

那般森然的聲音令得那些屬下恨不得把頭低到地底下。

已經多少年沒見過少帥這樣沖天之怒了？

最近的一次暴怒，是七年前，而引發了少帥怒火的則是鐵翼族，結果少帥親率一萬鐵騎三天三夜急行軍之後直接搗毀了鐵翼族的大後方，拔了鐵翼族的王旗而歸……

那般沖天殺氣，果然令得癡癡呆呆的小七回神，更在聽到陳毓的名字後抖了一下。

大哥的性情小七明白，最是說一不二。

雖依舊有些恍惚，卻還是循著本能把那碗粥喝了下去，只是剛放下碗，喝進去的粥又盡數嘔出，到得最後，甚而還有鮮紅的血絲吐了出來……

「小七！」成弈驚嚇不已，忙不迭把小七擁入懷裡，再不敢說一句責備的話，半晌才強壓下心中的驚恐顫聲道：「小七妳別嚇大哥，大哥答應妳，一定會把陳毓給妳帶回來。」

帶回陳毓？小七一下揚起頭，呆滯的眼神終於閃過一抹亮色。

「是。就是翻遍大周每一寸土地，我都一定會把陳毓給找回來。只是，妳記得，找回陳毓的那一日，也是妳跟著大哥回京的日子，而且此後，都絕不許離開京城一步。」

成弈聲音低沈中更有著難以更改的決絕。

小七先是為了自己這個大哥流落江湖、四處奔波；然後又是陳毓……都說情深不壽，成弈真是怕了，唯恐最疼愛的妹妹會出丁點兒意外，從今後，自己一定要牢牢的看住小七，絕不讓她再離開英國公府、走出自己視線之外。

天和二十六年，注定是大周極不平靜的一年。

先是六月初，一場連綿了十四日的暴雨席捲西南大地。

這場百年未見的大雨令得西南五府成為一片汪洋，二十多個市鎮災情嚴重，更有十多個城市房倒屋塌，成為廢墟。

其中受災最嚴重的是武原府，反倒是歷來但凡下雨就會被淹的西昌府，得益於之前被皇上盛讚的加固堤壩之舉，得以安然度過洪災。

數日後，又一個天大的消息傳遍朝野——暴雨停息後，又有怒洪襲擊西昌府，西昌府一度岌岌可危，危急時分，是西昌府守備嚴鋒和知府公子陳毓挺身而出，只是兩人擋下第一波洪流後卻雙雙墜入衍河。

西昌府知府陳清和無暇尋子，帶領百姓堅守堤壩之上，誓要和堤壩共存亡，西昌府終於轉危為安，陳清和卻是一夜白頭。

一時舉朝震動，便是皇上也淚濕衣襟，連頒詔書，加封陳清和為忠義伯，賜令衍河兩岸官軍全力搜尋嚴鋒並陳毓下落，活要見人，死要見屍。

數日後，在衍河下游的亭陽郡，官軍找到了嚴鋒已然被洪水泡得腫脹的屍體，一時舉國同悲，而同一時間，又一道雷霆震暈了整個朝堂。

西昌府洪災並非天降，乃是人為！起因是武原府知府派人挖塌兩府交界處堤壩，令得轄區內洪水短時間內竄入西昌府所致。

此事乃是西昌書院山長劉忠浩親見，劉山長更因此事被武原府衙差砍成重傷，虧得有俠義之士經過，多方救助之下，才令得劉忠浩保住一條性命。他清醒過來後的第一件事，就是拜書朝中身為御史的兄長。

事情傳出，朝野譁然，皇上龍顏大怒。武原府一干人等很快到案，武原府師爺供認不諱，武原府知府自知在劫難逃，自縊而亡，卻依舊禍及家人，被處以毀宗夷族之罰。

數日後，落水多日的陳毓被從一農家救回，雖是身受重傷，好歹性命無憂。皇上親口讚曰「仁義公子」，和乃父忠義伯陳清和齊齊譽滿大周。

「小七一直都沒有再出現過嗎？」窗外落葉蕭蕭，窗內的少年倚窗而立，瘦削的身形說不盡的蕭索。

一個滿頭白髮卻更顯儒雅的男子搖了搖頭。「沒有。派出去的人已找遍了整個西昌府，都沒有那孩子的下落。」

「虛元道長怎麼說？」陳毓更加落寞，明明正是鮮衣怒馬的年紀，偏給人一種行將就木的腐朽之氣。

「這……」陳清和嘆了口氣。「道長早已離開，說是去尋找小七，還託人轉告你，說是一舉成名天下知，若然三年後你能考中狀元，只要小七還活著，就會知道你，你們兩人說不好還有相見之日……」

「爹爹……」陳毓沈默良久，眼神卻堅毅得緊。「我想……去外面走一走。」

這麼長時間了，小七那句「一起活」一直在陳毓腦海裡迴蕩，從睜開眼的第一時間，陳毓已然下定決心，即使走遍天涯海角，也必要尋回小七。

「這……」陳清和嘆了口氣，西昌府這場大災，許是折了兒子的氣數才能得以化解，兒子心裡定然也是作此想，說不好還會把小七的失蹤全算在自己身上。

如果可能，陳清和只想把兒子留在身邊，在自己全力庇護下平安喜樂，度過一生。可經歷了這麼多，陳清和明白，兒子的性子以及他獨特的經歷，注定了不可能做自己羽翼下的乖孩子。不解決小七這件事，兒子怕是一輩子都難解心結，終生與喜樂幸福無緣。

好半晌，陳清和終於點頭。「好，爹爹答應你，只是定要記得，不管身在何處，都必得先給家裡寄來一封報平安的信。」

西昌府暴雨之後，兒子身上最後一點孩子氣也消失殆盡，陳清和明白，兒子年幼的身軀裡，藏著一個比自己還要滄桑的靈魂……

「真的放毓兒離開嗎？」瞧著陳毓揹著包袱一個人跨出家門，李靜文再也忍不住，埋在陳清和懷裡淚流滿面。

陳清和只是凝視著那越走越遠的身影，慢慢摟緊了哭得渾身都在發抖的妻子……

陳毓這一走，就是三年，西昌府也好、白鹿書院也罷，再沒有人見過那個天才少年。就只有一隻信鴿從大江南北飛回家園，或者停駐在白鹿書院一個老人的簷前……

桂子月中落，天香雲外飄。

又是一年秋風起，懷安府的八月金秋如期而至。

時將破曉，天色還未分明，懷安府的城門外已擠滿了等待進城的百姓。

離得遠了尚且不覺，等走到近前才發現，那些百姓雖多，卻很明顯的分成兩個截然不同的群體。

左站的人群或背靠牛車，或扛物挑擔，盡皆粗布衣衫短打扮；而右邊的或靜坐在車廂裡小憩，或目光悠遠負手而立，有風吹來，掀起長袍一角，那般儒雅氣息令得左邊人群羨慕不已，原來是人人尊敬的秀才公。

距離那群秀才最近的一個鄉民，抱起牛車上一個約有兩、三歲的孩子，指著右邊的人群，低低的對懷裡的娃兒殷殷教導。「順娃兒喲，瞧見沒？那些都是秀才公呢，等他們考上舉人，那就是人上人了，任誰見了，可不都得叫一聲老爺？娃兒可要爭氣些，將來也好好讀書，考上舉人掙個前程回來才好……」

這句話何嘗不是說出了所有人的心聲？

眼瞧著秋闈在即，懷安府貢院將開，這些讀書人齊齊而來。秀才和舉人雖是一步之差，卻是天壤之別，待得放出桂榜，這世上自然又要多出很多前程一片光明的老爺了。

「可莫要學……」那鄉民依舊輕聲絮絮著教導孩子，有心想要以自己為借鏡，可這麼多人面前又有些羞愧，至於身旁的人，則更不好宣諸口中、惹人厭煩。

正自思索，又一陣腳步聲傳來，依稀的曙光中，隱約能辨認出來一個灰撲撲的影子，正一步一步慢慢朝人群而來。

「瞧見沒有，那個人？」那鄉民頓時有了主意，拍著孩子道：「咱們家好歹還有輛牛車呢，那人只靠著兩條腿累死累活、東奔西跑，還衣食無著，知道這是為什麼嗎？爹告訴你啊，就是他當初不聽爺娘的話，不好好讀書的緣故啊。乖娃子可莫要同他那般不爭氣……」

正說著，聲音卻忽然一滯，那灰撲撲的影子走得越來越近，鄉民終於能看清來人的模樣，那些埋汰的話突然就有些說不出口了。

來人瞧著也不過十五、六歲的年紀，身形玉立，鴉青的眉漆黑如墨，斜飛入鬢之中，眸光深邃，似是經過淬鍊的寶石，讓人看上一眼就恍若被吸進去一般，即便只是灰撲撲的一襲青色布衣，卻絲毫不能損及男子萬千風華之萬一。

便是右邊自來眼高於頂的一眾天之驕子，也在瞧見男子的第一眼時，不覺油然而生一種自慚形穢的感覺。

至於那鄉民，正對上男子靜靜轉過來的幽深眸子，一時心虛，不覺往後一踉蹌，正好撞在一輛闊大的馬車上，車轅中的馬受驚，前蹄一下高高揚起，車廂裡頓時傳來一陣驚呼。

「咯咯咯——」一陣清脆的笑聲隨之傳來，鄉民聞聲瞧去，好險沒嚇暈過去。自己的兒子許是瞧見大馬特別興奮，晃著兩條小胖腿，張開小手朝驚馬跑了過去。眼瞧著馬蹄就將落下，說不好下一刻這胖乎乎的孩子就會殞命馬蹄之下。

「順子！」鄉民聲音都直了，有心去拉，卻哪裡來得及？

電光石火之間，一個人影一閃而過，探手一下把娃娃攬在懷中，同一時間，那馬蹄也應聲而落。

可不正是之前鄉民嘲笑的那個灰撲撲少年？

那鄉民癱坐在地上，臉上哪裡還有一點兒血色？直到孩子被送回到自己懷裡，才終於回神，抱著孩子翻身跪倒不住磕頭。「多謝恩公、多謝恩公！」

馬車的車門也跟著打開，一個一身綾羅的胖子從馬車上爬了下來。

那胖子瞧著也就十八、九歲，脖子上掛著一塊大大的金鎖，手腕上好幾條金鏈，又實在胖得緊，走起路來簡直就是一個移動的金桶，當真是瑞氣千條。

旁邊的一眾書生紛紛往旁邊躲開，眼神中不免有些不屑。

那胖子卻渾然不覺，一逕盯著少年，眼神亮得不得了，興奮得不住搓手。「啊呀，原來是位少俠，我叫王大寶，不知道少俠的名號是？」

眼神中是絲毫不加掩飾的崇拜之意。

「王公子，在下陳毓。」少年倒是沒有什麼不悅。

這少年正是早年離家在外遊歷了三年的陳毓。

從離開西昌府，陳毓一個人輾轉大江南北，可惜這麼一路打探下來，沒有覓到關於小七的一點消息。萬般無奈的他，只得依照當初虛元道長所說的「一舉成名天下知」。既然自己找不到小七，那就只好站得更高，讓小七來找自己了……

「陳毓？陳毓？」王大寶臉上神情有些茫然，實在沒有聽說過這個名字啊？「敢問公子師從何處？旗山陳家，還是山陽陳家……好像也不像啊？」

陳毓還未說話，城門處忽然傳來一陣沈重的「吱呀」聲，卻是城門開了。

人們紛紛站起身，往城門處而去。

那王大寶明白此處並非敘話之所，忙不迭對陳毓一拱手。「陳大俠，這樣，我這車子寬敞得緊，你跟我一起上車——」

話音未落，車裡傳來一陣咳嗽聲，一個不耐煩的年輕男子聲音響起。「表哥，走了。」

陳毓如何聽不出來對方語氣裡的不悅之意？

那王大寶聞言有些無措，明顯不願惹車上的人生氣，忙低聲道：「景賢，我瞧著這位陳公子可不是你說的那些招搖撞騙的，人家是有真功夫的……」語氣裡竟有些小心翼翼。

「趙兄他們應該已經到了，咱們萬不可遲了。」車上人索性直接道。

車上人明顯的拒絕，陳毓倒也沒有放在心上，見王大寶露出為難的神情，不在意的搖搖頭道：「不用了，不過幾步路，就不勞煩王公子了。」

「人家已經說不勞煩了，表哥你還愣著做什麼？」車中男子的聲音再次響起。

王大寶無奈，只得對著陳毓一拱手。「我和表弟先行一步，對了，我們已經訂好了如意大酒樓的房間，少俠有空的話，可以到酒樓中找我。」

甚而車子已經走出去老遠了，還探出頭來，朝陳毓招手。

陳毓正準備跟著進城，卻被人拉住，回頭瞧去，原來那鄉民並未離開，這會兒見陳毓要走，忙不迭道：「恩公要去哪裡？我送你吧！我這牛車雖然慢些，好歹也能省些力。」

這鄉民雖不識幾個字，卻也是個知道感恩的，口裡說著，已是極快的把車上捆著的一溜家禽並幾簍蔬菜都挪到角落裡，又抱了些乾草在車上鋪好，還拿了個菱角在衣服上使勁蹭了蹭，陪著笑遞給陳毓。

「這菱角是我們家自己種的，恩人嚐嚐看，可甜了。」

陳毓爽快的接過來，點了點頭。「如此就叨擾大哥了。」

兩人一路說一路往城中而去，交談得知，這鄉民名叫王石鎖，是近郊的菜農，車上拉的這些東西，正是要送往如意大酒樓的。

「如意大酒樓？」陳毓不由笑了。「那正好，我也是要去那裡。」

知道自己要回來參加鄉試，爹爹早早的就讓喜子到大酒樓候著了——如意大酒樓也是裘家的產業，依照先前的約定陳毓也算是東家之一，此行自然也不會去別家住。

「恩公是要投宿？」王石鎖不由咂了下舌頭。「我聽說，那裡可是貴著呢。還有啊，因這大酒樓出過一個解元老爺，好多讀書人都樂意去那裡住，聽說那些有錢人都是一早就預定了的，恩公這個點過去，不一定有房間啊。」

這幾年來，裘家生意越發蒸蒸日上，商鋪酒樓自然在江南遍地開花，而且生意都極好。就比方說這懷安府，雖然酒樓也多得是，可卻沒有哪家能夠和如意大酒樓相比。更不要說裘三公子很早就定下一條鐵律，鄉試期間為了保證這些前來投宿的秀才公能好好休息，不再接納其他客人。

此舉頗能滿足秀才們孤芳自賞的心思，再加上酒樓針對秀才們的種種優惠，很自然的令得如意大酒樓成了參加鄉試秀才的首選。

往往一個月前，酒樓客房就會被搶訂一空。王石鎖見陳毓的模樣可不像會去提前預定，更不要說，他怎麼瞧也不像來應試的啊……

「我有一個舅舅在衙門裡當差，不然，到時候我請舅舅出面，看能不能幫恩公尋一間客房……實在不行的話，我再請舅舅陪恩公去其他酒樓，恩公放心，除了如意大酒樓，其他酒樓但凡恩公看中的，憑我舅舅的面子，當是沒什麼問題。」

王石鎖說了這麼多，很明顯後一句才是重點，他根本不認為陳毓能在如意大酒樓找到住的地方。

說話間已是到了城裡，又走了半個多時辰，終於到了裝飾富麗典雅的如意大酒樓。

陳毓讓順子坐好，自己則從車上一躍而下，對王石鎖擺了擺手。「麻煩老哥了，咱們有緣再見。」

王石鎖尚未說話，店小二已是迎了過來，指著後面的小門道：「石鎖，為免衝撞了秀才公，從今兒起你走這道門。」

小二錯眼瞧見陳毓正往酒樓而去，忙不迭丟下王石鎖，攔住陳毓的路，陪笑道：「這位客官，我們酒樓已沒了空房，還請客官……」

話音未落，一陣急促的腳步聲傳來，一個激動的聲音隨即響起。「小毓，是你嗎？」

店小二抬頭，眼睛一時瞪得溜圓──開什麼玩笑？那跑得氣喘吁吁、神情激動，看模樣好像都快哭出來的人，可不正是自家四少爺裘文岩？

這四少爺最是個混世魔王的脾氣，除了在三公子面前還算規矩，其他人就是府台公子等閒也不放在眼裡。平日裡從來只有別人巴結四少爺的，什麼時候四少爺也上趕著巴著別人？更不要說那人怎麼看就是個窮小子罷了！

陳毓神情也有些激動，搶上前兩步，迎上飛奔過來的裘文岩。

「兄弟，這幾年你跑到哪裡去了？」裘文岩站住腳，抬起手來本想打陳毓腦袋的，伸到一半才發現，陳毓比自己還高呢！無奈何只往陳毓的胸膛重重的打了一拳。「臭小子，多大點事啊，你就敢這麼多年都沒消息！」說著眼眶就有些發紅，方才若不是喜子認出了陳毓，自己還沒認出眼前這個一身塵土、滿臉風霜的人，就是印象裡那個粉雕玉琢一般的兄弟陳毓。

叫自己說，這兄弟可真是瘋魔了，那小七不就是一個長得好看點的男孩子嗎？憑陳家現在的財勢，想要什麼樣的男子不可得？更何況，若兄弟真想要，自己這做哥哥的就能給他準備至少一打，還春蘭秋菊各擅勝場！至於為了那麼個男孩子就浪跡天涯足足三年嗎?!

當然，畢竟年齡長了，裘文岩也能分清什麼話能說什麼話不能說，雖是心中腹誹，終究把這些話都嚥了回去。

「少爺！」喜子的聲音隨即響起。三年的時間，喜子已長成了個漢子，還娶了親，媳婦兒不是別人，正是劉娥的女兒二丫。

從小一起長大，陳毓和喜子雖名為主僕，可比親兄弟還親，當初陳毓心傷小七失蹤，獨自離開，主僕已睽違了三年之久。這會兒見到陳毓，饒是喜子這五大三粗的漢子，也不住的抬手揉眼睛。

剛毅如陳毓，重見故人，這會兒心情也有些激蕩，任憑裘文岩一拳打在自己身上，躲都不躲。「讓四哥擔心了，是弟弟的不對。」

又拍了下喜子的肩。「好了，喜子，都成了親的人了，你這樣，不怕二丫知道了笑話你？」

「笑話什麼？」喜子甕聲甕氣的道：「要是二丫真見著了少爺，保管哭得拉都拉不起來。」

在岳母她們的心裡，少爺可不僅是主子，更是恩人。少爺離家的這三年，岳母和二丫每逢年節禱告時就多了一件心事，那就是祈求老天保佑少爺平平安安。

「走吧，房間已經給你安排好了，你先去洗漱一番，然後我給你接風。」裘文岩拍拍陳毓的肩，帶著陳毓大步往如意大酒樓而去。

那小二在後面看得不住咋舌，四少什麼時候這麼不講究了？平日裡就是丫鬟伺候吃個什麼東西都得洗幾遍手，現在倒好，那新來的少年整個就跟個土人相仿，少爺還跟他勾肩搭背、一副哥倆好的樣子。

幾人正往裡走，迎面正好碰到另外一群人，相較於其他人的青衫儒袍，內裡一個金光閃閃的胖子特別引人注目，不是之前剛分別的王大寶，又是哪個？

王大寶也瞧見了裘文岩，頓時笑得兩隻眼睛擠成了一條縫，遠遠的就同裘文岩招手。

「哎呀，裘兄，我正說要去尋你呢，這趕得早不如趕得巧，我們幾個正要去聚一聚呢，走走走，咱們一起——」

話音未落，就被人打斷。「王公子有朋友的話，不妨自便。」

這聲音倒是有些熟悉，陳毓循聲望去，是王大寶旁一個瞧著同自己差不多年紀的少年。記得不錯的話，應該就是先前在王大寶邀請自己同行時，車內那個不耐煩的拒絕聲音。

那少年生得也還算清秀，臉上的神情明顯有些疏離，一副恨不得馬上跟王大寶撇清關係的模樣。

王公子？陳毓神情有些玩味，好像方才城門處沒人的地方，那少年喊的是表哥啊？

這是嫌王大寶給他丟人了？也是，江南一帶，四哥的名頭可不怎麼好。只是這少年也未免太不通人情世故，再怎麼說，這如意大酒樓也是裘家的地盤，這麼赤裸裸的表示看不上裘家的人，他還真做得出來。

裘文岩理解錯了陳毓的意思，以為陳毓是因為被人攔住去路才不悅，當下腳都沒停，擺手拒絕道：「咱們改天再聚，今兒個我還有事。」

說著就要回頭招呼陳毓，王大寶卻搶上前一步，神情激動的攔在陳毓面前。「啊呀，這不是陳大俠嗎？陳大俠你是來尋我的吧，我就知道陳大俠一定會來的，走走走，今兒個一定得好好的喝一杯，咱們不醉不歸……」

那正準備離開的少年頓時站住腳，瞧著陳毓的神情變得有些陰沈。「出門在外，王公子還是不要隨便惹上麻煩才好。這會兒正是鄉試期間，如意大酒樓可不是隨便什麼人都能進的。」

自己這個表哥，還真是上不得檯面。即便好不容易考了個秀才，說起話來卻總是圍著錢財金帛打轉，別說旁人看過來的眼光很是怪異，就是自己也覺得抬不起頭，畢竟雖然沒告訴別人自己和表哥的關係，人依舊算是自己介紹來的。

至於那姓陳的小子，必然也是衝著王家的財富追過來的，本來以為城門口自己明明白白的表達了拒絕的意思後，對方會知難而退，倒沒想到竟蒼蠅似的跟著不放了。也就表哥這樣的蠢貨看不出來，還上趕著跟人稱兄道弟。

這句話卻是觸了裘文岩的逆鱗，都是些什麼東西！就憑他們，還敢看不上小毓？不就是些窮秀才嗎，真不知道自己是老幾了！他當下陰陽怪氣道：「哎喲呵，還不知道我們裘家什麼時候又多了個孫子啊！什麼叫『如意大酒樓不是什麼人都能隨便進的』？說得好像這如意大酒樓是你家的一樣，真是狗拿耗子多管閒事！」

那少年沒想到裘文岩說話這麼陰損，愣了半天才反應過來，一張臉脹得通紅。

「你、你欺人太甚！即便你姓裘又如何？鄉試期間，除了前來應試的秀才，概不接待其他客人，可是如意大酒樓自己打出的招牌，現在又這般說，莫不是想要出爾反爾，自己打臉不成？若如此，你們這如意大酒樓不住也罷。」

陳毓素來護短，沒想到少年如此咄咄逼人，眉頭一下蹙起，對此人已是極為不喜。

其他人倒沒什麼，王大寶卻嚇了一跳。王家也算是江南巨賈，又同裘文岩打過交道，知道這裘四公子最是個混不吝好勇鬥狠的主，真是耍起橫來，可不管對方什麼來頭。

這麼一想，王大寶臉色就有些發苦，為今之計，可得趕緊讓裘四公子息怒。他忙不迭陪著笑臉對裘文岩道：「四公子莫要在意，景賢他年紀小，有口無心。四公子大人大量——」

裘文岩一下推開他，擼起袖子就準備動手。只是剛一動，拳頭就被人抓住，再動不得分毫。

裘文岩頓時大怒，待看清那個抓著自己拳頭的人，臉上的神情很不情願，終究沒有打過去。「小毓！」

「我餓了，咱們走吧。」陳毓神情淡然，語氣卻是不容置疑。

三哥的意思，四哥不懂，自己如何不明白？

這些讀書人裡，說不好將來就會出幾個進士。如意大酒樓今日結下善緣，來日定可得到豐厚的回報。這會兒正是鄉試期間，懷安府這會兒最多的可就是讀書人，四哥若真把這群人攆出去了，這些秀才旁的不行，一張嘴卻是厲害得緊。軟刀子殺人最是無跡可尋，一傳十十傳百之下，三哥也好、裘家也罷，必然名聲有礙。

裘文岩雖是個衝動的性子，這輩子最佩服自家三哥和陳毓這個非得認來的弟弟，聽陳毓如此說，雖不甘心，好歹收回了拳頭，悻悻然哼了聲，瞪了一眼那叫景賢的少年，沒有再說什麼。

王大寶瞧得一愣一愣的，聞名江南的小霸王裘文岩什麼時候這麼乖了？之前可是連自己的面子都不賣，怎麼在陳大俠面前這麼服貼？連小霸王都能降服，這陳大俠當真是神人也！這般想著，瞧向陳毓的眼神不免更加崇拜。

那群讀書人裡自然也有知道裘文岩其人的，看向陳毓的眼神就有些怪異。

陳毓這會兒已是對這叫景賢的少年沒半點兒好感，瞥了對方一眼，淡然道：「都是參加鄉試，難不成還有貴賤之別？你住得如意大酒樓，何以我就住不得？」

說著看也不看眾人，和裘文岩並肩而去。

「二位，等等我！」王大寶愣了下，終究追了過去。

「那是你表弟吧？」陳毓斜了一眼氣喘吁吁追上來的王大寶，意有所指道：「倒是個與眾不同的。」

聽出陳毓話裡的揶揄，王大寶有些不好意思，撓著頭憨笑道：「不怪我表弟，不瞞陳大俠說，我這個模樣確實和他們那些讀書人有些不搭，他們看不上我也是有的。」

瞧著三人一起離開，其他人面面相覷。那俊秀少年身量雖高，明顯年齡還小，怕是還沒景賢大吧？能同王大寶和裘家小霸王交好的人，又能是什麼好貨色？這會兒竟然說也是來參加鄉試的？開什麼玩笑。

只是很快，一個更過分的消息傳了過來，那間解元住過的天字一號房，先前眾人趨之若鶩，卻全都被拒之門外，如今終於有人入住了，正是之前那個結交權貴而被眾人鄙棄的少年。

事情傳出去，自是成了懷安府一大笑談，幾乎所有人都說，如意大酒樓這次怕是要砸招牌了，畢竟，收留一個不學無術的人也就罷了，還讓他住進眾多讀書人視為聖地的解元公的房間，不是胡鬧嗎？

又有好事的賭坊推出預測的解元人選時，除了之前公認的熱門人選趙恩澤、崔景賢等人外，又加上了多方打聽才知道的「陳毓」這個名字。當然所有人都明白，「陳毓」這個名字加入賭注，不過是增添一則笑料罷了，權當圖個樂子。

裘文岩也是直到放榜那日早上，才知道陳毓的名字竟然也在賭注中，頓時興致高昂，卻在聽到接下來的話後好險沒氣樂了。

到現在為止，買陳毓中解元的人數依舊是零。

「這些混帳，簡直是欺人太甚！」裘文岩氣得不輕，敢拿自己兄弟開涮，膽兒真是夠肥的啊！也好，既然這些人敢在老虎頭上搔癢，看自己不把他們鬧個底朝天！

想了想招來小二。「眼下買我兄弟中解元的賠率是多少？」

「一百比一。」

「這樣啊。」裘文岩點了點頭，伸手拿起一疊銀票，交到家丁手裡。「這是一萬兩，你拿著，去買小毓中。」

一百比一啊，這麼好的發財機會，腦袋被驢踢了才會放過。

一萬兩？王大寶一旁瞧得眼都直了。裘少果然夠哥兒們，也夠慷慨，明知道自己兄弟必輸，為了力挺兄弟，竟還一下子拿出這麼多銀兩。

當下也來了興致，叫來書僮，拿出了一千兩銀票遞給他。「拿去，買陳公子中。」陳大俠可是自己崇拜的人，怎麼也要跟著湊個熱鬧才是。

那下人拿了銀票正要往外走，卻被陳毓叫住。「我這裡也有一萬兩，和你家少爺押的一樣。」

如果說先前還沒有五分把握，從考場出來後，陳毓卻自覺有八分把握得中解元。

許是老天庇佑，此次策論試題是有關治水實務及百姓民生的問題，可不正是陳毓在西昌府時曾經做足了功課的?

「我這裡有三千兩,也一併拿去押我家少爺中。」喜子也樂滋滋道。

二丫這會兒的身家,好歹也算是個小富婆了。作為陳府管家,喜子家家境也是殷實得緊,雖然三千兩的數目有些大,拿出這筆錢卻也並不算什麼難事。

如果說裘文岩拿出一萬兩,是典型的印證了人傻錢多這句話,陳毓也跟著掏出上萬兩白銀卻是讓王大寶委實被嚇住了。

隨隨便便就能掏出一萬兩,這樣人家的孩子怎麼可能需要依附於別人家過活?

到這會兒,王大寶終於後知後覺的意識到,自己好像選擇性的忽略了一個事實——之前裘四和陳毓的接觸中,即便裘四年紀大些,卻明顯是以陳毓為主。

「王少爺還要不要加注?」喜子忽然笑嘻嘻的對王大寶道:「這可是賺零花錢的好機會。」

正因為所有人都不看好少爺,殊不知,恰好是賺大錢的最好時機。

「這……」王大寶撓撓頭,明顯有些不好意思,卻還是老老實實道:「我能支配的銀兩有限,而且拿得多了,我怕表弟就會跟我鬧。」

「這麼好的發財機會,大寶你錯過了可不要後悔才是。」裘文岩哪裡看不出他的心思,當下哼了一聲道。

王大寶有些難為情,卻依舊沒有往上加錢的意思,自然無論如何也不會想到,很快自己就會為眼下的決定而悔斷腸子。

眼瞧著放榜的時間就要到了，陳毓三人終於不緊不慢的出了房間。

待來至大堂，正碰上被眾人簇擁著的崔景賢、趙恩澤等人。這兩人均是今年懷安府奪取解元的熱門人物，自是引得眾多讀書人爭相結交。無論走到哪裡，都是眾星拱月一般。

這會兒看見從樓上下來的陳毓三人，那邊人群頓時一靜。

就在方才，賭場那邊傳來消息，本是作為笑料存在的陳毓，竟也有人買他中。更不可思議的是，押的銀兩數目簡直大得驚人，聽說足足有幾萬兩之多！

消息傳出，令得一些本來不過抱著看熱鬧心理的人也大受刺激，有一些人想藉此發個偏財，也跟著在陳毓身上投了注。

沒想到，幾位解元公的熱門人選，這麼早就碰到了一起。

相較於裘文岩的篤定、王大寶的不安，其他人更多的是想要看笑話。

這些日子裘文岩的做派其他人也是瞧見了的，當真是把陳毓奉若上賓。每頓飯都是各色山珍海味的伺候著，聽說竟是從來都沒重過樣。一想到這麼個來路不明的人卻能得到裘家這般重視，所有人心裡都不是滋味，羨慕有之，嫉妒更有之。

這會兒乍然碰見，再聯繫之前裘家力挺陳毓的傳聞，心裡自是五味雜陳。當下就有人笑嘻嘻的對陳毓幾人道：「哎呀，這不是陳公子嗎？瞧幾位的模樣，也是去看榜吧？也對，聽說不少人看好陳公子呢，說不好呀，這解元公還真會被陳公子給奪去呢！」

嘴裡雖是這麼說，其中的諷刺調笑之意卻是再明顯不過。

旁人聽見，果然哄堂大笑，唯有崔景賢臉色比之先前更加難看。冷冷一笑道：「欺世盜名之輩罷了，也敢——」

話卻被王大寶厲聲打斷。「景賢，你胡說什麼！須知人外有人天外有天，景賢莫要隨便評判他人才是。」

畢竟出身於商家，王大寶也不是傻的，這會兒怎麼還猜不出陳毓的身分有古怪？雖然直到現在為止，他絞盡腦汁依舊沒有鬧清楚陳毓的來歷，卻不能眼睜睜的瞧著自家表弟隨隨便便就把人給得罪了。

兩人中本是王大寶年齡大，奈何崔景賢更加強勢些，以致兩人間主導的往往是崔景賢。甚而即便有時崔景賢說話不好聽些，王大寶也從來都是好脾氣的受了，從不曾違背過崔景賢的意思，這還是第一次在大庭廣眾之下給崔景賢沒臉。

許是被王大寶異於常日的行為給驚到了，崔景賢一時忘記了反應。等意識到方才發生了什麼，陳毓幾人早已上了馬車，揚長而去。

崔景賢氣得一跺腳。

「倒是個有本事的，竟能哄得那呆子這般死心塌地的為他出頭！走吧，我倒要瞧瞧這位如此大才的陳公子，會不會獨佔鰲頭？」

當下和趙恩澤上了最前面的車子，其他人也都跟著紛紛上了馬車。待得來至貢院前，那兒早站滿了等著看榜的秀才，瞧著已是人山人海，至於陳毓幾個，早不知到哪裡去了。

正自梭巡，幾聲震天響的大炮聲音忽然響起，貢院大門隨之大開，很快有衙差出來，抬著榜單大步走出貢院，又有大批衙役上前，呼喝眾人退後。

待得那些衙差離開，人群頓時潮水般朝著榜單湧了過去，無數雙狂熱的眼睛，視線全都集中在榜單之上。

「咦，我的名字，我瞧見我的名字了……」有人開心地哈哈大笑，笑到最後，卻忽然變成了蹲在地上大哭不止。

也有人從之前的充滿期待，卻在看完桂榜後神情黯然之極，更有幾位白髮蒼蒼的老者撐不住，直接昏了過去。

同一時刻，解元公的名字也終於在所有人耳邊傳開，卻是一個無比陌生的名字——陳毓。

「陳毓？那是誰？」作為解元公的熱門人選，趙恩澤好歹榜上有名，崔景賢卻直接名落孫山。希望有多大，失望就有多大，崔景賢直接就魔怔了，甚而聽到解元公的名字，只覺有些熟悉，可無論如何想不起那人究竟是誰。

「崔賢弟忘了？」旁邊的趙恩澤神情複雜。「不就是和咱們同住如意大酒樓，和裘、王兩家公子走得極近的那個少年嗎？」

「是他？」崔景賢喃喃了聲，忽然「噗」的一聲吐了口鮮血出來，暈了過去。

都說十年苦讀無人問，一舉成名天下知，勝利者身邊自是不乏討好賣乖之人，至於失利者，不過令眾人多了個茶餘飯後的談資罷了。

崔景賢眼下情形便是如此，昏昏沈沈睜開眼來，身邊除了哭紅了眼的自家書僮，哪還有其他人？

「景賢！」一陣咚咚咚的急促腳步聲傳來。

崔景賢身邊的書僮循聲望去，頓時大喜。「表少爺！」

王大寶正艱難的挪著肥胖的身軀，手裡還拉了個大夫，正匆匆跑過來，雖是深秋天氣，王大寶卻跑得一身汗，一直奔到崔景賢身前才站住腳。跑得太快了，又不經常運動，王大寶臉色都有些青紫，待瞧見崔景賢已經醒來，臉色才好看些。

「表弟，你真是要嚇死我……」一句話未完，卻是身子一軟，一屁股坐倒地上。

「哎喲，這位公子！」那大夫嚇了一跳，忙不迭掐住王大寶的人中，待王大寶悠悠醒來，氣得直吹鬍子。「你說你這人怎麼回事！你這表弟不是好好的嗎！你生拉硬拽的拖著老朽就走，胖成這個樣子，還揹著我跑——倒好，你表弟根本任事兒沒有；倒是你，累成這德行！自己找死也就罷了，何苦拉上老夫？虧得你沒事，若是有個什麼，說不得，老夫還要擔上些干係！」

王大寶被罵得臉都是綠的，心知自己這是又做錯事了，這麼聽風就是雨的性子，少不得又得挨表弟一頓說，忙不迭強打起精神，好言好語的跟大夫道歉。又小心翼翼的看了眼依舊低頭不語的崔景賢。「表弟，啊，不是……」

頓時有些懊惱，怎麼忘了，表弟可是囑咐過自己，外人面前不得顯露兩人的表兄弟關係。「那個，景賢，你哪裡不舒服，快讓大夫瞧一下……」

崔景賢依舊癱坐在地上，半晌，卻是直直的墜下淚來，下一刻便攥住王大寶那雙自己平日裡最討厭的胖乎乎全是肉的手。「表哥，對不起……」

本想著自己此次高中，有表兄這麼一個蠢物在側，不知要被人幾多嘲笑。沒想到卻是一朝失利，別說奪得解元，根本就未中舉。更可笑的是平日裡那些總圍著自己轉的所謂好友，方才還對著自己言笑晏晏，不過片刻間便作鳥獸散，到頭來留在自己身邊、真心擔心自己的也就表兄罷了。

畢竟年少輕狂，不知道世間最重要的到底是什麼，也只有到了絕望的境地才看透人心。

正自百感交集，一輛馬車緩緩而來，裘文岩從車上探出頭。「大寶，上來吧，咱們快些回去。」

崔景賢怔了下，良久慘澹一笑。虧自己眼高於頂，一直看不起表兄，認為他結交的全是酒肉朋友罷了，現在看來，別人瞧著的不過是自己頭上天才的光環罷了，反倒是表哥身邊的朋友看重的也就是表哥這個人。

「多謝陳公子、裘公子，之前是景賢著相了。」

待幾人上車，馬夫一抖韁繩，馬車便風馳電掣一般往酒樓而去。

這中間出現了個小插曲，懷安府最大賭場的管事恭恭敬敬的上前，奉上了面額足有百萬兩的銀票。只瞧得王大寶嘴直抽抽，眼睛都直了。本來自己那千兩變成萬兩，也算是不大不小發了一筆財了，可和車上其他兩位相比，自己那點兒小錢算得了什麼啊，說是九牛一毛還差不多！真是白瞎了那麼好的賺錢機會！

幾人回來得倒是正好，才進大堂就聽見一陣陣鑼鼓喧天的聲音遠遠而來，跑在最前面的正是喜氣洋洋的官差。「快請臨河縣秀才陳毓陳老爺下樓，此次鄉試，陳老爺高中第一名解元老爺了！」

聽了官差的話，饒是陳毓這般沈穩心性，這會兒也是心潮起伏，至於喜子和裘文岩也都快樂瘋了。裘文岩更是激動得什麼似的，那興奮的模樣，真真比自己中舉還要開心，直接令人包了十兩銀子的紅包賞給前來報喜的官差，把那些官差給高興傻了，這麼多年來，這還是第一次拿到這麼豐厚的賞賜！

「好叫陳老爺得知，明日在曲池苑舉辦鹿鳴宴，小的們到時就在曲池苑迎候陳老爺大駕。」

許是方才得的紅封太過豐厚，那官差特意賣了個好給陳毓。「明兒個主持鹿鳴宴的可是欽差大臣、咱們大周最具聲望的周清大人。」

周清？陳毓怔了一下，和那件拍花的案子裡救了自己的學政大人一個名字嗎？難不成是同一人？

殊不知周清這會兒也正有些犯嘀咕。

「陳毓？會是那個和安丫頭一起被救出來的小子嗎？」

好在明日就是鹿鳴宴，倒要瞧瞧此陳毓是否就是彼陳毓。

第二十七章　傳奇

一大早，曲池苑外就雲集了一大批躊躇滿志的士子。

江南自來是文風鼎盛之地，參加鄉試秀才人數逾萬人之多，此次江南一省十二府共取中舉人一百四十六名。也因此，眼下能站在曲池苑外的這些舉人，委實是名副其實的天之驕子。

雖是同為天之驕子，地位卻又各個不同。

站在最前面，和其他舉子拉開一定距離的那個挺拔少年，無疑是所有目光的焦點，也是所有人羨慕、嫉妒的存在。

自古以來，江南一地的解元公，都被公認為含金量最高的，皆因但凡奪得江南解元的，無不是名動大江南北的才子。唯有這個芝蘭玉樹般的少年，因一舉奪魁而在最短時間內震動了江南儒林，但此次考中的一千舉人裡，沒有一個人與之交好。這少年就像是憑空冒出來一般，卻偏又以幾乎灼瞎人眼的姿態，以卓然之姿挺立於眾人面前。

更難得的是，若論少年人的本性，但凡取得一點成績，難免沾沾自喜、有輕狂之態，而這陳毓以十六歲之齡在上萬人的鄉試中脫穎而出、獨佔鰲頭，這般榮光便是成年人怕也會失了本心，陳毓竟無一點驕矜之態，那般雖千萬人吾往矣的氣度，令得其他人即便對這突然冒出來的解元公頗有幾分質疑，卻不敢有半分冒犯。

只排擠是必不可少的。

拔得頭籌的陳毓，雖是站在最前面，周遭卻並沒有一個人，明顯被孤立。

眾舉子看似閒閒站著，卻明顯簇擁在亞元趙恩澤的周圍。

便是陳毓這會兒奪得解元又如何，說不好這裡面有什麼貓膩，或者就是運氣使然！而且這也就是鄉試罷了，來年春闈到底如何還未可知。須知江南解元亦有止步於春闈、名落孫山的。

這陳毓一次運氣好，總不至於次次運氣都好吧？至於趙恩澤，單憑家世，就能甩這突然冒出來的小子幾條街，若論將來的前程，自然也是趙恩澤人生的路更為光明。

陳毓自然明白自己這會兒的處境。

只是和身旁那些文人不同，上輩子的經歷令得陳毓有著一股武人的血性，而這三年的遊歷，讓陳毓心境更為豁達，這些文人瞧著陳毓就是一個毛孩子，卻不知陳毓看他們也覺幼稚得緊，哪會把他們的排擠放在心上？

便是自詡出身書香門第、仕宦人家的趙恩澤瞧著也不由大為佩服，深知之前的懷疑皆無妄猜測，少年的氣度不凡，奪得這頭名解元怕是絕非偶然。

眼瞧著曲池苑大門大開，趙恩澤笑吟吟趨前一步，朝陳毓拱手道：「陳公子，請。」

趙恩澤此番所為，明顯有示好之意，陳毓雖不在意旁人的態度，卻也不會拂了對方好意，當下微微一笑。「趙兄客氣了，請。」

兩人連袂而行，並肩往曲池苑而去。

後面舉子愣了片刻，忙也紛紛跟了上去，瞧向陳毓的眼神有些複雜。連最有望奪得解元卻反被壓了一頭的趙恩澤都願意主動折節結交，這陳毓倒是個有福的。

到了曲池苑中，已是處於官家視線範圍之內，眾人自然都各自打起精神來。約莫盞茶工夫，遠遠的青石路上傳來一陣腳步聲，其中一個威嚴端肅的方臉男子，陳毓一眼認出來，正是數年前有過一面之緣的那位周清大人。

至於其他相陪的官員，陳毓不識，趙恩澤倒是認得，可不正是江南巡撫宋運成、學政鄒敏，及懷安府一眾官員？

當下以陳毓為首，眾舉子搶步上前齊齊拜倒。「見過各位大人。」

鄒敏作為主管一省學子的學政，這會兒自然搶先一步，伸手對著眾人虛扶了一下。

「此番鹿鳴宴，既是汝等榮耀，亦是官家盛事，這鹿鳴宴乃是天家特意為各位籌辦，諸位學子切莫拘束，只管各安其座便是。」

眾人恭謝皇帝聖恩，這才起身。周遭早有樂曲奏起，陳毓領起，眾人齊誦〈鹿鳴〉詩，朗朗書聲一時在整個曲池苑傳揚。

一曲甫畢，鄒敏一指和陳毓並肩而立的趙恩澤，笑著對宋運成等人道：「這就是趙家的麒麟兒趙恩澤，不愧是名動江南的才子，恩澤的文章當真是花團錦簇一般。」

一番話出口，令得人群頓時一寂。

要知道此次鄉試，陳毓才是昭告天下的解元公，也理所應當是今日鹿鳴宴的主角，作為一省學政，鄒敏無論如何也不該避開陳毓才是。怎麼在這麼多官員面前，獨獨讚譽趙恩澤？這不明擺著是打解元陳毓的臉嗎？

一干舉子，除少數人外，看向陳毓的眼神滿滿的全是幸災樂禍和猜忌。

陳毓的解元果然有些不妥？不然，學政大人何以如此絲毫不給他面子？

便是趙恩澤，這會兒也不免有些惶恐。畢竟自家雖有人在朝為官，可和學政大人也就泛泛之交罷了，實在沒想到鄒敏就這麼把自己給推了出去，這不是把自己放在火上烤嗎？

趙恩澤聽家中長輩說起過，鄒家也是京中世家，這鄒敏更是潘家的女婿，這樣的人家自然不好得罪。只內心委實奇怪得緊，以陳毓這般年紀，難道會跟鄒敏有什麼恩怨？或者是父輩之間有什麼嫌隙？

這般一想，越發坐實了之前的猜測，陳毓過去名不見經傳，但絕不可能毫無根基，說不好也是名門之後，畢竟，能讓鄒敏這樣的人忌憚，怎麼也不會是泛泛無能之輩才是。

不得不說趙恩澤的推測很對，於鄒敏而言，「陳毓」這個名字並不陌生。

鄒敏和阮筠，還有之前被誅族的武原府知府程恩乃同榜進士，三人自來關係頗好，鄒敏和阮筠又都娶了潘家女，關係自然更親近。

幾年前，阮筠差點栽了個大跟頭，鄒敏後來才知道，竟是因為一個叫陳毓的孩子；而三年前，程恩被誅族，究其原因依舊和陳毓這個名字有關。

知道這次解元也叫陳毓之後，鄒敏自然頗為留心，特意調出陳毓籍貫的詳細資料，終於確定，這個解元陳毓就是之前令得自己一位好友吃了大虧，另一位則直接掉了腦袋的那個陳毓！基於此，鄒敏如何會對陳毓有半分好感？

一片靜寂中，一個爽朗的聲音忽然插入進來。「陳毓，果然是你嗎？」

欽差大臣周清滿臉微笑的瞧著陳毓。

如果說之前還不確定，待觸及陳毓瞧見自己時驚喜又帶有些許激動的眼神後，周清終於確定，江南的解元公陳毓，就是當年那個曾因被拐賣差點兒陷入絕境的孩子。

雖說兩人不過一面之緣，可周清明白，自己仕途能一路暢通，委實從陳毓身上得益不少。以致雖是事隔經年，周清卻依舊對陳毓觀感極好。

何況周清之前曾親自檢閱陳毓的卷子，不客氣的說，便是第二名的趙恩澤，相較陳毓而言也差了太多。

再加上先前英國公府世子曾暗示自己多照拂故人，如果說原本還不明白，這會兒自然清楚，成家口裡的故人，定然就是這陳毓無疑了。

「見過周大人。」陳毓已是大禮參拜。「當年若非周大人施以援手，毓如何能有今天？」

「知恩圖報，是個好孩子，我瞧著小毓的文章也好、字體也罷，都頗有大家之風，當真難能可貴，不知你和柳老先生可有淵源？」

周清此語倒不是純粹給陳毓撐場面，委實是覺得陳毓那般大開大合的闊大文風頗為熟悉。當年曾跟隨一代大儒柳和鳴讀過書，周清確信，陳毓的文風和柳老先生確然有相似之處。

聽周清如此評價自己，陳毓也有些受寵若驚。「當不得大人如此誇讚，毓這解元實屬僥倖。至於柳老先生……不瞞大人，在下恩師確然姓柳。」

「你的恩師？」周清一怔，訝然道：「不會是……大儒柳和鳴吧？」

一句話未完，人群中忽然有人驚叫，眼神中全是激動之色。「我知道了，竟然是他！」

這人也來自白鹿書院，之前聽到陳毓這個名字，還以為是同名同姓呢，原來真的是柳老先生的關門弟子，有白鹿書院傳奇之稱的那個陳毓。

別說江南一地，放眼整個大周，柳和鳴的聲名都響亮得緊。聽周清如此問，所有人都瞪大了眼睛，便是鄒敏也不覺蹙眉，應該不會這麼巧吧？

不料陳毓竟是點了點頭。「不錯，在下恩師，正是白鹿書院的柳和鳴先生。」

果然是人的名兒，樹的影兒，如果說之前還有人不憚以最壞的居心去抹黑陳毓，待聽得陳毓的老師是大儒柳和鳴，那些質疑的話便再也說不出口。

放眼天下，柳和鳴於士林中的聲望無人能出其右，他精心培育的弟子奪得解元，亦是再合情合理不過！

「竟然考中了解元，這個陳毓，還算有幾分本事。」說話的是一位劍眉飛揚、容貌英挺的青年，可不正是英國公府世子、太子少保兼左翼前鋒軍統領成弈？

因是在自己家中，成弈已除去官服，僅著一件月白色府綢長袍，越發襯得人英姿勃發。

躬身侍立在成弈身前的則是一個壯碩漢子，漢子收肩斂胸屏息，對成弈極為敬畏，心裡卻有些犯嘀咕，也不知道那陳毓到底是什麼人，竟能讓少帥出動追影小組？

要知道左翼前鋒軍歷來是大周最鋒銳的一把尖刀，而他們這追影小組十二人更是鋒銳中的鋒銳、尖刀裡的尖刀，用來調查一個十六歲的少年，委實是大材小用。

「好了，你下去吧。」明顯對手裡紙張顯示的內容還算滿意，成弈剛毅的神情終於稍稍放鬆了些。

之所以會關注陳毓，自然還是為了小七，若論內心的真實感受，成弈委實恨不得揍陳毓一頓才好，一想到從小疼到大、唯恐受一點委屈的小妹，卻因為一個外人茶飯不思，成弈就暴躁得緊。

和其他世家須得用女兒聯姻以鞏固家族地位不同，成家的男人已經用自己的鮮血換來家族的榮光，於成家的女兒而言，只需沐浴在最燦爛的陽光裡，在所有人的祝福和羨慕中獲得人世間最大的幸福即可。

因著皇命不可違，大妹妹的婚姻不得自主，只能聽憑一張詔書，嫁入宮中。但是小七，自己絕不允許再有人破壞她一生的幸福！眼瞧著小七日漸長大，成弈當然不會讓她繼續流落在外，更不允許小七的人生留下一點被人詬病的地方。

故而三年前，他才不顧小七意願強行把人帶回，並嚴令小七絕不可和陳毓有任何聯繫。三年的時間，不長也不短，對小七和陳毓而言，卻都是一個難得的機會。

若然三年的時間，都不能讓小七淡忘陳毓這個名字，成弈自然會選擇成全她。同時，若然陳毓三年裡有什麼劣行，即便小七再如何情根深種，成弈都不允許兩人之間再有任何關係。

這三年來，成弈即便身在京都，卻時時注意著陳毓和陳家人的動靜。

本來想著，陳清和能做到清白自守便可，出人意料的是，陳清和為官一方頗有令名。此外最令成弈滿意的，是陳清和對待妻子的態度——即便已做到三品大員，陳清和依舊沒有納妾，陳清和的續妻也賢慧得緊，對陳毓這個繼子當真堪比親生。

至於陳毓，雖是年少風流、少年慕艾的年紀，也從未踏足過風月場所，當也是潔身自好之人。這樣的人家，小七若是嫁過去，自然不會受什麼苦楚。

正是這般想法，令得成弈對陳毓即將到京城的消息終於能坦然接受了。此番春闈之後，若然時機合適，不論陳毓是否考中進士，都把小七的婚事解決了吧。

既已有了決定，成弈把紙條放回匣子，招手叫來一個丫鬟。「給小姐送去。」

那丫鬟不敢怠慢，忙接過來，小心的捧了往小姐住的怡園而去。

隔著假山，丫鬟遠遠能瞧見湖心亭裡一個正站在岸邊餵魚的窈窕身影，一襲淡色衣衫，襯著滿園落葉，那背影越發顯得孤單而荏弱。

瞧見是明園的人來了，身著紅色夾襖的半夏忙不迭迎過來，低聲道：「紅玉姊姊，妳怎麼過來了？」

紅玉知道怡園的這位不同於他人，大爺對這個妹子可不是一般的寵，在府中的地位怕是連大奶奶都得靠後，因而並不敢托大，笑著朝手中的匣子努努嘴。「這不，大爺讓把這個匣子送給小姐。瞧大爺的神情，許是得了什麼好東西呢。」

要說小姐生得容貌極為秀美，不是那種奪目的國色天香，卻讓人看著說不出的舒服，自己瞧著滿京城的大家閨秀，就沒幾個能比得上自家小姐的。小姐性情也是極好的，只許是長時間臥病的緣故，小姐素來總是淡淡的，紅玉就沒有見過自家小姐如其他同齡少女般無憂無慮的笑過，不管什麼時候，總覺得小姐眉宇間有著化不開的憂愁……

小七聽到了紅玉的話，漫不經心的把手中最後一點魚食拋進池塘，引得五、六條錦鯉紛紛躍出水面爭搶，這才抖抖裙子，回頭笑了下。「紅玉來了。」

金色的陽光透過乾枯的枝椏灑在少女的髮上、肩上，映得那雙剪水雙瞳也似暈染上點點波光，讓人不由自主的就沈溺了下去……

紅玉簡直看得呆了，直到小七走近，才回過神來，忙上前一步，把手中捧著的匣子奉上。「大爺讓婢子送這個匣子給小姐。」

小七接過，打開來卻是一怔，裡面除了一疊紙箋便別無他物。

紅玉嚇得臉色一白，雙膝一軟便跪倒在地，抖抖索索道：「小姐恕罪，這匣子婢子委實沒有動過啊！」

小七蹙了下眉頭，伸手拿起最上面一張，「陳毓」兩個字直直刺入眼簾，小七臉色猛地一變，這下連半夏都看出不對了。

一朵再燦爛不過的笑容，正慢慢在小七的臉上綻開。

如同春日枝頭綻開的第一朵花，小七臉上曾有的所有冷凝並輕愁瞬間一掃而光，一時間冰雪消融、春暖花開。「紅玉，妳快起來……」

太過激動，令得小七聲音都有些抖，卻怎麼也遮不住臉上極致的喜悅。

是陳毓！陳毓要來京城了呢！

「公子，京城到了，您看咱們？」進了城，來至一個三岔路口，喜子忙讓車夫停好馬車，自己則看向陳毓。

三年前韓伯霖考中二甲進士，如今正在翰林院中供職，陳秀自然跟著一塊兒來了京城。

喜子之所以停下，是因為知道陳家姊弟倆自來感情極好，因此才想問陳毓，是去陳家的宅子，還是直接去見陳秀？

「去貓兒胡同吧。」陳毓道。

當初考慮到姊夫韓伯霖若真考中進士，說不好會留在京中任職，陳毓就作主選了位於貓兒胡同的一個五進大宅子，這裡住的大多是供職於翰林院的士人，雖非大富大貴的居處，環境倒不失雅致。

與陳秀睽違多年，陳毓也是想念得緊，知道陳秀也必然對自己很是掛念，陳毓想著索性先去姊夫家看望姊姊，然後再回伯府。

喜子探出頭，吩咐車夫把車趕往貓兒胡同。

待得拐進胡同裡，一陣喧鬧聲忽然遠遠的傳來，陳毓掀開車簾往外瞧去，眉頭倏地蹙起。

怎麼瞧著那群手持棍棒的人圍著吵嚷不休的地方，正是姊姊和姊夫的宅子？

「敢跟忠英伯府搶人，還真是吃了熊心豹膽！」說話的是一個身著綢衫、四十多歲的肥胖男子，氣勢洶洶地劈手揪住韓家門房的衣領。「去，對你家主子說，快把那個王八蛋和我那小寶貝交出來，不然，爺定讓人把這裡砸個稀巴爛！」

韓家門房名叫韓開，平常也是個機靈的，卻哪裡見過這陣仗？只嚇得臉都白了。「各位爺，我家主人這會兒並不在家，請各位爺留下名號，待我家主人回來，小的定會代為——」

一句話未完，被男子用力一搡，一下跌坐在地上。男子又狠狠地一腳踩住韓開的手，韓開頓時慘叫起來，男子卻是眼皮都沒抬一下，冷笑一聲。「過去砸門！」

韓開雖是疼得眼淚都出來了，依舊不讓開，反而掙扎著直起身子抱住男子的腿，不住哀求。「大爺，我們府裡委實只有夫人在家，還請大爺容讓片刻，小的這就著人去尋老爺回來……」

又被那男子一腳給踹開。「混帳東西，我瞧著你是想去通風報信吧？你家老爺不在，那就讓你家夫人滾出來！現在，麻溜一點兒快滾！耽誤爺捉了那兔崽子，保管叫你闔府大小全到大理寺報到！」

韓開聽得登時出了一身冷汗，身體也一趔趄，眼看著又要栽倒地上，被一雙手給穩穩扶住。他抬頭看去，是一個容貌清雅的公子。倉促之間，他只覺來人似是有些面熟，卻又想不起來是在哪裡見過。「公、公子……」

陳毓隨手掂了根棍子塞到韓開手裡，冷聲道：「回去守好大門，有任何一個人敢往裡衝，你就只管打出來。」

那中年男子明顯囂張慣了，更不要說這貓兒胡同他清楚，住著的也就是些翰林院的人罷了，即便有功名又怎樣？和忠英伯府比起來，也就是些小魚小蝦米！也不知哪裡跑出來個二愣子，還在自己面前裝蒜了！他當下嘿嘿一笑。「小子，想打抱不平，也得看看對誰！敢跟爺耍橫，仔細捶不死你！」

正要吩咐下人上去打，韓府大門也同時打開，一個二十左右長相清秀的男子帶了兩個家丁跟著走出來，瞧見外面的情景，怒聲道：「柳玉書，你不要欺人太甚！」

「小兔崽子，果然是你！昨兒個你跑得倒快，卻還是撞到爺的手裡了吧？知道爺是誰，還敢跟爺搶人，果真是活膩味了啊！爺倒要瞧瞧，你是哪家小子！現在把人交出來，再跪地上磕幾個響頭，爺說不好還能饒你一條小命！」柳玉書手一揮，那些家丁就圍了過去。

陳毓一愣，門初開時還以為是自己姊夫韓伯霖呢，一看才發現對方雖有些面熟，但並不是姊夫。

那青年沒想到柳玉書如此蠻橫，氣得脹紅了臉道：「柳玉書，即便你是忠英伯府的人又如何？朗朗乾坤、天子腳下，竟敢強搶民女，吃了熊心豹膽的人是你才對吧？也不怕告訴你，爺行不改名坐不改姓，便是住在帽子胡同的顏府顏天祺，有什麼事，你只管衝著我來，若敢到這韓府生事，小爺第一個饒不了你！」

顏天祺？陳毓怔了一下，那不就是顏子章伯父的二兒子嗎？

「強搶民女？」柳玉書好像聽到了什麼了不得的笑話，笑了一會兒臉色卻又變得難看。「這個賤人，平日裡對著我就是百般拿喬，見著年輕一點兒的就犯騷！還民女？嗤！待會兒看爺把人弄回去，怎麼收拾她……」

說著臉一沈，一指顏天祺道：「敢勾搭爺的心肝寶貝，今兒個你就是跪下磕頭爺也饒不了你！什麼不入流的狗屁顏家，也敢在爺面前裝大尾巴狼！」

說著一揮手，那些家丁就撲了上去。

柳玉書的人明顯是有備而來，刀槍棍棒齊舉，饒是顏天祺雖會些拳腳功夫，一時也有些手忙腳亂，眼瞧著一個拿著刀的下人朝著他當頭砍下，顏天祺忙往旁邊避開，卻不料後面那人手中的長槍也朝著後心刺到，直把他的那兩個隨從嚇得紛紛驚呼。「少爺！」

顏天祺沒想到柳玉書還真就敢拿人命當兒戲，也驚出一身冷汗，只是自己手下並韓開都被柳玉書的人圍著，別說救援自己，根本就自顧不暇，難不成今天真就要被人戳個血窟窿嗎？

他正繃緊了身體準備硬挨，一聲痛呼隨即響起，然後是「撲通通」一陣響，顏天祺再抬頭，一下傻在了那裡。只見方才還堵在自己周圍的幾名柳府家丁，正亂七八糟的躺了一地。而自己的身邊，正有一個俊美得不像話的少年挺身而立，他不覺大為詫異。「不知少俠是……」

至於柳玉書，臉上志在必得的笑容也僵在了那裡。

方才顏天祺沒有發現，柳玉書卻是看得真真的，少年連身上的佩劍都沒有解下，單憑一雙手一招之內就把自己那幾個手下全都摔了出去。這般身手，怕是比起朝中那些將軍都不遑多讓！

柳玉書雖是養成的紈袴性子，卻也不是傻的，即便心裡這會兒氣怒不已，思量了片刻還是把怒火壓下去，瞧著陳毓勉強道：「這是我忠英伯府和顏家的事，聰明的，還是不要蹚這個渾水。」

「那我要是不聰明呢？」陳毓慢吞吞道。

「你！」沒想到陳毓這麼不識時務，柳玉書氣得一擺袖子，陰陰道：「是嗎？既然你想要找死，爺成全你就是。」自己手下這幾十號人呢，真是一擁而上，就不信對付不了他們。他一指陳毓和顏天祺，那些狗仗人勢的家丁嘩啦一下就圍了過去。

顏天祺心裡一緊，疾聲對陳毓道：「少俠只管離開便是，他不敢對我如何。」

顏家家教甚嚴，方才人家已救了自己一命，要是真因為自己而有個三長兩短……

「無妨。」這麼些人，陳毓並沒放在心裡。說句不好聽的，這三年來到處遊歷，便是撞到自己手裡的亡命之徒也不知打殺多少了。對付這些家丁，委實再輕鬆不過。「顏二哥你只管一邊歇著便是，這些人都交給我了。」

顏二哥？顏天祺愣了一下，狐疑的看一眼陳毓。這少年的語氣好像和自己很熟稔，只是自己怎麼一點兒印象都沒有啊？

還沒反應過來，那邊陳毓已經一撩衣袍，閃身撞入人群中，那些家丁嗷嗷叫著就迎了上來。

「少俠，我來幫你！」顏天祺忙道，順手撿了把刀就要往裡衝，只堪堪走了幾步，就又目瞪口呆的站住。

明明瞧著也就一個比自己年齡還小的少年罷了，沒想到卻如斯勇猛。面對那些凶神惡煞一般的柳府家丁，少年衝過去，和虎入羊群一般，揮拳處必有兩、三個人倒下，若是抬腿的話，更是一躺就是冰糖葫蘆似的一溜。

不過轉眼間，在場除了陳毓、顏天祺和守門的韓開，以及嚇得腿肚子都要轉筋了的柳玉書之外，再沒有一個站著的了。

陳毓放下衣袍，略略整理了一番，這才抬頭瞧向柳玉書。「怎麼，還不滾？」

柳玉書嚇得猛一哆嗦，身子往後一踉蹌，半晌恨聲道：「好，你們等著，咱們大理寺見！」

說著也不顧那群手下，撒腿便往胡同外跑。那些家丁也強撐著站起來，踉踉蹌蹌的跟著離開了。

「多謝少俠，」顏天祺轉頭瞧向陳毓，神情感激。「方才多虧少俠出手，不然真不知道會發生什麼事。對了，你方才喊我二哥，少俠認得我不成？」

「說什麼少俠。」陳毓「噗哧」一聲就樂了。「顏二哥，你不認得我了？我是陳毓啊。」

「陳毓？」顏天祺神情依舊有些懵懂，這個名字有些相熟，卻想不起來到底在哪裡聽過。

陳毓索性一指韓府。「這裡是我姊姊家。」

「你姊姊家？」顏天祺頓時恍然，猛一拍腦門。「瞧我這記性！你是陳世叔的兒子，陳毓？」

「是我。」陳毓點頭。「走吧，二哥，咱們進去說。」

旁邊一直侍立的韓開這會兒也明白了陳毓的身分，頓時大喜過望。原來這厲害的少俠竟然是親家少爺呢！樂得他一扭身就往家裡跑，一迭聲喊著。「快著人通報夫人，親家少爺到了！」

因著陳毓的到來，整個韓府都是一派喜氣洋洋。

陳秀拉著陳毓的手，已是喜極而泣。

至於陳毓，瞧著陳秀微微凸出的肚子，更是驚喜。姊姊的模樣明顯有了身孕，那豈不是說，自己要當舅舅了？

「這麼大個人了，還跟個孩子一般。」看陳毓一直盯著自己肚子瞧，那般驚奇的模樣，令得陳秀又是開心又有些不好意思。

「幾個月了？什麼時候生產？可準備好了穩婆？哎呀，我得趕緊給外甥準備見面禮呢。」對陳秀的嗔怪，陳毓全然未覺，心頭除了即將迎接新生命的驚喜之外，更有一種恍然如夢的不可置信。

上一世直到死都沒有一兒半女的姊姊有孩子了呢。再瞧瞧即便害喜，臉色依舊紅潤的陳秀，明顯姊夫照顧得極好，心裡不由百感交集。還有什麼比看到上一世痛苦一生的姊姊活得這般幸福更開心的呢？

「好了，知道你要當人舅舅了開心，可這麼大個人了，怎麼還和小孩子一般？天祺可是瞧著呢。」陳秀數落著陳毓，自己的眼淚卻又掉了下來。

陳毓忙搬了把椅子讓陳秀坐下。「都是我不好，姊姊快莫要難過，不然，小外甥指不定多氣我這個舅舅呢，真是惹得我小外甥生氣，那我這個做人舅舅的可就罪過大了……」

一句話說得陳秀頓時破涕為笑，旁邊的顏天祺也笑道：「秀姊姊和小毓的感情真是好得讓人羨慕。」

「你和天佑哥哥的感情不也是很好嗎？」雖然顏天祺算是外男，只陳、顏兩家算是通家之好，倒也不用避諱。「對了，外面那些人是怎麼回事？」

顏天祺這次來，也是顏夫人知道陳秀有孕在身，陳家又不在京城，便是韓家那邊也離得遠，便把照顧陳秀當成了自己的事，隔三差五就會著人送些補品過來。本來往日裡都是家中管事嬤嬤過來的，今兒個顏天祺正好有事來尋韓伯霖，便索性直接帶了來，哪裡想到差點連累韓府遭受無妄之災。

聽陳秀提起這件事，顏天祺很是歉疚，沒有想到柳玉書竟會追到這兒來。「我怕是給秀姊姊和姊夫惹麻煩了。今兒個追過來那人是忠英伯府的嫡子，柳玉書……」

事情還得從昨兒個說起——

顏天祺是國子監的學生，來年春闈也是要下場的。昨兒個從國子監回府的路上，在一條僻靜的小巷裡碰見劫掠民女的柳玉書，那女子走投無路的境地下，正好跑到顏天祺跟前。

顏天祺哪裡見過這樣的糟污事？那女子哭得委實可憐，顏家又都是性情剛直之人，顏天祺自然不會坐視不理。

好在柳玉書當時也就帶了三、四個家丁罷了，憑顏天祺三腳貓的功夫，加上幾個家丁，勉強也算能對付，打了一架之後，救下那民女，他也就離開了。

本來想著柳玉書的行徑委實不堪，那民女既然走了，柳玉書當不敢再鬧起來，沒料到對方竟如斯蠻橫，還敢追到韓府來，若非方才陳毓出現，顏天祺都不敢想會發生什麼事。

只是擔心柳玉書出身忠英伯府的身分，會給韓府惹來麻煩。

柳玉書，可不正是柳玉函的哥哥？

「柳玉函？」陳毓愣了一下，這個名字自己好像聽說過。印象裡，姊夫的那個極品二叔韓慶，其妹夫好像就是這個名字。

「是韓家二房那邊的人。」陳秀蹙眉道：「柳玉函並韓倩雲不敢把我們怎麼樣的，就是你們兩個要小心些，畢竟，那柳玉函眼下可是大理寺右少卿的身分！」

本來當初韓伯霖夫妻搬至京城後，陳秀還有些擔心韓倩雲會不會想要報復、故意為難自己夫妻，好在這三年來，兩家彼此之間並沒有任何往來，韓倩雲也沒有刻意做過什麼針對韓伯霖的事，便是被徐恆割了舌頭的韓慶在鹿泠郡也老實得緊。

只是陳秀也明白，經過當初一事，韓倩雲心裡定是恨死了自己一家，雖然不知道她因為什麼始終隱忍不發，但肯定不會就此揭過，只隨著夫君位置越來越穩，包括爹爹那裡也是喜報頻傳，陳秀相信韓倩雲定然不敢輕舉妄動。

可陳毓和顏天祺卻又不同了。

再如何，外人眼裡陳毓也就是個孩子，爹娘又不在跟前，說不得就會被人欺負了去。

至於顏伯伯，雖然這段時間聽夫君講，極有可能調回京城到都察院任職，可人這不是還沒有回來嗎？天祺這般直接對上柳家人，怕是還會起波瀾。

「無妨。」顏天祺倒也不甚在意，那柳玉函在大理寺任職又如何？也就是個四品罷了，再怎麼說爹爹也是三品大員，何況自己就不信，他柳玉書強搶民女還有理了嗎?!

說著又羨慕的瞧了眼陳毓。「讓我猜猜，小毓來京城，可是參加武舉應試的？」

和顏天佑喜好讀書的性子不同，顏天祺是個好動的，從小立志當個俠客，奈何父兄押著讀書，也就跟家中護院武師學了幾招罷了。哪裡像陳毓，瞧著年紀不大，隨隨便便一出手就是高人風範。

「武舉？」房間外面傳來一陣朗笑聲，韓伯霖的聲音隨即響起。「天祺你可要加把勁了，我這小舅子可不是來參加武舉的，說不好你們倆還能坐同一個號場呢。」

「不是吧？」顏天祺的神情詫異不已，上上下下不住打量陳毓，根本不信。「你才多大呀，就是舉子了？」

「可不。」韓伯霖笑得開心，陳秀的神情更是驕傲至極。「不怕打擊天祺你，小毓他不但來年春闈和你一起下場，還是以江南解元的身分下場的。」

江南解元？顏天祺怪叫一聲，終是忍不住朝著陳毓胸口狠狠的搗了一拳。「臭小子，你這還讓不讓人活了？」
平日裡還以為自己身手多厲害呢，可跟陳毓比起來也就算是三腳貓的功夫罷了，想著好歹自己還是個舉人呢，武功比不過人家，總能拿一心兩用當個藉口，孰料陳毓身手甩自己一大截也就罷了，竟然還是江南的解元。
須知江南那般文風鼎盛之地，想要考個解元出來根本就是難如登天！這般文武雙全又生得俊美無儔，嘖嘖，虧得自己沒有妹子，不然，真忍不住想要搶來當妹夫了。
陳毓平日裡也是個老成的，何曾被人這麼當面誇獎過？一張俊臉也有些發紅。
韓伯霖抿了抿嘴，小舅子還是這種靦覥的模樣瞧著帶些孩子氣，也更可愛。
他回身拿了兩卷時文分別遞給陳毓和顏天祺。
「這是之前幾屆三甲進士的應試文章，你們倆好好看，然後我出題，都練練破題，再寫好文章拿給我看……」
一句話說得陳毓嘴角直抽抽，姊夫好為人師的毛病又犯了，這和自己考秀才前密集投放試題的時候一模一樣啊。好在自己等下就可告辭，回伯府去住了。
正自胡思亂想，韓伯霖已是笑笑的看過來，似是看破了陳毓的心思，慢悠悠道：「伯府那邊還沒有收拾，我每日裡得去翰林院當值，春闈前，小毓就住在這裡，一則可得便照顧你姊姊；二則我也好瞧一下你的文章可有長進了。」
陳毓默然。之前怎麼沒有發現，自己這姊夫還真是個心眼多的，若是後面一個原因也就罷了，可姊夫偏扯到姊姊身上，讓陳毓怎麼也沒法子拒絕了。

顏天祺在一旁瞧得直樂。看來也不是沒人治得住小毓啊，轉念一想，自己以後在韓姊夫面前也得打起精神了，之前總覺得韓姊夫是個再老實不過的，今兒瞧著，也有幾分奸詐呢！沒看見，連小毓都得乖乖聽話。

至於那卷時文，他自然毫不客氣的揣到了懷裡。要不是韓姊夫的面子，這樣的好東西可是弄不到的，他今兒個會過來，可不就是娘親催著來拿這東西的？

幾人說了會兒話，外面天色漸漸暗了下來，顏天祺便起身告辭，因擔心再出什麼意外，陳毓便堅持送了出去，一直送到顏府附近，倒是始終沒有再碰到柳玉書。

這麼晚了，又沒帶什麼禮物，陳毓自然不好貿貿然直接去顏府拜訪，和顏天祺約定了去顏府拜訪的日子，才撥轉馬頭。

只是剛走了幾步，便覺得有些不對。習武多年，陳毓的五感靈敏，一瞬間敏感的察覺到不遠處那輛馬車有些古怪，馬車上的人似乎一直在盯著自己瞧。

他索性勒住馬頭，目送著顏天祺進了府門，才冷笑一聲，徑直朝著那停在路口的馬車而去。

陳毓隨手取下佩劍，劍鞘直指向馬車車門，剛要喝問，車門卻是唰的一下自動拉開，一個二十多歲瞧著有些吊兒郎當的男子從車上跳了下來，抬手抓住陳毓的韁繩，臉上神情是全然不可置信的驚喜。

「陳毓?你是我陳毓兄弟，對不對?」

陳毓臉色頓時有些古怪，還以為對方是柳玉書的人呢，不料竟是在鹿泠郡時被異族人抓做人質的朱慶涵?「朱大哥?」

「哎喲，兄弟哎，可不是你大哥我嗎!」朱慶涵是真的開心，一副笑得見牙不見眼的模樣。「我剛才瞧著有些像你，又不敢認，還想著你怎麼可能會來京城，沒想到真是兄弟你……」

口中說著，攬住陳毓的肩膀，一副恨不得抱起人原地轉幾圈的模樣，只是比量了一下陳毓和自己一般高的身材，只得悻悻的放棄。

饒是如此，這副哥倆好的模樣，依舊讓跟著的家丁傻眼。

須知自家少爺可是堂堂侯府公子的身分，更官拜大理寺左少卿。這樣的出身，還有這樣的魄力，放眼京城，就沒幾個京城勛貴子弟能比得上的。也因此，家丁早看慣了朱慶涵藐視眾生的傲慢樣子，何曾有過這麼和人勾肩搭背、親熱得不得了的情形?

那少年既是和少爺這般熟稔，怎麼也應該是同樣出身京城的勛貴人家才對，怎麼自己就從來沒見過呢?

忠英伯府。

柳玉書灰頭土臉的在大廳裡轉來轉去，陰沈沈的臉上全是怒氣。不時把頭探出來，大聲叱問下人。「二老爺還沒下衙嗎？」

才正說著，柳玉書眼睛突然一亮，只見一個生著一張白淨面皮的壯年人正從外面進來，他很是狗腿的從屋裡跑了出來。「哎喲，二弟，你可回來了。」

相較於柳玉書一臉諂媚巴結的神色，那被他叫做「二弟」的人神情無疑有些倨傲和冷淡。「大哥有什麼事嗎？」

「哎喲，二弟呀，你可得為我作主啊！」柳玉書一下攥住男子的手腕，神情激動。「你大哥我被人打了啊……」

說著，一指房廊下東倒西歪的一眾家人。「你瞧你瞧，可不是反了天嗎！那些混蛋竟然不把我們堂堂忠英伯府，不把你這個大理寺少卿放在眼裡！二弟，你大哥我沒出息，可你好歹也是大理寺少卿啊，他們這麼作踐你大哥我，你可不能不管啊！」

一番話說得柳玉函果然就蹙緊了眉頭，終於正眼瞧了柳玉書。「打你的人是誰？」

知道自己的話起了作用，柳玉書心裡頓時得意無比。「哎喲，果然是我的好兄弟。二弟，那跟我搶……哦，我是說打我的人，是一個叫顏天祺的小子，還有那個幫他的小兔崽子更該死！對了，他應該是住在貓兒胡同一戶姓韓的翰林家的人……」

「貓兒胡同的韓翰林？」柳玉函眉眼微挑，貓兒胡同的韓翰林家，不就是夫人的那個姪兒韓伯霖嗎？

須知這些年，自己之所以能一路高升，正是靠了和倩雲情如兄妹、皇上身邊的大紅人李景浩大人。再加上韓倩雲也委實生得可人，柳玉函對自己這夫人當真是供著一般。

這韓伯霖可是夫人的眼中釘肉中刺，真是能處置了他家，夫人不定多開心呢。

何況，便是因為韓伯霖，自己的大舅子韓慶才被拔了舌頭，姪女兒也落得殘疾。

本來依著倩雲的意思，怎麼也要鬧著李景浩幫著打壓韓伯霖並他的岳家，好好出一口惡氣，孰料反被李夫人好一頓訓誡，明言大舅子是自己做了錯事，韓家也好、柳家也罷，絕不可因此尋隙報復。

畢竟不是親兄妹，李夫人既如此說，倩雲和自己自然不敢違抗。這麼些年了，每每說起韓伯霖一家，倩雲都是恨得咬牙切齒，卻也不敢妄動。

倒沒料到，韓伯霖竟然自動送上門來。

站住腳，柳玉函看向柳玉書的神情是少有的和氣。「有這麼不長眼的人？大哥放心，我會派人查實這件事，若果真如你所言，弟弟怎麼也會為你作主。」

柳玉書的性子自己還不清楚嗎？最是個蠢貨，有了自己這句話，待得明日他必然會鬧翻了天去。外人問起，又沾不到自己身上分毫。

一路回到自己院落，他心情是萬分愉悅，韓倩雲正好從房間裡出來，瞧見柳玉函，忙迎上來。「老爺回來了。」又覷了眼柳玉函的神情。「發生什麼事了，老爺這麼開心？」

想起方才府裡的喧譁聲，旋即了然，定是柳玉書吃了癟，老爺才會露出這副表情。她頭往正院的方向擺了下。「和他有關？」

「夫人果然聰明。」柳玉函笑得得意，牽住韓倩雲的手，旁邊的丫鬟見狀紛紛低下頭。

老爺對夫人還真是癡情，這麼些年了，就守著夫人一個不說，還這麼恩愛。當然，夫人也有那個本錢，明明都快三十歲的人了，夫人還是和二八少女般嬌美。

「他又做了什麼蠢事？」韓倩雲撇撇嘴，語氣裡全是不以為然。

別看柳玉書是嫡長子，在這府裡可委實沒什麼地位。府裡哪個不知，自己這庶支才是忠英伯府如今真正的掌權人。

「被人打了。我已經答應會幫他出氣。」柳玉函笑得愉悅。

韓倩雲臉色就有些不愉。「咱們過自己的日子，管他那麼多做什麼？」

柳玉書的神情淡了些，溫聲道：「他不和人打倒不好了。夫人可知道，那打了他的人是誰？」

「誰呀？」韓倩雲果然有些好奇。

「一個是眼下有可能出任都察院左副都御史的熱門人選顏子章的兒子；另外一個人，則和妳那個好姪子韓伯霖有關……」

「韓伯霖？」聽到這個名字，韓倩雲也是一怔，又想到相公既是這般跟自己說，想來定是有了對付韓伯霖的法子，當下拋了個媚眼過去。「妾身要替兄長好好謝謝相公了，倒是便宜了你那個好大哥了。」

「便宜了他？」柳玉函明顯有些不置可否。他做事，怎麼可能會讓柳玉書從中占一絲一毫的便宜？柳玉書本就是自己整個計劃中的一枚棋子。

眼瞧著那個老東西堅持要上表把伯府留給柳玉書，真等皇上奏摺批下來，這伯府的主人可就是柳玉書了。可若是柳玉書為了個官妓和人大打出手的消息鬧得滿京城人盡皆知，即便那老東西上疏了又如何？皇上眼裡可最揉不得一點沙子，怎麼可能會把伯府交給一個私德不修、道德敗壞的人？到時候，這伯府……依舊是自己的！

倒是阮筠那個妹夫李運豐，還真是個人才，獻的這一計竟是收到了一箭三雕的奇效，當真讓人刮目相看。

讓人刮目相看的除了李運豐外，還有陳毓。

韓伯霖本以為，自己對小舅子人面之廣已有了充分的認識，可當一大早接到朱府的拜帖時，還是嚇了一跳。

朱慶涵，這名字起得倒好，怎麼就和那位小侯爺、大理寺少卿同一個名字呢？哪裡想到自己打著呵欠來至外面，才發現這一大早來拜會小舅子的可不就是小侯爺朱慶涵？

直把韓伯霖給驚得，到了嘴邊的呵欠又嚇了回去，便是抬著的手也忘了收回來。「小、小侯爺？」

朱慶涵這會兒倒是和往常眼高於頂的高傲樣子沒有一點相同，不獨沒一點架子，還笑嘻嘻的衝韓伯霖還了一禮。「是我，我來找我那小兄弟一起去喝酒，伯霖可有空，咱們一起？」

韓伯霖愣了好一會兒才反應過來，忙不迭擺手。「我還要當值，就不叨擾小侯爺了。」開玩笑，以為什麼人都和他一樣嗎？朱慶涵在大理寺的位置特殊，去不去官衙頗為自由，自己可沒有他這般好命。

朱慶涵也沒有勉強他，擺擺手。「那我們改日再喝。」

正說著，陳毓終於從外面進來。多年養成的習慣，陳毓自然不是睡過了頭才起得這樣晚，不過是方才正在外面練拳，又回去沐浴一番，才會拖到這般時候。

瞧見陳毓還有些濕濡的頭髮，韓伯霖不由抽了抽嘴角，自己這小舅子果然奇葩，比小侯爺還要大牌，這要是旁人，早不知激動成什麼樣子了，他倒好，該怎麼就怎麼。偏偏朱慶涵絲毫不以為忤，一副甘之若飴的模樣。

「走走走。」見陳毓出來，朱慶涵立馬笑嘻嘻的迎過來。「今兒個大哥什麼都不做，就陪你逛一逛京城。對了，你來京城了，小七那小子呢？」

實在是當初見識了小七讓人銷魂的手段後，朱慶涵到現在都懷念得緊。

一句話出口，韓伯霖心一下提了起來，可不是為了那個小七，小舅子自我放逐了整整三年。

好在陳毓不過是滯了一下，神情上並未表現出什麼不妥。他朝朱慶涵點了點頭，根本沒準備回答關於小七的問題。

「練了會兒拳，正好有些餓了。咱們走吧。」

朱慶涵沒再追問，跟著站起身，兩人並肩往外走去。

等兩人離開，一個鬼祟的人影從胡同裡鑽出來，對身後的人道：「快去回稟大爺，就說陳毓兩個離開韓府了！」

第二十八章 嬌客

「吶，這裡是大理寺。」朱慶涵有些無聊的指了指路邊一棟以灰色為主調的建築，對著陳毓眨眨眼。「想不想進去玩？」

進大理寺玩？陳毓嘴角抽了抽。自己看起來有那麼無聊嗎？

「好吧，我當初果然是腦袋讓驢踢了。」朱慶涵嘆了口氣。

京城裡最讓人羨慕、最有成就的功勛之後當是英國公府的世子成弈，年紀輕輕就是從二品的官員，手握重權。不過成弈這樣的人一向是所有人心中高山仰止的存在，反倒是朱慶涵這樣能鬧能玩的更接地氣些。

要說朱慶涵也是個人才，雖是吊兒郎當，卻頗有才華，應試時被他考進了二甲進士。作為京城紈袴的代表人物，當時可說驚掉了一眾貴人的眼睛。

就是皇上當時聽說朱慶涵考上了進士，也頗為震驚，欽點了朱慶涵入大理寺任職。

朱慶涵這人平時雖是胡鬧了些，卻是個有魄力的，大理寺這樣的地方又最需要不懼各種牛鬼蛇神的人坐鎮，數年下來，朱慶涵倒是辦了些大案，本想著讓朱慶涵到大理寺做做樣子的皇上都不由刮目相看。接連升遷之下，已成了大理寺最年輕的少卿。

只是紈袴的性子就是如此，時間長了就沒有什麼新鮮感了，朱慶涵眼下就正對大理寺的事務處於一個倦怠期，正好陳毓來了，朱慶涵終於理直氣壯的找到了休假的藉口——有朋自遠方來，不亦樂乎？

這會兒看陳毓不願跟自己去參觀大理寺，倒也心有戚戚然。「好兄弟，哥哥瞧你必是有大造化的人，明兒個春闈過後，這大理寺就不必來了，忒沒意思。」

大理寺常日裡根本連個女人都瞧不見，好不容易來了個，又是罪婦的身分，嘖嘖嘖，甭管之前是什麼模樣，那些女人到了這裡後就全都成了失魂般的木偶，怎麼看怎麼沒勁。

想到此處，他眼珠忽然一轉，把了陳毓的胳膊道：「這也快到晌午了，不然，哥哥帶你去個有意思的地方，能吃又能玩。」

等大理寺當值的官員聽說少卿大人到了，忙忙迎出來時，只看見兩個身影，正往不遠處一個胡同而去，驚得忙低頭回轉。

那個胡同一直往裡走，再向右拐，可不就是京城最大的青樓杏花樓？

少卿大人倒是好氣魄，可這麼公然請假，白日逛妓院真的好嗎？

陳毓自然也不是傻的，更因為上一世姨母曾有過流落青樓的經歷，而對這樣一個所在反感至極。瞧著朱慶涵一路上笑得賊兮兮，又隱隱聽到胡同那邊有女子的調笑聲傳來，不覺停下腳步。「咱們回去吧。」

「啊？」朱慶涵嘴角耐人尋味的笑意一下僵住。本來想著自己這兄弟定然還是童子雞，而且實在太想看到自來處變不驚的陳毓見到那些花枝招展纏上來的女人時，會是怎樣驚恐的模樣，這才想要給對方來個出其不意。不料這還沒進去呢，就被識破了。

他扯著陳毓的胳膊，臉上依舊是賤兮兮的笑，索性打開窗戶說亮話。「怎麼，兄弟你不想去玩？都說一起逃過學、一起打過架、一起玩過女人的兄弟才是好兄弟，阿毓你……」下面的話卻說不出來了，因為陳毓的兩隻眼睛全都寫著同樣的一個詞，那就是——幼稚。

堂堂四品大理寺少卿、被那些犯人視為活閻王一般的朱小侯爺還是第一次這麼窘。

只是朱慶涵沒有想到的是，這次惡作劇的後果卻遠不止被好兄弟給鄙棄。

朱小侯爺想要拉著陳毓去逛青樓的消息很快被送到了成弈的案頭，直把成弈給氣得火冒三丈，之後連著三天把朱慶涵宣到英國公府來練手。

話說朱小侯爺這輩子最服也最怕的就是這成大哥啊！每次見了都比在自己親爹面前聽話乖巧。

饒是如此，朱慶涵依舊被連著操練了數日，除了一張臉不疼，全身上下都好像要散了架般，愣是到最後都想不起來自己到底做了什麼，會刺激到這黑面神大哥。

虧得陳毓沒跟他進去，不然，朱慶涵不定還要淒慘多少倍；至於陳毓，要真敢進去的話，下場指不定比朱慶涵還要慘。

當然這些都是後話。

這會兒看陳毓慢悠悠轉身往外走，朱慶涵只得垂頭喪氣的跟上，走了幾步，心情卻又好起來。即便已做到大理寺少卿，爹爹每次拍桌子罵自己時，總說自己鎮日裡只知道結交紈袴，這會兒倒叫他看看自己這兄弟怎樣——文采武略樣樣精通，怎麼說都給自己長臉啊！還有這傲嬌的性子，嘖嘖，怎麼瞧怎麼對胃口。

這樣想著，朱慶涵再次神采飛揚，索性摟了陳毓的肩。「可是你自己不去的，真等娶了媳婦，有個母老虎管著你，到時候可別後悔……」

娶媳婦？陳毓腳下微微一滯。隨著年歲漸長，惦記自己婚事的人越來越多，可不知為何，每當聽人提到娶妻一事，陳毓腦海裡都會閃現出小七睜著雙黑溜溜的眼睛盯著自己瞧的模樣。三年過去了，那雙眼睛不但沒有模糊，反是越來越清晰。

正自發呆，忽然瞧見前面的酒樓處似是有人影一閃，陳毓腦袋頓時「轟」的一聲，那個人影，怎麼那麼像小七？

當即說了句「我有急事先走」，甩下身後依舊喋喋不休的朱慶涵，拔腿大踏步往那處人來人往的熱鬧酒樓而去。

得月樓？朱慶涵怔了下，神情有些扭曲。這得月樓可不正是成家的產業？裡面用的廚子全是宮裡放出來的資深御廚，因此那食物自然不是一般的好吃，可朱慶涵卻很少來吃。

倒不是不想來，而是不敢來。

對於大哥成弈，還是放在心裡默默崇拜就好，真是見了面，朱慶涵都頗不自在，那種情形下，再好吃的飯菜都會變得沒滋沒味。不過自己這兄弟倒是個精的，街上這麼多酒樓，他還就一眼瞄上了得月樓。

罷了，既是給陳毓接風，也委實數這得月樓最好。

朱慶涵忙也快步跟上去。

那邊陳毓卻已是被人攔住。

因著近日內眾多舉子湧入京城，各大酒樓生意都好得緊，什麼同年同窗、故人之子都紛紛定好位子給人接風，尤其是得月樓，根本早在半個月前所有席位就全都預定了出去。除了幾個給特定人物留著的包廂，根本就連一個位子都沒有了。

「公子，我們這裡沒有座位了，公子想品嚐小店的飯食，不妨換個日子。」那小二也是個能說會道的，無論如何不許陳毓進去。

「我找人，只進去看一番，沒有我找的那個人，馬上就走。」陳毓只覺一顆心彷彿被放在油裡煎一般，三年了，除了在夢裡，還是第一次見到如此神似小七的背影，雖然知道可能性不大，可陳毓還是想要看一下。

沒想到陳毓如此油鹽不進，那小二也有些不開心了。開玩笑，得月樓可是英國公府的產業，從建好後又怕過誰來？當然，有英國公府這棵大樹罩著，便是王孫貴族，等閒也不敢在這裡鬧事。這小子一口的外地口音，還就敢在這裡耍橫了？

小二當下臉就沈了下來，丟下一句「這不合規矩」就準備趕人。

「哎呀，這不是陳公子嗎？」一個熟悉的聲音響起，陳毓循聲望去，是趙恩澤並幾個江南舉子，還有兩個不認識的人，幾人的模樣，明顯是要往得月樓裡進。

陳毓想都不想直接站到趙恩澤身側。「我們是一起的。」說著徑直對趙恩澤道：「趙公子不介意再加一把椅子吧？」

沒想到名滿江南的解元公陳毓還有這樣胡攪蠻纏耍賴的一面，趙恩澤真是目瞪口呆，不願拂了陳毓的面子，剛要點頭，旁邊的一個方臉男子卻不耐煩的道：「這是得月樓，可不是尋常鄉下小酒館，哪有隨便加椅子的！」

又衝著旁邊的緋衣男子抱怨道：「子望，別在這兒杵著了，咱們快些進去吧。要不是你說想要給你表弟接風，又說江南才子如何博學，我至於去找了那麼多人嗎？」

一句話說得趙恩澤的臉色也有些不好看。

趙恩澤的表兄叫聞子望，同是今科應試舉子。那個一道前來的方臉男子則叫方名學，是聞子望國子監的同窗。

自古南北學子互有鋒芒，自來誰都不服誰。這一路走來，也夠讓趙恩澤清楚，方名學的心思分明是想要跟自己比試比試。聽他的口氣，本是想要跟解元陳毓較量一番的，只是找不到陳毓的行蹤，無奈何只得找上自己，一路上說起話來，那可真是句句帶刺。

這會兒又這個德行，趙恩澤索性也不理他，轉身對聞子望道：「表哥，我跟你介紹一下，這位陳公子就是我們江南桂榜上的解元公，陳毓陳公子。」

又對陳毓道：「陳公子，這是我表哥，聞子望，眼下在國子監就讀。」

江南府的解元？一句話令得聞子望和方名學都大吃一驚。實在沒料到，江南府的解元這般年輕！

「陳公子，這怕是有些難。」聞子望語氣有些抱歉，實在是得月樓後臺硬，即便知道了陳毓的身分，也很想交流一番，奈何之前訂的就是七人的包廂，若然隨便加人，勢必要換位子。正如方名學所言，別的酒樓或許可行，得月樓卻是不行的。當下斟酌詞句道：「不然，改日子望再單獨宴請公子，以表歉意。」

陳毓神色失望，只得退後一步。「幾位公子，請。」

接著瞟了神色終於緩和下來的店小二一眼。「我站在門外等，不犯法吧？」

說著徑直抱胸站到門口。既是進了酒樓，總有吃完飯的時候，就不信人進去了就不出來了。

那小二當即傻眼。老天爺，這人怎麼這麼沒皮沒臉啊？還是堂堂江南解元公的身分，這麼多人面前被下面子還不趕緊走，硬要杵在這兒當門神？

方才掌櫃特意吩咐過，無論如何都要趕這位公子離開。小二正自焦慮，又一陣急促的腳步聲傳來，只見店掌櫃匆匆跑了過來，臉上神情有些糾結。

方才小小姐突然駕臨，把掌櫃給慌得什麼似的，倉促間只聽小姐說攔一下後面的藍袍男子，嚇得自己除了派小二先去擋一擋外，還趕緊把酒樓的護衛全叫來。

敢跟蹤英國公府的寶貝小姐，不是活膩味了嗎？

掌櫃的本想著自己這麼機靈，定會讓小小姐刮目相看，不料看自己帶了那麼多護衛，小姐臉當時就拉了下來，吩咐請那位公子到常日裡給世子留著的房間就坐。

掌櫃的頃刻間明白過來，小姐雖然暫時不想見那位公子，那位公子卻是小姐看重的人，登時嚇得出了一頭的冷汗。忙不迭跑下來，正好聽到陳毓準備就這樣站在酒樓門前，他擦了把冷汗陪著笑臉上前。「哎呀，那怎麼好……」

好在有人快了一步，朱慶涵關鍵時候終於趕到，衝著掌櫃的道：「喂，老成，還有沒有房間，給我和我兄弟準備一個。」

掌櫃的回頭，臉上笑容明顯實誠多了。「哎呀，這不是小侯爺嗎，不知小侯爺的兄弟是？」

「就是他了。」朱慶涵拉了下陳毓的胳膊。「怎麼樣，有位子沒？」

因是成家的產業，即便是朱慶涵也不敢在這裡耍橫。雖是開口問了，朱慶涵也做好了被拒絕的準備，畢竟得月樓也就幾個包間不管客人多少都空著，一間是成弈的、一間是留給成家小姐的，剩下的幾間則是太子並幾位皇子的。

這些人，朱慶涵自認沒一個人惹得起。

掌櫃愣了一下，臉上笑意更濃。正發愁怎麼找個合適的藉口把人領到世子的包間呢，可巧，小侯爺就出現了，他忙不迭把兩人往裡面讓。「大爺的房間這會兒正好空著，小侯爺，快請！陳公子，請！」

雖說朱慶涵身分非常，這位陳公子更不能怠慢，那可是小姐親自點名要好好伺候的貴客，自然在掌櫃的心裡遠比朱慶涵還要值得巴結。

朱慶涵先是一怔。成大哥今日不在？轉而又是一喜。哎呀，那可是太好了，自己不用擔心什麼了。緊接著卻又有些糊塗，自己什麼時候面子這麼大，連成大哥的房間都可以坐了？

管他呢，難得有這樣一個機會！

於是在趙恩澤幾人的目瞪口呆中，徑直拖著陳毓上樓了。

「這個陳毓是什麼背景？」方名學蹙了眉頭道。

方名學的父親在都察院任職，都察院是糾察百官風紀的地方，方名學本就覺得，以陳毓的年紀能得江南府的解元，是件不可思議的事，這會兒看陳毓甫入京城就立馬和一位侯爺勾肩搭背，立即覺得自己之前的猜測太對了，陳毓會得解元，裡面不定有什麼彎彎繞繞呢！

趙恩澤早對方名學膩味透了，自然不願把陳毓是柳和鳴關門弟子的事情說給他聽。

聞子望不欲幾人再多說，看方名學明顯有些惱火的模樣，忙壓低聲音道：「咱們還是進去吧，至於那位陳公子，還是少惹為妙。你們知道那位小侯爺是哪個？」

「哪個？」方名學對此倒是最感興趣，更是暗暗下定決心，知道那小侯爺的來歷，說不好就能把那個看著就不順眼的解元公的背景給弄清楚，少不得回去稟報父親，讓父親好好的「督察」一番。

朱慶涵的名頭聞子望清楚得很，無他，聞父可也在大理寺任職。他當下意味深長的瞧了一眼方名學。「他呀，就是誠毅侯府的世子爺朱慶涵，別看年齡不大，正經是四品大理寺少卿。」

方名學一張臉頓時成了豬肝色。大理寺少卿朱慶涵的名字聞名全京都，別看出自勛貴之家，卻最是個不省心的主。平常心情好就罷了，心情不好的時候，說鬧騰就能鬧騰起來。

前些日子因為朱慶涵逛青樓的事被幾個御史和都察院的人參了，皇上在朝堂上訓斥了幾句。要是別人，說不得早被嚇死了，朱慶涵倒好，朝堂上認罪認得好好的，拐回頭下了朝，就跟幾個參他的官員鬧了起來，甚而幾個官員還每人挨了他一腳。

至於皇上，聽說這件事後不但沒怪罪朱慶涵，還笑著說他是真性情！

方名學為何知道得這麼清楚？因為他爹就是挨了踹的官員中的一個！

「還解元？也就是個紈袴罷了！」據此，方名學更加認定陳毓定不是什麼好東西，小聲嘀咕了一句，卻不敢再張狂。開玩笑，朱慶涵連自己老爹都敢踹，自己這樣的，不是上趕著找虐嗎?!

陳毓自然不知道因為一個朱慶涵，自己也成了人人鄙棄的紈袴。他的全副心神都在來得月樓就餐的客人身上，可惜直到跟著掌櫃的進了房間，都沒再見著那個神似小七的背影。

雖然陳毓這麼大模大樣的窺探其他客人明顯逾越，掌櫃的卻是什麼話都沒說，待進了那裝飾華貴又不失清雅的房間，才陪著笑臉道：「小侯爺、陳公子，你們稍坐，小的這就讓人先上幾道得月樓的招牌菜來。」

又指了指那闊大的窗戶，得意的道：「陳公子第一次來京城吧？不妨先看會兒外面的風景，不瞞公子說，咱們整個得月樓可就數這裡風景最好。」

一句話說得陳毓立即站起身——來這得月樓可不是為了吃飯，既然這裡視線最好，正好可以用來觀察那些離開的客人，既不會錯過那個身影，又不至於影響得月樓的生意，倒也算是兩全其美。

朱慶涵眼神頓時有些怪異，怎麼覺得這個老成有些古怪啊？不然，怎麼對自己兄弟那般客氣？

注意到朱慶涵的審視眼神，掌櫃的表情僵了僵，好在朱慶涵並沒有深究。自己兄弟嘛，被人抬舉了沒什麼不好的。

待得輕輕關上門，掌櫃的等確定陳毓兩人並沒有注意自己，這才身形一拐，往旁邊一個更加幽雅的房間而去，輕輕敲了下門，裡面開了一道縫，掌櫃的閃身進去，對著端坐在正位上的小七道：「已經按照小姐說的，請陳公子去了大爺的那個雅間用飯。不知小姐還有什麼吩咐？」

掌櫃的眼角餘光覷見小七面前擺的滿滿一桌子菜都沒動過，很是驚訝，這些可全是小姐愛吃的！

小七一點都沒注意到掌櫃的異常。

其實自打知道陳毓來了京城，一直宅居在家哪裡都不想去的小七便不時找藉口到街上，所奢望的不過就是能和陳毓來一次「偶遇」。

方才如願看到陳毓時，小七根本就傻了，回過神時已經轉身跑了。天知道在看見那個久違了的身影的瞬間，小七明明想跑過去，即便什麼都不做，哪怕在近處看一眼心上的這個人也好啊！

只是大哥既是已透露了會給自己作主的心思，更明言了定親前不許私自去見陳毓，明白大哥是怕自己會被人看輕，又因春闈在即，小七只得忍下滿腹的心酸和眷戀。想到毓哥哥這會兒就在隔了不遠的那個房間，小七眼睛都紅了。

聽小七久久沒開口，成掌櫃正抬頭，卻瞧見一滴晶瑩的淚珠落下，嚇得掌櫃的一激靈。

「小姐——」

「無事。」還是旁邊的半夏忙幫著掩飾。「小姐方才迷了眼。」

成掌櫃嘴角咧了咧。得月樓裡根本纖塵不染，哪來的灰塵？卻聰明的並不點破。

那邊半夏已不住的向自家小姐使眼色。念了好幾年的人，這會兒好容易見著了，有什麼話還不趕緊說，沒得待會兒走了，又該魂不守舍了。

成掌櫃到這會兒如何不明白，方才跟著小姐到了酒樓的那個俊美無比的少年，就是小姐這幾年鬱鬱寡歡的根源。本想著該不會是個空有副臭皮囊的紈袴？孰知那少年竟是江南府的解元！而且瞧小姐的意思，大爺也是相中了的。

那豈不是說，那陳毓就是板上釘釘的國公府的嬌客了？

旁邊白草也是個伶俐的，當下抿嘴一笑，悄聲道：「那可是朱小侯爺呢，成掌櫃若是伺候不周，說不好就會被怪罪，不然，小姐提點成掌櫃幾句？」

成掌櫃感激的看了眼白草，方才可不就差點犯了大錯？當下一迭聲道：「還請小姐示下。」

小七也意識到自己有些失態，瞪了眼一臉八卦等著自己開口的半夏和白草。兩個促狹的死丫頭，分明是等著看笑話的模樣！卻也不再矯情——自己就是惦著毓哥哥怎麼了？

小七當下道：「先上兩道宮保雞丁、燈影牛肉，另外再加個清燉蟹粉獅子頭、菊花鱸魚球，對了，再來個佛跳牆……」

陳毓雖是江南人，口味卻有些重，本來川菜更合他口味，就是這會兒天氣有些燥，吃多了怕是要上火……

小七這麼不假思索的說了一大串，成掌櫃聽得一愣一愣的，越發好奇那位陳公子的身分——小姐也對那人太熟悉了吧？連對方的喜好都掌握得一清二楚。

至於旁邊的半夏和白草，則是一直摀著嘴巴偷著樂。就說小姐的喜好怎麼和府裡其他主子都不一樣，專好嘗試些重口味的，每每把自己辣得眼淚都下來了，還硬撐著吃，原來根源在這裡呢，可不就是為了和那陳公子保持一樣的口味嗎？

都說小姐是個性子冷的，這會兒瞧著，分明是個至情至性的才對。

直到把要交代的事情交代完，小七才發現下面站著的幾個人俱神情異常，臊得一張小臉通紅，等成掌櫃離開，才橫了半夏兩人一眼。「走吧，咱們從後門出去。」

陳毓自然不知道得月樓有後門可走，又因一直關注窗外樓下的情景，連掌櫃的上了什麼菜都不知道。

倒是朱慶涵，心情不是一般鬱悶，明明方才已經吩咐下去，自己喜歡清淡些的菜樣，結果上了好些重口味的菜又是鬧哪樣？

見陳毓筷子沒停，即便一直關注著外面，卻吃得香甜。成掌櫃提著的心終於放下來，笑呵呵的告退，絲毫沒有要向朱慶涵解釋或者安慰一番的意思。

朱慶涵簡直要懷疑這掌櫃的是不是故意的，或者是想要巴結陳毓？可也不對啊，陳毓的爹雖是官至三品，可在公侯滿京城、官員遍地走的皇城根下又算得了什麼？掌櫃的怎麼可能放著自己這個正經小侯爺不巴結，倒是上趕著給一個外官的兒子獻殷勤？

可他就是覺得，貴為大理寺少卿、誠毅侯府小侯爺的自己赤裸裸的被無視了……

好在掌櫃的也不是全無良心，終是讓小二上了兩道朱慶涵喜歡吃的菜，才讓朱小侯爺受傷的心靈稍稍得以慰藉。

朱慶涵剛吃了幾口，隱隱約約聽見一陣爭執聲傳來，不由暗暗詫異，不知什麼人這麼好膽，敢到得月樓鬧事？

掌櫃的何嘗不是一樣的心思？

看著眼前一臉公事公辦的大理寺官員，掌櫃的臉色即便不好，卻也沒有阻攔。畢竟大爺早就吩咐過，得月樓是正經的經商之所，除非確定對方是來鬧事的——那對方的下場可不是一般的慘——不然絕不可仗勢欺人，更不得和官府作對。

眼下這叫褚安亮的人既是一早亮出了大理寺丞的身分，直言在酒樓中用餐的客人攤上了人命官司，掌櫃的自然不好阻攔，只橫了一眼跟在褚安亮身側頤指氣使的柳玉書一眼。「這位又是做什麼的？」

察覺到掌櫃的不悅，褚安亮心悸之餘又極為惱火。不就是得月樓的一個掌櫃嗎？在自己面前就敢擺譜！他雖明白這得月樓是英國公府的產業，自己今兒個來，無形中就有不給英國公府臉面的意味，心下有些惶恐，只是來都來了，這會兒也不能慫了不是？當下冷了臉道：「他是命案的見證人，自然要跟我們上去指認凶徒。」

「不錯。」柳玉書一挺胸脯。

雖是伯府嫡子，可這得月樓的宴席價錢委實是高，柳玉書也就能偶爾到這裡打打牙祭罷了，甚而連這裡的掌櫃都不能輕易見到，這還是第一次這麼威風凜凜的叫來掌櫃訓話，柳玉書這會兒的心情自然不是一般得意，自己可是有大理寺丞親自護駕！

當下頭一昂，大聲道：「陳毓在哪裡，快給爺滾下來！」

一句話喊得堂上眾人紛紛側目。

趙恩澤神情立刻變了，方名學卻樂了。就知道那叫陳毓的不單純，這會兒瞧著，惹上了大理寺，怕是很快就得吃牢飯去。

成掌櫃臉色一下變得極為難看，若是別人也就罷了，怎麼對方竟是來尋陳公子的？轉念一想，眼中又多了幾分算計。

朱小侯爺既然在，自己還可省些力氣。畢竟，朱慶涵的性子最是個護短又愛無事生非的，別人不惹他他還經常手癢呢！這褚安亮送上門來要招惹他的兄弟，有朱小侯爺在，自己倒要看看這褚安亮會落得怎樣悲慘的下場。

成掌櫃當下讓開身，一轉身卻是迅速召集來所有護衛，令他們上樓，一切聽朱小侯爺調遣，當然，如果朱小侯爺沒有發話，那大家只管隨意發揮，務必保得陳公子絕不會被人傷了一根汗毛。至於過程中是不是有誤傷，比方說那不長眼的褚安亮和柳玉書，就不在掌握之中了……

房間裡的朱慶涵自然還不知道自己已經被人算計了，只糾結著一個問題。

「我說兄弟，你真不認識成家的人？」

不怪朱慶涵如此，實在無論是破例讓自己使用老大的房間，還是這滿桌不合自己口味卻投了陳毓緣的飯菜，怎麼就透著一股子古怪呢？

「有什麼不對嗎？」陳毓心神都在外面，聽朱慶涵如此說，不免詫異。

「哪、哪、哪——」朱慶涵點著桌子上陳毓用得最香甜的幾道菜。「這些你都喜歡？」

「是啊。」陳毓點頭，有些不明所以。「我正要說呢，朱大哥你倒是清楚我的口味。」雖然是地地道道的江南人，只上一世陳毓落草為寇的地方是北方，也是在那般酷寒之地，才養成了陳毓嗜辣的習慣。沒辦法，太冷了，多吃些辣的，不怕冷啊。

朱慶涵眼神越發怪異，甚而還有些委屈。「別看我是北方人，喜歡吃的卻是你們江南菜，桌上這些，除了兩、三道是我點的，餘下的，全是掌櫃的自己作主送上來的。」

「你說那位成掌櫃？」陳毓怔了一下，只覺隱隱有什麼重要的東西在自己腦海裡一閃而過，正要細思，一陣雜亂的腳步聲忽然來至門外，緊接著是一陣「咚咚」的砸門聲。

「裡面的人，快給爺滾出來！」

朱慶涵驚得手裡的茶杯好險沒摔了。老天爺，外面是哪裡蹦出來的棒槌？這可是英國公世子成弈的專屬雅間！竟敢就這麼囂張的命令房間裡的人滾、出、去？就是錦衣衛、鎮撫司的人也不敢這麼叫囂吧？

陳毓神情也是好奇得緊，上上下下打量朱慶涵一番。「朱大哥，不會是你在外面惹了什麼桃花債，被人堵上門了吧？」

話音未落，外面的聲音再次響起。「陳毓，爺知道你就藏在裡面。不想死得太難看的話，還是這會兒就滾出來得好！」

朱慶涵「噗哧」一聲就樂了，用力拍著陳毓的肩頭道：「哎喲兄弟，沒看出來啊，你還真是個深藏不露的，哥哥瞧著人家要找的姦夫是你吧？跟哥哥說實話，是不是外面這棒槌的老婆讓你睡了，這傢伙才會這麼瘋狗一般連這裡也敢堵？」

話音剛落，房門一下被推開，柳玉書肥胖的身子暫態堵在門口。

「我去！」朱慶涵怪叫一聲，很是歉疚的對陳毓道：「兄弟別氣，我收回方才的話，這就是頭豬啊，他那豬婆還是留著自己享用吧！」

陳毓則是蹙緊了眉頭。「是你？」

這不是前兒個帶了惡奴打上姊姊門前的那個柳玉書嗎？

「不錯！正是本大爺。」柳玉書神情不是一般的得意。「小子，你不是很橫嗎？敢跟爺搶女人，真是活膩味了！顏天祺這會兒已經在大理寺候著了，眼下就該輪到你了。」

「大理寺？」陳毓下意識的瞧了朱慶涵一眼。

朱慶涵攤了攤手，示意自己並不知情，又努了努嘴。「你認識他？」

陳毓實話實說。「我前兒個跟你說過的，那個想要強搶民女、結果被顏二哥撞破的那個混帳柳玉書……」

沒想到都被自己堵在房間裡了，這兩小子不但不怕，還有心情對著自己指指點點，柳玉書好險沒氣笑了。「哎喲，兩個狗娘養的——」

怎知一句話未畢，陳毓和朱慶涵神情都是一變，一個提起桌上的熱茶壺、一個抄起一碗湯，朝著柳玉書就砸了過去。

兩人動作實在太快，柳玉書根本還沒反應過來就被砸了個正著，那碗湯直接扣在了頭頂，更慘的是茶壺裡的水還是滾燙的，順著柳玉書的面門就澆了下來，直把柳玉書疼得殺豬一般慘叫起來。「哎喲！疼死我了！褚安亮，還不快讓人把他們抓起來！兔崽子、混帳，待會兒爺非得把你們抽筋扒皮！」

後面的褚安亮聽得心驚膽顫，有心察看柳玉書到底傷在了哪裡，無奈柳玉書肥胖的身軀把門擠得結結實實，只能對房間內大聲叱喝道：「哪裡來的狂徒？竟敢連大理寺辦案也敢阻攔，眼裡可還有朝廷律法？」

正自鬧成一團，又是一陣整齊的腳步聲傳來，褚安亮回頭看去，酒樓護衛聞聲而來，忙厲聲道：「這房間裡到底是何方匪徒？快讓他們滾出來，不然，連你們得月樓一塊兒獲罪。」

不想喊了半天，對方連理都不理，只是衝著房間裡恭恭敬敬道：「小侯爺，這些人可是冒犯了您老？有什麼事，您儘管吩咐。」

裡面的朱慶涵抽了抽嘴角，這個老成，倒是個精的，明明柳玉書和大理寺要抓的人是陳毓，他偏要把自己扯進來，到這時候朱慶涵已是篤定了陳毓和國公府必然有關係。當然，即便不是為了給成家面子，這些人既是想招呼自己兄弟，那也只能自認倒楣！

小侯爺？外面的褚安亮臉色就變了。柳玉書不是說裡面就是個窮翰林的小舅子嗎？怎麼又變成什麼小侯爺了？

還未反應過來，就聽一個懶懶的聲音響起。「那就麻煩各位兄弟了，把這些不長眼的東西，全都給爺丟出去！」

這聲音怎麼有些耳熟啊？褚安亮怔了一下，還未想清楚對方是誰，成家護衛已經動了手，耳聽得一陣乒乒乓乓的響聲，包括褚安亮和一直哀嚎的柳玉書在內，一眾人等被直接從樓梯上踹了下去。

看到接二連三從樓梯上滾落的褚安亮等人，等著看笑話的方名學神情都扭曲了。這陳毓到底是何方神聖啊！這可是大理寺的人啊，也敢下這般狠手？

褚安亮勉強從地上爬起來，腿也拐了、衣服也髒了，連帶的眼前金星直冒。「反了，還真是反了！快去，稟告柳大人，帶鐵衛來！」

大理寺鐵衛是專門針對窮凶極惡之徒的。

柳玉函的人來得倒也快，看到癱倒地上的一眾人等，臉上全是森然殺氣。什麼小侯爺？敢和大理寺對著幹，那就是找死！

一揮手，那些鐵衛迅速往樓上而去，褚安亮儘管身上疼得緊，卻也咬牙跟了上去。「大人，待會兒可否先把那凶徒交由我等處置？」

「放心。」柳玉函聲音不大，卻是令人聽著膽寒。「這般亡命之徒，不打殘了怎麼肯聽話？」

「還有成家護衛。」終是忍不住，褚安亮又加了一句。

「成家護衛？」柳玉函冷笑一聲。「安亮你弄錯了吧？是那亡命之徒的同夥吧？」

「對對對——」褚安亮不住點頭。「大人英明。」

說話間，雅間的門再次被撞開，大理寺鐵衛一擁而入。

「若有反抗，格殺勿論！」柳玉函一字一句狠狠道。

沒有預料中的激烈打鬥聲傳來，那些鐵衛進了屋子，彷彿被人定住身形般，一個個全傻在了那裡。

「還愣著做什麼？」柳玉函冷聲道。

「沒聽見我兄弟的話嗎？還不把裡面的兩個兔崽子給爺抓起來?!」柳玉書渾身疼得火燒火燎的，心裡的火也是往外一竄一竄的。「爺說過，一定會抽你們的筋、扒你們的皮，把這兩個狗娘養的混帳王八蛋剁碎了餵狗……」

正自罵得起勁，卻不防裡面一個聲音道：「我操你娘的！還傻站著幹什麼？還不把外面那個滿嘴噴糞的王八羔子給爺拉過來打嘴？」

一眾鐵衛旋即回頭，竟真的一下扯住柳玉書的衣領，徑直拖到了屋裡，耳聽得一陣噼哩啪啦的耳光聲響起，柳玉書的哀嚎聲簡直能把房間給震塌。「哎呀，二弟……嗚嗚，救我——」

柳玉函和褚安亮完全被眼前的情形給弄傻了，待得反應過來，一把推開擋在門邊的鐵衛，終於看清了一臉煞氣端坐在桌子後的人是誰，不由倒抽了一口冷氣。

「朱大人？」

褚安亮則腳一軟，癱在了地上。老天，自己真是倒了八輩子血楣了，房間裡坐的怎麼是這個祖宗？也終於明白了鐵衛方才為何如此反常，須知這些鐵衛可不是直接歸朱慶涵管轄？

看到柳玉函進來，被鐵衛押著的柳玉書以為來了救星，頓時拚命掙扎起來，嘴裡還嗚嗚咽咽的咒罵著。無奈那些鐵衛根本不放人，便是上座的兩個「小兔崽子」也連眼皮都沒眨。

柳玉函聽著啪啪啪的耳光聲，肺都快氣炸了，卻也無可奈何，只得衝著朱慶涵恨聲道：「朱大人，這裡面怕是有什麼誤會，家兄……」

朱慶涵毫不客氣的打斷。「這是你哥哥？原來這老混蛋就是仗了你的勢，才敢辱罵我侯府？狗娘養的？嘿嘿，我明兒個就上朝，怎麼也要跟皇上討個說法！」

說罷衝鐵衛厲聲道：「不打掉他一嘴牙，不許停！」

柳玉函臉色一白。誠毅侯府聖眷甚隆，朱慶涵的娘更是當朝公主，這句「狗娘養的」說大不大、說小不小，真是深究起來，連皇家也罵進去了。想明其中利害關係，他再不敢說一句話，只能眼睜睜的瞧著柳玉書滿嘴牙全被打落。

倒不是心疼柳玉書，只朱慶涵這麼做，委實打得自己的臉生疼生疼的啊！

「朱大人可還滿意？」柳玉函的話幾乎是一個字一個字從喉嚨口裡擠出來的。

從小在嫡母的刻意打壓下艱難求生，讓柳玉函明白什麼事不能忍，什麼事必須忍得，就比方說眼下被朱慶涵當眾打臉，再憋屈，也只能打落牙齒和血吞。

只這筆帳自己記下了，至於眼下——

柳玉函陰狠的眼神在陳毓身上掃了一眼。「此人和一宗命案有關，朱大人身在大理寺，想來不會阻止鄙人辦事吧？」

即便暫時不能拿朱慶涵如何，好歹可以拿他護著的這個小子出一口惡氣。

「命案？」朱慶涵如何看不出柳玉函神情中的憤恨？卻根本毫不在意，施施然站起身，上前一把揪住柳玉書的頭髮，迫使他抬起頭直對著陳毓。「你看見我兄弟殺人了？」

柳玉函直覺有些不妥，剛要上前阻攔，無奈柳玉書被嚇破了膽，腦袋搖得和撥浪鼓一般，身子也拚命往後縮，眼淚鼻涕跟著流了一臉都是。「沒、沒有——饒命啊……」

「那你為什麼說我兄弟是殺人凶手？」朱慶涵絲毫沒有一點可憐他的意思，依舊居高臨下的逼視著他。

熟悉朱慶涵的人都知道，這人是真紈袴，也是真心狠，不然，如何能鎮得住閻羅殿一般的大理寺？

被這樣森然的眼神盯著，柳玉書直接被嚇尿了，想都不想就說了實話。「他是顏天祺的兄弟，竟然敢打我！」

「柳大人，這就是你口中所謂的凶手？」朱慶涵冷笑一聲。「倒不知道，你們柳家什麼時候這般厲害了，和人發生了糾紛，就可以隨隨便便往人身上扣個殺人的帽子！」

口中說著，用力一推，柳玉書肥胖的身子朝著柳玉函就砸了過去。

柳玉函早已臉色鐵青，直接往旁邊一閃，任憑柳玉書肥胖的身子再次慘摔，那慘叫的聲音令得得月樓內眾人都起了一身的雞皮疙瘩。

「哎呀，柳大人可真是位講究孝悌的好弟弟啊。」朱慶涵已恢復了嘻笑怒罵的模樣，彷彿方才的情形都沒發生一樣，笑嘻嘻起身，一拉陳毓。「兄弟，咱們走吧。」

柳玉函氣得臉都青了，看陳毓跟著離開，終是忍不住冷聲道：「陳公子果然好福氣，有這麼個好哥哥護著，就可惜，那顏天祺怕是沒有你這般好運氣。」

陳毓腳下一頓，旋即覺得情形不對，即便柳玉書再狗仗人勢，可命案這樣的事不是能拿來隨隨便便開玩笑的。按顏天祺的說法，是因為柳玉書強搶民女、有錯在先，兩人只不過發生了點小衝突。

看陳毓神情凝滯，柳玉函臉上終於有了一絲快意，只是那輕鬆的神情很快消失殆盡，成掌櫃正臉色難看的堵在自己面前。

「柳大人、褚大人好大的魄力，為了一個莫須有的罪名就把我們得月樓攪得一團糟，倒不知是哪家的王法？」

柳玉函明顯沒想到還有這麼一齣，也有些不自在。「鬧出這樣的事，也非大理寺所願……」

話音未落卻被掌櫃給打斷。「大理寺？柳大人還挺會給自己臉上貼金呢！柳大人既如此說，小的也不敢駁您的面子，這就去回稟我家大爺，不獨酒樓被鬧得烏煙瘴氣，便是我家大爺的雅間也被人砸了個稀巴爛……」

一句話說得柳玉函神情扭曲，眼前這個被砸得不像樣的雅間，竟然是屬於成家世子成弈獨有的？一想到那個瘟神似的、段數比朱慶涵還要高得多的男子，柳玉函只覺頭都開始有些暈了，費力的嚥了口唾沫。「世子、世子那裡，柳某定然會親自登門賠禮道歉。」

「那是您的事。」成掌櫃平日裡也是個能說會道很會來事的人，這會兒臉上卻是一絲笑容也無，只板著一張死人臉道：「只是眼下，兩位大人還是先把我們被砸的東西按照原價賠償了吧，不多，也就萬把兩銀子。至於因影響到酒樓生意造成的損失，看在大理寺的面子上，就不再和兩位大人細算了。」

以得月樓的財力，砸的這些東西自然不算什麼。之所以會如此，不過是因為柳玉函和褚安亮竟然想要對國公府的嬌客不利。

第二十九章　殺人大案

柳玉函和褚安亮下樓時，身子都是晃蕩的，那般魂不守舍的模樣，令得方名學的三觀再次被刷新。

那江南解元公到底是何來頭，一個大理寺丞被揍成這樣；來了個四品官，又成了這德行……

「兄弟你還是小心些。」離開酒樓，朱慶涵低聲囑咐陳毓道。「這世上有真小人，也有偽君子，哥哥告訴你，這偽君子可是比真小人還要可怕。那柳玉函，就是個地地道道的偽君子。」

「我記下了。」陳毓點頭。「方才多謝朱大哥，我還有一事要勞煩大哥，就是有關顏天祺——」

早聽陳毓說過顏、陳兩家乃是世交，朱慶涵自然點頭應了。

不過盞茶時間，便見朱慶涵又回轉，臉色有些難看。「那顏天祺，怕是有大麻煩了！」

「昨日有人上報，說是在一處民房內發現一具被人姦殺的女屍，女屍臉部已被人劃花，根本看不出來面容，好在女屍身上有些標記，經查驗，對方乃是因罪籍沒入教坊司的官妓雲菲……據教坊司的人言講，那雲菲三日前跟了柳玉書一道離開，此後就再未回返。可等找了柳玉書來才知道，半途上，雲菲被顏天祺給搶走了。當時目睹了雙方衝突、親眼見到顏天祺帶走雲菲的人可不是一個、兩個……」

至此，大理寺認定，顏天祺定然早已對雲菲有非分之想，甚而會以那般殘忍的手段把雲菲給殺死，十之八九是因為雲菲跟著柳玉書去外面尋歡作樂，令得顏天祺醋意大發所致……

極短的時間內，顏天祺和忠英伯府嫡長子柳玉書爭奪娼館女子以致暴起殺人一事，已經在整個京城傳揚開來，而隨之一起傳開的，還有顏子章即將到都察院任職的消息。人們紛紛議論，說是顏天祺身為舉子，私德卻如此敗壞，所謂子不教父之過，必是乃父顏子章也立身不正，才會養出這等無恥之徒。一個道德敗壞的人卻要到都察院任職，豈不是天底下最大的笑話嗎？

聽朱慶涵說完前因後果，陳毓臉就沈了下來。

顏天祺的案子絕沒有那麼簡單，以顏家的家教，顏天祺如何也不會做出這等事來。

上一世陳毓因為感念顏子章的恩德，始終悄悄關注著顏子章的消息，上一世顏子章最後便是離開京都回了老家，難不成就是受顏天祺案子的拖累？

一向清名在外的顏伯父尚且丟官去職，那豈不是說，顏天祺這次怕是凶多吉少?!

貓兒胡同，韓府。

「妳是陳氏？」堂上的女人衣著華貴、身材嬌小、肌膚勝雪、容貌昳麗，神情間是無比的倨傲，以勝利者的俯視姿態，睨視著坐在對面的陳秀。

瞧出貴婦傲慢的模樣，陳秀強壓下心頭一陣陣反感。「是我，不知柳夫人有何見教？」

入京三年來，還是第一次見到那個聞名已久的上天的寵兒韓倩雲。

不過出身於小康之家，卻能嫁入伯府為媳，更以庶子之妻的身分成為整個伯府當之無愧的女主人。自從柳玉函娶了她，便步步高升，從一個同進士，做到這會兒大理寺少卿的位置……

「妳叫我什麼？」韓倩雲聲音陡地拔高，自己夫君可是四品官員，來至這貓兒胡同可算是降尊紆貴了；更不要說，此次到訪是以韓伯霖姑母的身分。

當然，即便是四品對七品，韓倩雲也完全沒有理由訓斥同為官員夫人的陳秀，也因此，韓倩雲才會搬出韓伯霖姑母這另一個長輩身分來。

孰料陳秀絲毫沒有晚輩的自覺，言辭間竟是和自己平起平坐，不由大怒。「果然是商戶人家的女孩，真是好沒家教！妳眼裡可還有上下尊卑？伯霖真是瞎了眼，才會娶妳這等女子……」

一番話說得侍立的丫鬟也是滿臉怒色，這女人怎麼回事？哪有到旁人家拜訪，卻這般口出惡言？紛紛橫眉以對，一副只要陳秀一聲令下就捲袖子趕人的模樣。

陳秀擺了擺手，示意她們稍安勿躁，對著韓倩雲冷笑一聲。「我家教如何，柳夫人怕是沒有置喙的餘地。本是出嫁女，卻插手娘家事，助紂為虐、搶佔家財，縱容二房趕走大房兄長，如此歹毒心腸，柳夫人還真是好家教呢！」

陳秀的性情本就剛毅，這一世又得陳清和並李靜文好生教養，嘴皮子也不是一般的索利。鹿泠郡人哪個不知，韓家大房、二房早已徹底決裂，韓倩雲這會兒還有臉端著長輩的身分對自己橫加呵斥，當真是可笑之極。

「妳——」沒想到陳秀瞧著也就是一個嬌嬌美美的小媳婦兒，說話竟是和自己針鋒相對、毫不相讓，如此不留情面，韓倩雲臉色頓時變得難看。沈默了一瞬，重重「哼」了一聲。「死到臨頭了，還如此牙尖嘴利！可惜人強命不強，就妳那不爭氣的弟弟，把自己作進大理寺也就罷了，可不要再連累了我的好姪兒。」

韓倩雲心裡自然恨不得這一家子人都被關進天牢才好，之所以如此說，不過是想要看到陳秀惶恐無措的模樣罷了。

陳秀果然臉色一白。「妳胡說什麼？」

「呵呵，妳認為是胡說，那就當我胡說好了。」終於如願打擊到陳秀，韓倩雲心情不是一般的好，蔥管似的手指伸出，想要去拿茶杯。「還以為妳那兄弟多爭氣呢，竟為了個娼妓爭風吃醋還殺了人，倒也和妳家家風相稱……」

陳秀突然猛地站起，抓過茶杯狠狠的往地上摔去。「來人，把這位柳夫人請出去，記住這張臉，以後再來，絕不許她踏進我韓家一步。」

於陳秀而言，弟弟陳毓就是她不可碰觸的逆鱗，不管這女人是為何而來，想要禍害弟弟，自己就同她不共戴天。

吃了一驚，韓倩雲身子猛地向後一仰，虧得旁邊的丫鬟眼明手快，才不至於摔倒，但已驚出了一身的冷汗，待聽清陳秀的話，氣得臉都青了。「好妳個不識好歹的賤人……」

話說到一半，一陣殺氣忽然撲面而來，卻是一柄利劍正指向自己的如花容顏，千鈞一髮之際，一個鬼魅似的影子一下閃出，堪堪護在韓倩雲身前。「大膽！」

「毓哥兒！」陳秀神情激動，只覺一顆撲通通跳個不停的心終於安穩了下來。就知道毓哥兒沒事，韓倩雲這個惡毒的女人故意來嚇唬自己罷了。

陳毓上前一步扶住陳秀，眼睛在那護著韓倩雲的武士身上停了一瞬，心下詫異，倒不知那忠英伯府藏龍臥虎，竟有這麼個厲害的高手保護韓倩雲。

兩人眼神對視片刻，都從對方眼裡發現了一種名為「危險」的東西。

陳毓視線很快掠過男子，停在韓倩雲臉上，臉上神情有些變幻不定。這韓倩雲的容貌，怎麼竟然生得和娘親李靜文有幾分相似？只是相較於娘親的溫婉，這女人明顯太過強勢、張狂了些。

只是片刻後，陳毓就整理好自己的思緒，眼神也變得冰冷。

韓倩雲頓時覺得心裡有些發毛，雖然眼前少年生得極為出色，可韓倩雲就是有種被什麼可怕的東西盯上的感覺，一時間身上的汗毛都豎起來了。

下一刻，那少年就一字一字道：「以後不許踏進韓府一步，否則說不好會有什麼意外發生。」

「你──」韓倩雲又一次被噎到，卻愣是不敢和對待陳秀般對待這少年，心裡更是又氣又怒。

從陳秀的神情來看，這少年顯然就是她弟弟陳毓，只是今兒個一大早，丈夫不是說一定會把陳毓抓到監牢裡嗎？怎麼人竟然好好的？

倒是那武士神情一厲。「年輕人還是不要這麼傲，不然，說不好什麼時候就會摔跟頭。」

說完轉身對韓倩雲道：「夫人，咱們走吧。」

韓倩雲狠狠的瞪了一眼陳秀姊弟，終是起身離開。

身後的陳毓眼中閃過一抹深思。竟然能替韓倩雲作主，這武士怕不是伯府的下人，再結合此人的突兀出現，總覺得有那麼一點不協調。

他想了想對陳秀道：「姊姊，我出去一下。」

這會兒，那武士也正和韓倩雲告別。「夫人請回，卑職也要回鎮撫司。」

韓倩雲的神情又恢復了一貫的傲慢。

放眼京城，有哪家貴婦出去串個門都有鎮撫司的侍衛跟著保護？有大哥李景浩在，早晚有一天，自己要讓大房和陳秀姊弟生不如死！至於眼下，她要回府問一下丈夫到底怎麼辦事的，竟是連個小兔崽子都抓不住？

那武士目送韓倩雲離開，自己也翻身上了馬，朝著拐角處一個茶館而去。

待來至茶館門前，徑直把韁繩扔給早已候著的小二，自己則噔噔噔往樓上而去。

那人前腳進去，陳毓後腳就跟了過來，同樣把馬韁繩扔給小二，掏出自己懷中的鎮撫司百戶腰牌在小二眼前一晃，剛要說自己是來調查方才那人的，不料小二臉上本是忠厚的笑意迅疾斂去，點了點頭。「樓上老地方，你自己上去便可。」

老地方？陳毓一怔，卻又很快掩飾過去，心裡不是一般的震驚。這小二怎麼突然變了個人？不獨精明，更有著一種說不出來的古怪氣息。

對了，斥候！上一世做山賊時，也和這樣的人打過交道，而自己方才竟沒有發現一點異常，看來對方無疑是斥候中段數較高的。

到了這會兒陳毓心裡自然更加疑竇叢生，雖然明知道上面怕是有未知的危險，還是往樓上而去。

而陳毓離開後，那小二又恢復了之前無害的憨傻模樣，有些懶散的倚在樓梯口……

陳毓很快來至二樓，和一樓的人聲鼎沸不同，二樓除了嫋嫋茶香之外，還隱隱有絲竹之聲，是一處極為雅致的所在。

這些房間看著完全相同，一時之間，他很難判斷出哪裡才是小二說的老地方。

屏息凝神片刻，陳毓終於向著拐角處那個房間而去。

房間內，正有兩個人影一坐一站。「那個陳毓怕是有些古怪……韓府中沒有藏人，陳秀的樣子不像是作假，雲菲……」

坐著的那人卻是忽然做了個噤聲的手勢，手中茶杯跟著朝外擲去。

耳聽得「鏗」的一聲響，那茶杯貫穿了厚厚的房門然後化作無數碎片激射而出。

陳毓身子拚命後仰，胳膊和右腿上依舊傳來一陣鑽心的疼痛。

從出師之後，陳毓就再沒有受過傷，無論如何沒想到，會在一個小小的茶館被人暗算。只房間中人的氣場太過強大，那般凜冽氣息，陳毓便是在顧老爺子面前也不曾體會過。

若是不趕緊逃，自己怕是會被永遠留在這個地方。

他不管不顧的闖進一個房間，在房間中人還沒反應過來時，就直接破窗而出。只落下時，右腿處傳來的劇烈疼痛令得陳毓猛一踉蹌，幸好被人扶住。

陳毓倉促間抬頭，是一個黑盔黑甲威風凜凜英氣逼人的男子。

男子抓住陳毓隨手往後面一丟，陳毓身子不受控制的進了旁邊一個院落。

下一刻一個玄袍男子就從天而降，待瞧見面前黑甲將軍，一愣後冷聲道：「成將軍？成將軍方才可看到一個受了傷的人從樓上躍下？」

「原來是李大人。」即便玄袍男子氣勢凜冽，黑甲將軍也絲毫不受影響，臉上依舊一絲笑容也無，手則往相反的方向一指。「往那邊跑了。」

說著帶著手下親兵，徑直打馬離開。

玄袍男子根本沒懷疑對方會說謊，沒有猶豫的就往前追了過去。

直到外面又恢復了平靜，陳毓才從小院中一躍而出。

姓成，又這般威風，難不成是當初名震大江南北那位國公府少帥？只是他為什麼要幫自己，更奇怪的是這人的長相，自己怎麼覺得，好像在哪裡見過啊？

「這個陳毓，還真是個會惹事的。」走了很遠，成弈才勒住馬頭，眉心不覺蹙起。

既是已打定主意成全小七，即便如何看那個即將搶走小七的小子不順眼，做慣了大哥的成弈還是毫不猶豫的選擇把陳毓護在自己翼下，即便有可能對上素來被眾大臣視為閻羅一般人物的皇上心腹——鎮撫司指揮使李景浩。

只這小子到底做了什麼，竟惹得這位冷酷無情沒有一點兒人味的活閻王親自上陣抓人？一個太子妹夫已經夠讓人頭疼了，現在又加上個招禍能力明顯不下於太子的準妹婿，成少帥感到真不是一般的無力。

而另一個方向，正發足疾奔的李景浩也猛地站住。以自己眼下的實力，就那麼片刻工夫，不可能自己追了這麼遠都沒發現對方一點兒行跡。而就對方的身手而言，即便比自己手下侍衛要好些，可相比自己來說還差得遠，無論如何也不可能這片刻間就完全甩開自己。更奇怪的是，之前自己明明傷到了那人的，怎麼一路上竟是沒有一點血跡？

他忽然想到另一個可能，難不成是成弈騙了自己？

可也不對啊，兩人同殿為臣，雖沒有深交，可也沒有什麼私怨，成弈緣何要和自己作對？何況以成家的威勢，真想護著什麼人，大可直接出面就好，何必這麼鬼鬼祟祟，一副見不得人的模樣？

這般一想，李景浩臉上神情頓時有些難看，莫非雲菲的失蹤，成弈也插了一手？不然，實在解釋不通成弈的動機。

這麼一停頓間，之前去探訪韓府的侍衛也氣喘吁吁的趕了上來。「大、大人……」

卻也是有些發愣，大人親自出手，還是把人跟丟了？這怎麼可能呢？

「派人盯著成府。」靜立良久，李景浩道：「無論如何都要把雲菲給救出來。」

那具女屍雖然穿著雲菲的衣服，一張臉也是面目全非，可糊弄別人行，卻糊弄不了自己。

雲菲名義上是罰入教坊司的罪臣之女，事實上她還有另外一個身分，那就是鎮撫司的密探。

和鎮撫司其他人的風光不同，雲菲這樣的密探是見不得光的，他們從事的是最黑暗的職業，付出了外人所不知道的艱辛，卻只能當無名英雄……

到現在李景浩還記得，雲菲全家籍沒入獄後，那個提前被人救出後卻又主動跑回來，跪在自己面前苦苦哀求的少女，彼時雲菲清純得如同早晨一枝帶露的山茶花，美麗柔弱而又果決。

「我弟弟病重，求大人幫他請個大夫，只要大人肯答應，雲菲這輩子願意做牛做馬報答大人……」雲菲不停的磕著頭，直到額頭上血淋淋一片……

為了自己的兄弟嗎？所以才會在逃走之後，明知以後的人生必定會無比淒慘，還義無反顧的回來？

從知道家人路遇劫匪無一生還後，李景浩的心就冷硬得如同千年寒冰一般，此時卻難得的軟了一下。

當初自己瘋狂的把劫殺了家人的滿山劫匪全部剁成肉醬後，按照他們供認的地方，挖出了當時被隨便掩埋的屍骸，並沒有找到當時年僅六歲的妹妹的屍骨。即便明知道那麼小的孩子，在那樣的崇山峻嶺中活著走出去的希望根本就是微乎其微，甚而最大可能是被山中虎狼給吃了，可李景浩依舊把妹妹當成了自己在世間最後的念想。

上一次心軟了一下是在什麼時候？對了，是見到倩雲時，那個女子，竟和娘親有幾分相似呢，妹妹若是長大，也一定會是那般明媚的少女吧？

如果說韓倩雲讓李景浩對妹妹長大後的形象具體化了，那為了弟弟不惜進入人人鄙棄的青樓的雲菲，則讓李景浩看到了自己——若然有朝一日能找到妹子，自己便是墮身十八層地獄也在所不惜。

除了皇上，從來不給任何人臉面的李景浩難得的妥協了一次。雖然依舊是一張沒有任何表情的淡漠的臉，卻一字一句告訴雲菲，他會保證雲菲弟弟的安全，令他不至於死在獄中。

若然皇朝大赦，還會幫雲菲的弟弟過上普通人的生活，只是雲菲依舊要依照朝廷律法入教坊司，而在官妓的身分之外，更是鎮撫司的密探。

雲菲毫不猶豫的就答應了。

消失了一段時間後，雲菲便以才藝雙絕的形象正式成為教坊司的頭牌。迄今，十年過去了，雲菲也為大周朝立下了無數汗馬功勞。

她甫一進入教坊司，便遭遇皇上病重，兩位親王聯手逼宮的危機，危急時刻，是雲菲探出了他們逼宮的具體時間，自己才能協助皇上裡應外合、一舉滅賊，至於雲菲，卻因為入行時日尚短，被親王死士發現端倪，等自己趕過去把人救出來，雲菲已被折磨得奄奄一息……

前五年，雲菲每完成一次任務，都會有不同程度的受傷，一直到近年來，才練就得長袖善舞、八面玲瓏，只是雲菲畢竟二十八歲了，這個年齡的女人在民間說不好孩子都該定親了。李景浩也下定決心，等找一個合適的時機，就會安排雲菲「死去」，讓她安安靜靜的守著兄弟過完下半生。

卻不料自己這邊還沒有計劃好，就傳來了雲菲的死訊。一聽說這個消息，李景浩第一時間去了雲菲兄弟的醫館，發現那醫館還在，雲菲的弟弟也和平常沒有什麼兩樣。憑著對雲菲的瞭解，李景浩相信這種死法絕不是雲菲的主意，甚而雲菲極有可能是陷入了真正的危機。無論如何，雲菲絕對不會拋下她比自己生命還要珍視的弟弟一個人離開。

不管是什麼人，想用如此毒辣計策對付鎮撫司的人都不可原諒，更不要說對象還是讓自己心軟過的雲菲。

只是李景浩調查了這麼久，都如同亂麻一般，始終沒有頭緒，或許自己該要見見那顏天祺？要說顏天祺殺了雲菲，可能性怕是微乎其微，只是對方既然如此設局，怕和顏家有著某種不可知的聯繫……

陳毓強撐著走了一段，終於找到一輛馬車，忙招手想著坐車回去，誰知道那車夫一看陳毓的模樣，嚇得調轉車頭就趕緊走了，一副避之唯恐不及的樣子。

陳毓低頭審視一下自己的情況，不由苦笑。也不怪車夫不願意拉自己，瞧自己這副慘樣，身上多處被茶杯碎片劃傷，雖不算重傷，可斑斑點點的血跡，可不是有些嚇人？

得，還是趕緊去包紮一下吧，只自己的樣子，尋常醫館怕是不一定敢接，正尋思著去哪裡，一陣香風忽然迎面撲來，兩個打扮得花枝招展的女子正好經過。

兩人甫一瞧見陳毓也都嚇了一跳，待看清陳毓的容貌，眼神卻是一蕩，右邊的粉衣女子更是笑嘻嘻的作勢要攙陳毓。「哎呀，哪家可人疼的小公子，怎麼就成了這般模樣？姊姊帶你去找凌大夫看看好不好？凌大夫對這類外傷是最有研究的了。」

口中說著，往幽深的胡同裡指了一下。

陳毓還以為她哄騙自己呢，可順著對方手指的方向看去，胡同深處，果然有一間小小的醫館。眼瞧著那姑娘柔軟的胸脯就要靠過來，陳毓不由驚出了一身冷汗，忙不迭道了謝，逃也似的往胡同深處去了。

待進了醫館，才發現這醫館果然小，統共也就不大的兩間房子，裡間影影綽綽能見到掛著的布簾，看來是主人休息的地方，外間最顯眼的家具就是一個藥櫃了，裡面放著各種藥物器皿，雖然顯得有些擁擠，倒也乾淨整潔。

而藥櫃前，正有一個穿著深褐色布衣的男子正低著頭搗藥。聽見人進來，頭也不抬道：「姑娘先坐會兒，那邊有剛泡好的菊花茶，我馬上就好。」

太過熟稔的語氣令得陳毓一愣，姑娘？

正自糊塗，門口響起一陣女子吃吃的笑聲。「呆子，我們在這兒呢。」

男子愕然抬頭，一張清秀的面容有些蒼白，襯得一雙眼睛黑湛湛的，只是那眼神太過滄桑，讓人瞧了就止不住覺得說不出來的沈重。

「你、你是來找我看病的？」男子瞧著陳毓，嘴唇囁嚅著，神情明顯有些不敢相信。

「可不。」那兩個女子忙不迭點頭，粉衣女子還趁男子沒注意到，不停的給陳毓擺手，一副懇求他應下來的樣子。

眼前情形令得陳毓越發懵懂，自己這副模樣，還怕大夫拒之門外呢，怎麼眼前這男子的意思，卻是唯恐自己不找他看病的樣子？

看陳毓久久沒有行動，那邊粉衣女子已是快哭了，陳毓越發丈二金剛摸不著頭腦，又瞧見那粉衣女子馬上就要貼上來，嚇得忙點頭。「那個，大夫，能不能幫我看看，剛才不小心被人砸了一下。」

一句話說得粉衣女子「嗤」的一聲又笑了出來，這小傢伙，也是個不老實的，什麼東西能把人砸得一身全是血口子？只這人也算是凌大夫開醫館以來少見的幾個正經病人了，便也給面子的沒有點破。

「好、好。」凌大夫小心翼翼之外，明顯還有些感激，用著商量的語氣道：「公子先慢坐，兩位姑娘的藥已是備好了的，待我送走兩位姑娘，再幫公子診治可好？」

這般好脾氣的大夫還是第一次見到，陳毓心裡的狐疑不免更重，有心離開，只那兩個姑娘不知是有意還是無意，正好攔在門口處，無奈何，只得點點頭，在房間內唯一的椅子上坐下。

凌大夫手腳麻利的開始包藥。

陳毓卻是越看越驚奇，在小七身邊久了，陳毓認識的藥物倒也不少，因而一下就能分辨出來，這凌大夫包的大部分都是些治外傷的藥，只這些姑娘罷了，又不與人打鬥，要這些治外傷的藥物何用？至於其他那些藥膏，他也不知是何用處了。

「這藥膏外用，一天兩次，紅色的藥包早上喝、褐色的這包晚上服用。」男子邊把一包包藥物交給女子，邊細心的囑咐，到得最後又輕輕道：「可能的話，這兩天歇著吧。」

一句話說得兩個舉止本是有些輕佻的女子眼睛都紅了，卻沒說好，也沒說不好，極快的掏出些散碎銀兩塞到男子手上。「凌大夫，這是診費。」

說著接過藥物，低著頭就出了醫館。

男子嘆了口氣，神情莫名的悲傷。

陳毓明白這凌大夫應是個善心人，終是上前，剛想要請對方幫自己療傷，卻聽得已經走出老遠的那兩名女子提到一個熟悉的名字……

陳毓神情一震，一下把男子推開，搶身來至門外。雖然距離很遠，只陳毓的耳力自非一般人可比，方才那粉衣女子說的，可不正是「雲菲」兩字？

陳毓當下顧不得跟凌大夫解釋，縱身便往兩個女子消失的方向而去。待瞧見兩人上了一輛很是花哨的馬車，忙一提氣，正好攔在車前面。

馬車猛地停下，粉衣女子探頭出來，剛要喝問，陳毓已是身形一閃，上了馬車，開門見山道：「妳們認識雲菲？」

聽陳毓如此說，兩名女子臉上的怒容頓時變為驚詫，面面相覷之餘，警惕的瞧著陳毓。「你是什麼人，怎麼認識雲菲姊？」

難不成，這麼俊美的少年也和凌大夫一樣，是雲菲的仰慕者？想到這一點，兩人的心裡不由又酸又澀。

兩人的命都是凌大夫救過來的，感激之下自然常來醫館，想著也是照顧凌大夫的生意，畢竟，願意為娼妓看病的大夫，其他人皆對其不齒，根本就不願登門看診。

當初也曾追問過凌大夫為什麼要把醫館開在此處，這胡同周圍包括教坊司在內，可大多都是青樓娼館。

凌大夫卻始終不說，後來追問得狠了，才隱晦的告訴自己姊妹，是因為擔心一個人，怕她受傷了沒人幫著診治。索性把醫館開在這裡，若是上天垂憐，說不好還能有見面的一天……

雖然凌大夫沒說過那人的名字，可兩人細心觀察之下，還是發現了端倪。凌大夫願意為之忍受屈辱，數年如一日守在這裡不肯離開的那個人，十之八九就是雲菲。因為自己最愛的人成了娼妓，便善待其他在最底層掙扎的風塵女子——一句話，不過是愛屋及烏罷了。

為了幫凌大夫，兩人就差跪地求雲菲了，可雲菲始終不肯過來，只冷淡的說她們定是認錯了人，再說得狠了，乾脆拂袖而去。

都說婊子無情、戲子無義，兩人雖然打心眼裡不想承認這一點，卻有些看不起雲菲。若然有人願意這麼對待自己，自己就是死了也甘願啊！

二人今兒個之所以會來，也是因為聽說了雲菲身亡的消息，唯恐凌大夫會做出什麼過激的舉動，才想著來看一看，好在瞧凌大夫的精神倒還好，兩人才把滿心的擔憂給壓下。

不料方才剛念叨了雲菲一下，這本該在醫館裡的少年就追了過來。

雲菲姊？到了這會兒，陳毓如何不明白兩女的身分也是青樓女子，知道雲菲也不足為奇。

陳毓掏出身上鎮撫司的腰牌在兩人面前晃了一下。

「既然是雲菲的姊妹，妳們也定然不希望看到她死得不明不白，關於雲菲，妳們都知道些什麼？全都告訴我。」

「你方才說，雲菲死了？」一個粗嗄的聲音突然在外面響起，陳毓愣了一下，轉過頭，正好對上凌大夫直勾勾的雙眼，下一刻，一下被死死撮住胸口的衣襟。「你騙我的，對不對？」

他嘴裡說著的同時，一縷血絲順著嘴角流下。

好不容易送走了兩個不停流淚的女子，陳毓終於有機會和這位凌大夫單獨相處了。

「你認識雲菲？你們倆什麼關係？雲菲是不是有什麼仇人？把你知道的都告訴我。」

凌錚直勾勾的瞧著有著點點霉斑的屋頂，彷彿在確定了雲菲死訊的那一刻，凌錚身體內的活力也跟著全被抽空了。

方才從兩女口中得知雲菲確是死了，凌錚當時就昏了過去。

十二年前，曾經為一時望族的凌家一夜傾覆，家族分崩離析，親人各自生死，曾是家中寵兒、高高在上的貴公子凌錚也一夕之間成了階下囚，驚慌恐懼之下，凌錚大病一場。那段瀕臨死亡、渾渾噩噩的日子，唯一的溫度，便是額頭上不時貼上的那雙溫暖的手……

之後如何艱難的日子，正是想著那雙手的溫度，自己才能熬過來。

可以說，這苦難的人世間，凌錚之所以願意受盡屈辱也要無賴一般活下去，所為的不過是有朝一日還能有機會牽住那雙手。

而現在，一切都沒了，自己曾經的掙扎、痛苦、承受的屈辱也完全沒了意義……

看著滿臉灰敗的凌錚，陳毓敏感的意識到，這凌錚絕不是雲菲的仰慕者那麼簡單。

據方才那兩名女子說，凌錚的醫館開在這裡已經三年有餘，可三年多的時間裡，凌錚從來沒有刻意打聽過雲菲的事，更沒有去過教坊司。

如果僅僅是雲菲的仰慕者，那凌錚最可能做的就是攢足銀兩然後到花樓中去一親芳澤。然而凌錚所為，與其說是仰慕，倒不如說更像在信守某種永遠相守的承諾。

「凌錚，把你知道的都告訴我，我們要儘快找到那個有可能擄走雲菲的人，說不好雲菲她還有一線生機。」沈思良久，陳毓終於道。

雲菲的來歷絕非小小的官妓那麼簡單，不然，怎麼可能驚動鎮撫司的人。當時茶館裡，那小二可不就是因為見到自己的百戶權杖，誤以為是自己人，才會那麼容易就放自己上去。

還有那個傷了自己的可怕男子，當時自己在小院中，可是清清楚楚聽見那威風凜凜的將軍叫他「李大人」，聽口氣，在鎮撫司的地位必然不低。

試問單單憑藉雲菲的官妓身分，怎麼可能驚動這麼多大人物？而之所以認為雲菲可能還活著，也是從茶館裡聽到的那一耳朵猜測出來的。那侍衛當時正說到姊夫家並沒有藏人，然後便說到雲菲。以鎮撫司的無孔不入，既如此說，或許就表示那具據說被姦殺致死的女屍，十之八九不是雲菲。

「你說什麼？」凌錚眼珠慢慢的轉了一下，下一刻忽然坐起，一把抓住陳毓的手，聲音抖得簡直不能成句。「你是說，那女屍……不是、不是雲菲？」

陳毓點頭。「雲菲的失蹤絕不簡單，更像是被人用了金蟬脫殼之計刻意帶走……」

「被人帶走？」凌錚眼珠急促的收縮了一下，臉色也跟著一白，有些苦澀的喃喃道：「難不成，是他？」

若真是他，或者，自己還是不要說什麼得好。畢竟，那個人也和自己一般深愛著敏寧。這麼多年來，凌錚最大的奢望，不過是把心愛的人救出火坑。和自己這個百無一用的郎中比起來，那人應該更能夠給敏寧幸福吧？

沒有人知道，凌錚的姊姊凌雲菲，早在凌家被抄家的當晚就投井而亡，而那個自稱凌雲菲、日夜侍奉自己，更在臨離開時把身子給了自己的人，其實是一個叫周敏寧的女子。

周敏寧是凌錚父親好友的女兒，父母雙亡後便寄居凌家。兩人一個是懷春少女、一個是慕艾少年，日日相處之下，暗生情愫。本來依著凌錚的意思，找到合適時機便要央求爹娘定下二人的親事，卻不料凌家一夕傾覆，闔族大小全被投入大牢之中。

唯有周敏寧，靠了身邊僕人的衛護，終是逃了出去。

凌錚還以為今生今世再也不可能見到周敏寧，不料就在病重瀕死的那時候，周敏寧頂著姊姊凌雲菲的名字出現了。

當時，凌錚並不明白，那般天牢重地，周敏寧如何能夠隻身而入，更使用了什麼神通還幫自己請來了大夫……

在把清清白白的身子交付給了自己後，敏寧就從自己的生活裡徹底銷聲匿跡。

後來太子大婚，皇上大赦天下，凌錚終於又成了自由身，本想著即使走遍天下，也要找回周敏寧，不料一次偶然的機會，卻驚見教坊司的頭牌名妓雲菲竟和敏寧生得一模一樣。

雖然當時凌錚瘋了一般的衝進去，卻被人打了出來，其間敏寧不過是看了他一眼，就再沒有露面，可就憑那真情流露的一眼，凌錚馬上能確定，這雲菲，就是敏寧。

所以說這就是自己當初死裡逃生的真相嗎？是敏寧用她一世的悲慘換來了自己的苟延殘喘……

「你真要替那惡人隱瞞？」看凌錚死氣沈沈的縮成一團，一副無論如何不願開口的模樣，陳毓嘆了口氣，這凌錚果然是一個有故事的人。於是輕聲道：「你知道那被拋屍的女子有多慘嗎，被先姦後殺，一張臉還被人砍得血肉模糊，如此心狠手辣，你以為對方有可能善待雲菲嗎？須知，人心都是善變的啊！」

「人心都是會變的，周敏寧，我也一樣。」說話的是一個身著黑色錦衣的男子，男子瞧著三十出頭，卻眇了一目，令得英挺的容貌平添了一股煞氣。

而此時，男子布滿老繭的手用力箝住一個容貌秀美中不失嬌媚的女子下巴。再次看到這張令自己魂牽夢縈的臉，男子明顯有些失神，只不過片刻，就恢復了常態，取而代之的是深深的嘲弄。

「當初妳傷了我一隻眼睛，拚死也要逃出去，本王還以為妳要如何和妳那小情郎雙宿雙飛呢，竟然放著本王的正妃不做，跑出來做千人睡萬人嚐的妓女！本王真是天下第一蠢人，為了妳這麼個賤人在凌府中蹉跎四年！」

「季正雄，我不欠你，是你，欠了凌家！」即便下巴被掐得生疼，周敏寧依舊努力仰起頭。

當初從季正雄身邊逃開，周敏寧還不能確知對方到底是什麼人，眼下聽這人自稱本王，再加上那有些拗口的古怪口音——官妓雲菲自然不會聽過，但作為鎮撫司密探的周敏寧，卻一下就能判斷出，這是和大周不睦已久的東泰國的口音！這人又口口聲聲自稱本王，想來這人的名字不是他自稱的季正雄，而是吉正雄吧？吉正雄，可不正是眼下東泰國權傾一時的攝政王?!

周敏寧咬著牙，如果說當初還只是懷疑凌家的滅頂之災應該和吉正雄有關，這會兒已完全確認了。

她這輩子最後悔的，就是當初為何要動一念之仁，救下躺在路邊奄奄一息的吉正雄。

明明自己是他的恩人啊，甚而當初，自己根本沒想要這男人的任何回報，是吉正雄無論如何都要跟在自己身邊報恩的。更後悔的是，她把吉正雄帶入了凌府。

當初凌家的罪名可不就是私通東泰國？朝廷在凌府中搜到大量蓋有東泰國印信的來往信

件。凌伯父的為人自己清楚，最是剛正不阿，怎麼可能會做出那般叛國之舉來？

可那些信件，卻是鐵證。

這會兒周敏寧終於明白，其實一切全是出於眼前這個男人之手！

就因為在凌家做了四年的僕人，所以要讓凌家闔府從這個世上消失嗎？

世上怎麼有人能夠這麼狠毒？凌家何辜！

吉正雄愣了一下，眼神癡癡的凝在周敏寧倔強的臉上，心裡不覺晃蕩一下。

當初他被兄弟迫害，逃到周地時身負重傷，若非遇到溫柔善良的周敏寧，這會兒怕早就不在人世了。只是這女人太不識抬舉，他那般愛她，她卻偏要選擇凌錚那個窩囊廢！

吉正雄眼中閃過一道戾氣，抬手「嗤啦」一聲拽掉了周敏寧的外衣。「既是教坊司的頭牌，伺候男人的本事必然了得吧？既如此，今兒個就好好伺候本王。睡妳一晚，要多少銀兩？」

說著，隨手拿了塊銀子順著周敏寧的衣領塞了進去。「夠不夠，不夠本王──」

話音卻被一陣急促的敲門聲打斷。

「誰？」吉正雄的聲音明顯不悅至極。

「王爺。」一個男子的聲音在外面響起。「下官柳玉函。」

「進來吧。」吉正雄蹙了下眉頭，卻依舊把周敏寧扣在懷裡，沒有要把人放開的意思。

柳玉函走進房間，看到兩人的情形，神情間有些尷尬，只是事關重大，還是硬著頭皮道：「是下官唐突了，只是發生了些事，下官擔心有什麼變化，想著還是先來告訴王爺一聲。」

方才回府，柳玉函因為沒抓到陳毓，而被韓倩雲狠狠數落了一頓，末了韓倩雲又得意的炫耀，之前她去韓伯霖家時怕吃虧，特意找了李景浩，而李景浩竟然真的派了個侍衛陪同。

柳玉函久在官場，聞言心裡不由咯噔一下。要說李景浩對自己一家也是極為照顧的，這麼多年來自己之所以能夠一帆風順，除了二皇子的提攜外，李景浩也厥功甚偉。

可李景浩一向都只在適當的時候幫一把罷了，若然柳玉函毫無本事，單憑私人關係，李景浩絕對會袖手旁觀。除此之外，李景浩更不會因私廢公，今天卻這麼容易就被倩雲請了個護衛護駕，雖不能排除許是李景浩心情好，可柳玉函心裡還是有那麼一點兒不對勁。

周敏寧低垂著的眼睛亮了一下，吉正雄臉色卻是一沈。

這幾年也和李景浩打過交道，對方當真是一個狡詐如狐的梟雄，難不成被發現了什麼？

吉正雄想來想去，留下的線索最多也只有誆騙雲菲出來時，自己假扮相師交到柳玉書手裡的信物，和一張寫有「凌錚」兩個字的字條。

那些東西他事後已讓人取了回來銷毀，可那柳玉書卻是個蠢貨，難不成，是他那裡出了問題？

同一時間，幾輛馬車迤邐入了京城，馬車裡坐著的正是聽說女兒有孕，又不放心來京參加春闈的兒子的李靜文。

「夫人，到了。」眼瞧前面就是自家的店鋪，陳慶有些疲憊的臉上不覺浮現出一縷笑意。

即便是在京城，長安里也絕對算是數得著號的繁華街道了，自家的瑞霖祥綢緞莊就坐落在這條大街上，即便位置偏了些，可一溜九間門面，怎麼也算是很氣派的大綢緞莊了。

何況對於瑞霖祥而言，位置什麼的都不重要，關鍵是他們家的商品即便在整個京城也是獨一份的，實打實的唯一一家可以從裘家拿到上好綢緞的商號。

便是這一點，就足以讓瑞霖祥傲視其他綢緞莊，生意興隆、長盛不衰。

陳慶是跟著李靜文一起來的，正好有一批貨物，索性一起運了來。

瑞霖祥前面停了好幾輛馬車，自然也驚動了旁邊的店鋪，眾人有的豔羨、有的嫉妒。這麼多貨物，可全是京城最為搶手的雲羽緞，眼下快到換季的時候，各府自然都會剪裁新衫，這瑞霖祥又要日進斗金了。

旁邊一間脂粉鋪裡的韓倩雲，看到這一幕，臉色沈得幾乎能擰出水來。

話說自己這脂粉鋪其實原本賣的也是綢緞，可自打瑞霖祥開起來，這店鋪的生意就一日不如一日，不過三、四個月就怎麼也無法經營下去，不得不改賣胭脂水粉之類的物事。

之前倒是也用了種種手段，往江南裘家送去重禮，可也奇了怪了，那裘家好像就認準了一個瑞霖祥，絲毫不給面子的把禮物盡皆退回……

「咦？」正自沈思，旁邊伺候的丫鬟卻忽然驚「咦」了一聲，很是吃驚的瞧著瑞霖祥前面從馬車上下來的女人。

韓倩雲臉一沈，正要責罵丫鬟不成體統，女子正好轉過身來，微微笑著似是吩咐下人什麼。

視線甫一觸及女子面容，韓倩雲也吃了一驚。

怪不得丫鬟驚呼，這個女人怎麼同自己長得如此相像？

只是韓倩雲也不得不承認，那女子渾身的氣度，遠比自己還要典雅大氣。不止如此，韓倩雲更在女子的眉目中依稀找到了李景浩的影子——難不成，這女人和李大哥有關係？

即便李景浩沈默寡言，可日常的相處中也讓韓倩雲意識到，李景浩對自己好，更多的是把自己當成了另外一個人照顧。

以至於韓倩雲第一個念頭就是，莫非這女子和李景浩有著某種親密的關係？或者，這女子就是李景浩的親姊妹？

這個念頭一起來，讓韓倩雲頓時就有些慌張。若然李景浩找到了自己的親妹子，那以後，還會時時處處照顧自己嗎？

還是，讓這個女子永遠不能出現在李景浩面前……

這個念頭剛一起來，便被韓倩雲自己掐滅了，李景浩那是什麼人，自己能做到天衣無縫還好，但凡露出一點馬腳，怕就會死無葬身之地。

這般一想，竟是心亂如麻。恰好看見女子又回了馬車，朝著另一處街道而去，怔了片刻，忙也上了車，一咬牙吩咐車夫追了過去。

只是馬車越往前走，韓倩雲心裡越疑惑。這條路，怎麼這般熟悉？

待進了貓兒胡同，馬車緩緩停下，可不正停在韓伯霖的府門外？她臉色更是難看之極，不會是自己想的那樣吧？

而隨著家丁進府通稟，一個漸現豐腴的女子從府裡快步而出，女子神情激動，出得門來，看見馬車上下來的人，眼淚一時就落下了。

「娘親——」

這女人是韓伯霖的岳母？

韓倩雲臉色一下煞白，半晌說不出話來，直到回了柳府，依舊是失魂落魄的狀態。

柳玉函正好從府門外邁步而入，本來準備去找柳玉書呢，看韓倩雲模樣不對，不由一愣。「夫人這是怎麼了？」

「老爺……」看到柳玉函，韓倩雲終於又有了主心骨。「老爺，不得了了，發生大事了……」

即便娘家二哥已成了廢人，可韓倩雲卻明白，大房那一支和二房根本就沒了和解的可能，正如自己日夜尋思著，怎麼樣才能讓大房永世不得翻身，韓伯霖心裡未嘗不是如此想。

如果說之前還仗著自己後臺硬，而完全不把大房的人放在眼裡，這會兒韓倩雲卻是真的怕了。

要是李景浩不是自己的後臺，而是韓家的後臺呢？

若料想得不錯，那韓伯霖的岳母說不好才是李景浩踏破鐵鞋要尋覓的人，即便李景浩自來以公道示人，可也分是對誰呢！韓倩雲跟他沒有任何關係，可換一個跟他是血親的試試？

柳玉函臉上的肌肉顫了下。

柳玉函明白，自己能在根深葉茂的潘系中受到重用，甚而二皇子也對自己頗多看顧，最大的原因，和外界傳聞李景浩跟自家的親近有關。畢竟，李景浩可是皇上心中排名第一的心腹，無論是哪位皇子，只要能讓李景浩效力，無疑就是為自己登上皇位取得一大助力。

他絕不能失去李景浩這個靠山，不然，憑藉他一個小小的大理寺少卿，想要在二皇子面前站穩腳跟，進而謀一個從龍之功，根本就是天方夜譚……

陳毓完全不知道，自家已然成了柳玉函的心腹大患。他這會兒正在靠近教坊司的一個胡同裡不停喘著粗氣。

在他的勸說下凌錚終於開口，說出了一個「季正雄」的名字，據說那人是周敏寧的僕人，當初周家沒落後，就是靠他一路忠心守護，周敏寧才能平安到達凌家。

待得凌家遭禍，天羅地網之下帶著周敏寧安然離開的，也是這個叫季正雄的男子。

凌錚的畫技尚可，描繪出了一副應該跟季正雄本人有七分像的圖畫。

陳毓拿著畫像先去了教坊司，小心打探之下，倒是沒人見過。哪知去的時候容易，走的時候卻千難萬險，那些風塵女子面對陳毓這樣一個既俊美又出手大方的肥羊，哪裡捨得放人離開？極盡挑逗之能事，直把陳毓弄得面紅心跳，難得處變不驚的陳毓，有生以來第一次奪門而逃，甚至直到這會兒，心情還沒有平復過來。

正準備離開，身後卻傳來一陣對話聲。「爺，您就別找了，那位相師確是個高人，可高人不就是習慣神出鬼沒嗎，怎麼能一而再再而三的讓咱們碰上？」

「你知道什麼！」另一個有些熟悉的聲音道：「那高人說我們有緣，既是有緣人，又怎麼能只見一次就行了？」

又咕咕噥噥道：「他娘的，也真邪了門了，你說他咋就說得那麼準呢，就是一個小小的錦囊，雲菲那是多高傲的女人，就這麼乖乖的跟我走了，要不是那個小兔崽子壞事……」

下一刻身旁人影一閃，柳玉書嚇得往後猛一踉蹌，待看清眼前人是誰，只覺牙都是疼的。怎麼又是這個小魔星？這幾天自己倒楣透了，可不就是和眼前這小子有關？

既早見識了陳毓的威風，再不敢招惹，當下木著一張臉道：「你、你想做什麼？」

陳毓探手搭在柳玉書的肩膀上，令他無論如何不能移動，另一隻手卻是從懷裡掏出一張畫像。「這人，你是不是見過？」

柳玉書嚇得魂都飛了，不敢反抗，眼珠滴溜溜的轉著，想著脫身的主意，不經意間瞄到那畫像。咦，怎麼跟那個給了自己錦囊的相師有些相像啊？可也不對，那相師的一隻眼睛好像有問題……

看他神情，陳毓就明白自己果然找對了人，手下一緊。「說，你是在哪裡見到這個人的？」

「我……」柳玉書哆嗦了一下，剛要開口，臉上忽然出現極為痛苦的神情，下一刻身子一撲，一下栽倒在陳毓懷裡，飛起的鮮血頓時濺了陳毓一頭一臉。

一把鋒利的飛刀，正好扎在柳玉書後心處。

「殺人了！」正膽顫心驚縮在一旁的柳府下人終於回神，「噭」的一聲就叫了出來，同一時間，柳玉函的身影出現在胡同盡頭，看到裡面一片混亂，一揮手道：「進去瞧瞧，怎麼回事。」

他剛走了幾步就臉色大變，那個一身是血躺倒在地的可不正是自己大哥柳玉書，而他的身邊是還沒來得及逃走的陳毓。

「混帳！敢殺我大哥！來人，把這人拿下！」柳玉函大呼小叫的喊著，滿臉悲憤。「陳毓，沒想到你小小年紀，竟是如此歹毒！之前羞辱了我大哥還不夠，竟還要下此毒手，今兒個不能將你繩之以法、明正典刑，我柳玉函誓不為人！」

說著不待陳毓辯解，一揮手，那些侍衛就如狼似虎一般的撲了上來。這些侍衛雖穿著大理寺衙差的衣服，卻招招狠戾，比之之前的大理寺鐵衛有過之而無不及。

這些人絕不是簡單的衙差，尤其是隨侍在柳玉函身側的兩人，更是給陳毓一種危險的感覺，陳毓心裡立時大為警戒。

柳玉函明明早已知道自己和小侯爺朱慶涵的關係，還擺明和自己過不去，分明不準備善了，自己真是落到他手裡，怕是沒有什麼活路。若想洗雪冤屈，並查明雲菲一案的真相，眼下也就剩下拒捕這一條路了。

他當下冷笑一聲。「柳玉函，莫要賊喊捉賊，柳玉書到底是被何人所殺，你怕是比任何人都清楚。不管你想要做什麼，小爺都不會讓你如願。」

柳玉函眼睛眨了下，看陳毓的眼神卻是跟看死人差不多。堂堂江南一地的解元，今兒個卻勢必要死在這裡，還真是可惜了。再如何狂妄，這小子也就是個書生罷了，自己手下這些人可全是好手，想要殺一個手無縛雞之力的書生，那還不是輕而易舉的事？等收拾完陳毓，再抬著他的屍體到韓府上去，聽說那陳清和到這會兒膝下也就只有陳毓這一個兒子罷了，驟然看到兒子的屍首，不怕那李靜文不發狂，一旦李靜文做出什麼出格的事，自然就可以順理成章的把人帶走。

當然，李靜文就是不發狂，自己也有得是法子讓她發狂。等進了大理寺的監牢，李靜文除了神不知鬼不覺的死在那裡，就再沒有第二條路好走……

柳玉函盯著陳毓，眼神裡全是志在必得的傲慢。「把凶手陳毓拿下，若有反抗，格殺勿論！」

瞧見陳毓明顯不準備束手就擒，他嘴角勾起一抹得意的笑。這樣最好，負隅頑抗、最終斃命，那不是連審訊都不用了嗎？省得再橫生枝節。

豈知這個念頭剛閃過，對面的陳毓也跟著動了，只是和柳玉函想的被痛毆進而橫死當場不同，陳毓輕輕鬆鬆的就避開了一柄砍過去的大刀，下一刻身形滴溜溜在原地打了個轉，一個斜踢腿，正好踹在距離最近的一個衙差的腿上，耳聽得「咔嚓」一聲響，那衙差的腿應聲而斷。

陳毓一個旱地拔蔥，就要躍上對面牆頭，柳玉函又驚又怒，忙不迭向緊跟在自己身旁的兩個漢子求助。「兩位！」

那兩個漢子的身形同時動了，左面那個宛若大鶴，瞬息間就搶在陳毓前面；至於右面那人，則抖手直接扔出三把飛刀，那飛刀刀體盡皆是碧瑩瑩的青綠色，明顯塗有劇毒！

本來以陳毓的身手，即便不敵兩人聯手，可逃出去應該還有幾分把握的，無奈剛傷在那位李大人的手裡，高手過招，本就是差之毫釐謬以千里，陳毓動作稍有遲鈍，只能眼睜睜的瞧著那漢子後發先至，落在自己想要躍上的那面牆。

他身在半空，忙要變招，那幾把毒刃已經無聲無息的飛至。

「快閃開！」一聲驚呼忽然響起，陳毓連忙身子一矮，雖躲過了最前頭兩把，卻被最後一把扎了個正著。

同一時間，又是兩條鬼魅般的影子現身，堪堪接住陳毓栽倒的身體，然後雙劍齊發，頓時把追上來的兩個漢子逼了個手忙腳亂。

等柳玉函反應過來，那兩個蒙面人並陳毓已是從原地消失了蹤影。

「這兩人是什麼人？」兩個漢子神情有些驚疑不定。兩人可都是吉正雄身邊一等一的高手，自來自負甚高，從不曾把任何人看在眼裡，沒想到先是被那少年驚了一下，現在更好，直接被人在眼皮底下把人搶了去。

「這、這——」柳玉函急得在原地直轉圈，畢竟作為誘餌，自己那個蠢大哥自然會被引誘著說些秘密，比方說關於相師和吉正雄的關係。本來想著只要殺死陳毓，那些秘密自然還是秘密，卻不料竟是出了這樣一個烏龍，秘密主動洩漏出去了，讓對方聽到後又跑了。

半晌他才咬牙道：「走，去韓府。」

陳毓跑了，好歹得把他那娘給弄死，也算解了心腹大患。

第三十章　重逢

李靜文這會兒正和陳秀相對而坐，出落得越發美麗的陳慧也越來越有李靜文小時候的模樣了。

李靜文和陳清和也算是共患難的夫妻，兩人之間感情不是一般的好，下面兒女又都個個孝順聽話，日子過得真不是一般的舒心，歲月幾乎沒在她臉上留下什麼痕跡。

雖然陳秀苦苦挽留，可這裡畢竟不是自家，陳毓之前借居也就罷了，要是自己這個做人岳母的也賴在女兒家，可不是要惹人笑話了？

「秀姊兒安心養胎，這可是妳和女婿的第一個孩子，最是矜貴，自是怎麼小心都不為過。咱們家離得也不遠，我算著這孩子的月分，和毓哥兒春闈的日子離得挺近的，我呀，這段時間也就不走了，平日裡就照看妳和毓哥兒兩個……」

李靜文殷殷叮囑了一番，瞧見天色不早，便站起身來，準備離開。

陳秀雖然不捨，也明白李靜文的顧慮，只得起身相送。

兩人剛走出房間，外面便傳來一陣喧譁聲。

李靜文皺了下眉頭，主母有孕，哪個不長眼的奴才竟敢如此吵鬧。

剛要詢問，嘈雜的腳步聲已是匆匆而至，卻是一隊官兵正繞過花牆往正房而來。

李靜文臉色一白，第一反應是把陳秀推進屋裡，又隨手哢噠一聲鎖上房門，隔著房門囑咐道：「妳藏在裡面，不是女婿叫，絕不要出來。」

「娘！」陳秀好險沒急哭。「快開門。」

「別逞強。」李靜文小聲道：「還是妳要出來，讓咱們娘倆被人一鍋燴了？妳藏好，也好給女婿並毓兒報個信。」

說話間柳玉函和手下的人已經到了，甫一瞧見蒼白著一張臉的李靜文，柳玉書也是倒吸了口涼氣。

像，果然像！不但和韓倩雲像，更像李景浩。

如果說之前還只是韓倩雲的懷疑，柳玉函這會兒已是幾乎能確信了。

一剎那間，柳玉函也有些膽怯，最後心一橫。到了這個時候，後悔也晚了。

「你們是什麼人？闖入我府裡何事？」李靜文強自抑制住內心的恐懼，挺直腰背道。

柳玉函臉色一寒。「妳又是什麼人？和殺人凶手陳毓什麼關係？」

雖然確信眼前這女人應該就是讓韓倩雲坐立不安的根源所在，柳玉函卻還有一點疑問。依照倩雲所說，這女人可是韓伯霖的岳母，但這模樣也太年輕些了吧？難道還有另一個也是跟倩雲長得像的？

「你們一定是弄錯了。」聽到陳毓的名字，李靜文所有的恐懼都拋到了腦後。許是前世的緣分，李靜文心裡總覺得怎麼疼陳毓都不夠，這會兒忽然聽見對面的人說陳毓是殺人凶手，頓時就急了。「我兒子怎麼可能殺人？」

果然是倩雲忌憚的那個女人！柳玉函長舒一口氣，人倒是很容易找著了，總算能了卻最大的那樁心願。

「妳的意思是不準備交人了？」柳玉函冷笑一聲。「既如此，來人，先把這惡毒的女人帶走，投入大牢。」

一句話落，後面的隨從惡虎一般撲上來，拖了李靜文就走。

「娘！」陳秀驚得魂都飛了，再也不顧李靜文方才的吩咐，就想往外衝，不料動作猛了些，小腹處頓時一疼。那門又實在鎖得結實，陳秀只能眼睜睜的瞧著李靜文被如狼似虎一般的大理寺衙差帶走。

等韓伯霖得了信急匆匆跑回家時，看到的就是滿地狼藉和臉色蒼白一臉淚痕的陳秀。

韓伯霖本就是柳玉函所忌憚的存在，好容易得著機會了，柳玉函沒有絲毫顧忌，竟是打著緝拿凶徒的名義把韓家搜了個底朝天。

當初陳秀嫁入韓家，本就帶來了很多好東西，後來來至京城，陳毓之前幫著準備的鋪面也派上了用場。那些鋪面的位置本就不錯，再加上陳秀也繼承了乃母經商的本事，全都經營得紅紅火火。別看韓伯霖俸祿不多，家裡卻是過得滋潤得緊，令得柳玉函也瞧得眼熱不已，趁方才搜府的時候順走了不少好東西。

幸好陳秀有陳家陪嫁的忠僕護著，好歹沒傷著，饒是如此，已是動了胎氣。

韓倩雲！韓伯霖從小到大，也不是第一次在二房手裡受委屈，卻從來沒有這麼憤恨到想要殺人的地步過。

要說陳毓會殺人，無論如何韓伯霖也是不信的。畢竟小舅子那個人別看年紀小，處理事情之老道，就是自己這個當姊夫的都有些自愧弗如，怎麼可能做出什麼當街殺人的蠢事？

而小舅子也好、岳母也罷，會遭受這樣的無妄之災，不用想定然還是二房那邊的手筆。岳父好歹也是三品伯爺，他們怎麼就敢！

眼下最要緊的，是先保證陳毓和岳母的安全。韓伯霖探出手來，輕輕抱了抱陳秀。「夫人放心，我一定不會讓岳母和毓哥兒有事，我這就去找老師。」

陳家也好、韓家也罷，在京城裡都沒有什麼根基，至於韓伯霖所說的老師，則是他春闈時的座師，眼下的禮部侍郎翁文英。

陳秀點了點頭，送韓伯霖離開後，又忙忙收拾了一些衣物，拿了幾張銀票。這會兒天氣正冷，怎麼也不能讓娘親在牢裡凍著才是。

一回頭，正瞧見神情驚恐的陳慧，陳慧本來正在睡覺，陳秀怕她受驚嚇，一早就讓人送到了自己身邊。

方才一片混亂之下，小姑娘還是聽到了隻言片語，雖因之前得了娘親囑咐，知道大姊姊肚子裡有了孩子，萬事不可勞煩於她，小姑娘一個人偷偷流淚，直哭得眼睛都紅了。這會兒聽陳秀吩咐，忽然上前，拉了下陳秀的手，強自抑制著內心的驚恐。「大姊，我想娘，咱們明兒個去看娘好不好？」

看著眼前仰著頭、可憐巴巴的瞧著自己的陳慧，陳秀再也忍不住，把人攬在懷裡淚流不止。「好慧慧，咱們去看娘，明兒一早咱們就去。」

當初娘親病逝時，自己也就和慧慧差不多大吧？就是拚了這條命，也不能再教妹妹受一遍自己當初的苦。要真不行了，就把京城中的鋪面全抵押下去，爹爹回來之前，怎麼著也得先保了娘平安才是。

那邊韓伯霖也終於進了翁家的門。

因著之前有傳言，說是年終銓選，翁文英有可能調任吏部侍郎，和沒什麼油水的禮部相比，雖是平級調入吏部，卻依舊是一件值得慶賀的事。只韓伯霖等了會兒，越來越覺得不對勁。明明比自己晚送拜帖的都被請進去又被管家送出來了，怎麼自己還坐著冷板凳沒人理？

正自狐疑，遠遠聽見翁文英的聲音傳來，明顯是親自把客人送了出來，他不免有些奇怪。實在是坐得這麼大會兒了，來的客人也就是夠面子讓管家送出來罷了，倒不知這位是什麼身分，竟然能讓老師親自相送？不過也好，自己終於能見上老師一面了。

韓伯霖忙站起身，朝著遠遠走來的翁文英恭恭敬敬道：「老師。」

翁文英和他身旁那位三十多歲的男子一起站住腳，男子瞧向韓伯霖的眼神意味不明，卻讓韓伯霖有一種如芒在背的感覺。

翁文英瞥了韓伯霖一眼，點了點頭，便繼續送男子離開了，只是卻沒有再回轉。一直到天要黑時，管家才通知韓伯霖，主人和好友去用餐了，說不好什麼時候回來，讓韓伯霖自便。

韓伯霖騰地一下就站了起來，一張俊秀的臉變得煞白。到這會兒如何不明白，翁文英根本就知道自己的來意，之前不過是故意晾著自己罷了。

踉踉蹌蹌的離開翁府，韓伯霖簡直要被走投無路的感覺給逼瘋了。

突然想到之前來府裡拜訪的那位小侯爺，韓伯霖一抹頭，又往侯府而去。哪想到了之後卻聽說朱慶涵有事出城了……

酒樓裡，和翁文英推杯換盞的那個男子正滿臉的笑意，若然陳毓在這裡，一眼就能認出來，男子可不正是差點成了自己岳父的李運豐？

李運豐這會兒心情極好，頗有些運籌帷幄的感覺。

李運豐和翁文英乃是同科進士，只是翁文英運氣好，娶了個好媳婦兒，岳家在朝中頗有根基，這幾年來，比起好容易熬了個五品官的李運豐自然要順風順水多了。

而翁文英這次能轉入吏部任職，還多虧了李運豐幫他和潘家搭上關係，兩人之間的感情自然又進了一步。

之前韓伯霖的拜帖送到時，李運豐恰好在座，就識機點了幾句。

一聽說韓伯霖竟然和大理寺少卿柳玉函有仇，連帶他岳父一家也曾多次壞過潘家的好事，翁文英沒有猶豫就做出了選擇。這可是京城，韓伯霖的岳父再怎麼也就是個伯爺，又算得了什麼，真是惹火了潘家，說不好一根小指頭就能碾死他。

有個這樣的岳父，再加上柳玉函的背景——柳玉函和鎮撫司指揮使李景浩的關係可非同一般。韓伯霖不長眼攤上這門親戚，又惹了那樣有大背景的人，已是注定了官途勢必一路坎坷，說不好這會兒已是走到盡頭了……

兩人這邊推杯換盞，好不熱鬧。國公府裡，這會兒卻是一片凝重。

成弈沒想到，陳毓竟然真就敢跑到妓院去，這還不算，還一出來就攤上了人命官司。

雖然兩個追影侍衛都說了陳毓進入妓院後並沒有做什麼不軌之事，成弈還是沒忍住，踹了已經陷入昏迷中的陳毓一腳，下一刻拿被單裹了人，親自抱著往小七的院子而去。

小七本來正坐在房間裡笑咪咪的吃桂花糕，旁邊是看主子心情好也禁不住跟著開心的白草和半夏，兩人只覺得三年裡都沒有小姐這幾天笑得多。

「妳們——」明顯發現了兩人臉上的調笑意味，小七不由羞赧不已，剛要板起臉來訓，門忽然被推開，大哥成弈抱著捲行李進來了。

還不明白成弈是搞什麼呢，小七剛要開口發問，成弈已衝著半夏兩人厲聲道：「出去。」

兩個丫鬟好險沒給嚇趴下，忙不迭小跑著離開，門旋即被成弈給踢上。下一刻攤開單子，露出裡面面色發青、緊閉雙目、牙關緊咬的陳毓來。

「毓哥哥！」小七驚得一下站了起來，本是放在面前的糕點碟子一下被帶翻，頓時嘩啦啦碎了一地，小七卻是連看都不看一眼，若非成弈百忙中拉了一把，怕是一腳就要踩上去。

成弈蹙了下眉頭，明白小七這是關心則亂，只得道：「之前幫他簡單的處理了一下，只是這毒好像頗為霸道。」不然，他才不會讓這小子見小七呢。

小七沒有說話，做了幾次深呼吸，好歹渾身不再抖了，上前一步，先是翻開陳毓的眼皮看了看，拿出一根銀針刺破陳毓的指尖，擠了滴血出來，放在鼻下聞了聞，終是對防賊一般瞧著自己兩人的成弈道：「我得看看傷口。」

成弈頭上的青筋一下蹦了起來，特別的想爆粗口。等抓住那扔飛刀的人，非得在他屁股上戳他幾十上百個窟窿不成，扎哪兒不好，怎麼能正好扎在大腿上？

小七看成弈不答話，也不理他，索性自己直接動手就去解陳毓的衣裳，被成弈一下架開。

成弈深吸一口氣，單手提起陳毓趴在床上，許是動作太大了些，一張捲著的畫軸跟著滑落地上。成弈也沒理，只單手抽出佩劍，直接把陳毓腿上的褲子挑開，那氣勢，簡直像要把人大腿砍了一般。

「果然是東泰的青玉素。」青玉素毒性霸道，若非之前吃了追影餵的解毒丹，說不好陳毓這會兒都已經沒命了。

「東泰的毒藥？」

成弈正好撿起地上的物事，待看清畫面上的人，臉上神情明顯就有些嚴肅，再聽到小七口中的「東泰」，頓時一臉的風雨欲來。

東泰作為大周朝的頭號敵人，常年鎮守邊關的成弈一眼瞧出手中這畫像，跟東泰攝政王長得有七分像，再聽到小七的判斷，七分的疑惑就變成了九分的篤信。

他忽然站起身來，推開門徑直往書房而去。

成弈習慣把所有未知的危險都掌握在自己手中，東泰攝政王突然蒞臨大周，而自己竟是一無所知，怎麼想成弈都不能安心。

小七一顆心全在陳毓身上，連成弈什麼時候離開的都不知道。她先是迅速的準備好了解毒藥物，待藥物起了作用，陳毓又開始發燒，小七忙裡忙外地，一夜都沒合眼。

直到東方曙光漸現，陳毓才緩緩睜開眼來，卻在抬頭的第一時間，一下傻在了那裡。

那個坐在床前，手支著下頷、小腦袋一點一點的人，可不正是小七？

只是小七幹麼要穿女人的衣服？

頭依舊昏沈沈的，陳毓直覺有些不妥，卻怎麼也看不夠小七著女裝的樣子，又覺得自己應該是在作夢，惴惴不安的他不覺支起身子，一點點靠近夢中的人。

長長的睫毛、圓潤的鼻頭、嫣紅的嘴巴……

小七夢裡一個機靈，頭猛地一抬，好巧不巧，一下碰到了一雙溫潤的唇。

那觸感太過溫暖細膩，又意外的甜美，兩人忘記了反應，同時傻在了那裡。

陳毓的眼睛亮了一下，更堅信自己是在作夢了。

這樣的春夢已做過好幾次了，還是第一次夢見著女裝的小七呢。

既然是在夢裡，陳毓自然不願壓抑自己，看小七想要回身，陳毓鬼使神差的探出手來，摁住小七的頭，嘴唇在上面廝磨起來，本來還想淺嚐輒止，可那滋味實在太過芬芳，令得陳毓不自主的想更加深入一些……

此時門忽然哢噠一聲響，下一刻陳毓頓覺天旋地轉，整個人被從床上摔到了地下，喉頭更是頂上了一把寒光閃閃的寶劍。

「混帳，我殺了你！」

「大哥——」呆若木雞的小七終於回神，羞得恨不能找個地縫鑽進去，紅著一張臉，上前死死捏住成弈的衣袖，聲音雖有些小卻堅定得緊。「他才剛受傷，大哥你不要傷了他！」

剛受傷？剛受傷就敢占自己妹子便宜？那要是沒受傷，還不得鬧翻天去。尤其是小七的反應，更讓成弈氣得手都是抖的。「妳——回妳的房間！」

一想也不對，這裡可不就是小七的房間？

「去書房，沒我的允許，不許出房間一步。」

一想到這個臭小子在自己眼皮底下肆無忌憚的占小七便宜，成弈真是殺人的心都有。更傷心的則是小七的反應，怎麼能這麼容易就撇開了自己這個大哥，明目張膽的護住那個臭小子。

許是成弈的眼神太過嚇人，小七終於後知後覺的意識到自己好像真的把大哥給惹毛了，終於呐呐的回神，悄悄給一副瞠目結舌、依舊張著嘴巴傻瞧著自己的陳毓使了個眼色，然後一扭頭，捣著臉跑了出去。

「小……」陳毓依舊有些雲裡霧裡，老天爺，這驚喜也太大了吧？明明是作了個春夢，哪裡想到竟是真的。

更不可思議的是——小七竟然是個女子！

瞧著陳毓的眼睛直勾勾的定在跑出去的小七身上，成弈抬起劍背就在陳毓後背上用力拍了一下，陳毓一個不提防，被打得一個激靈，一句話脫口而出。「那個，大哥，我不是作夢吧？不然，你再打我一下……」

氣得成弈下一拳直接捣在陳毓傷口處，神情陰森。「現在，還覺得自己是在作夢嗎？」

陳毓沒料到成弈真就下了這樣的狠手，痛得「嗷」的一聲就叫了出來，頓時眼淚汪汪，便是房間外被小七留下時刻注意房間情景的半夏和白草，聽到慘叫聲都不由得打了個哆嗦。

陳毓也終於從血的教訓中明白，自己不是在作夢，時隔三年之久，終於找到小七了。

至於眼前黑著臉的男子，可不就是之前救了自己的那個威風凜凜的將軍？再仔細一瞧，哎喲，這人卸掉盔甲後的容貌，怎麼那麼像當初渡口時防狼一般防著自己的小七的大哥？

印象裡當時那位茶館裡追得自己狼狽而逃的大人，稱呼眼前男子「成將軍」，再結合之前在成家得月樓所受到的特別優待，陳毓終於恍然。「你、你是成少帥！」

饒是陳毓，舌頭也有些打結，成家父子兩代戰神，和往上三代都是平民的陳家相比，成家的門第也太過顯赫了吧？

也終於明白，為什麼小七會一下消失三年之久。既是國公府貴女，更是太子的小姨子，能在外逍遙那麼一段時間，於小七而言怕已經是極為難得的了。

又想到方才成弈對小七凶神惡煞的模樣，一顆心頓時提了起來，難得紅著一張臉期期艾艾道：「大、大哥，那個……我方才以為、以為是作夢呢，你……別怪小七……」

卻被成弈面色猙獰的打斷。「誰是你大哥？」

老子怪的是你好不好?!

看陳毓還要說話，成弈非常粗暴的厲聲道：「好了。」

眼下這個時候，成弈實在不想聽陳毓提到妹妹，若非還有事要問，早下令把人丟出去了。

當下沒好氣的把之前那個捲軸丟過去。「你怎麼會有這張畫像？」

陳毓忙抬手接住，展開手裡的畫像。「季正雄？」這不是凌錚給自己的那張畫像嗎？

「吉正雄？」成弈一下坐直身子，瞧著陳毓的視線銳利無比。「你怎麼會認識東泰國攝政王的？」

要說這吉正雄也是個人物。

相較於大周而言，東泰國皇子之間的爭鬥無疑更激烈、更不擇手段。作為一個不受寵的皇子，吉正雄被不止一位兄弟在爭鬥時拉出來躺槍過，更在數年前因牽扯到兩個最受寵的皇子陰謀中，一消失就是好幾年。

當時很多人都以為吉正雄定然已經死了，不料他竟在東泰老皇上嚥氣的關鍵時刻強勢回歸，更控制了當時蕩平所有兄弟、洋洋得意準備登基的四皇子，在所有人面前揭穿四皇子弒兄滅弟的暴行，然後扶持前太子的遺孤、年僅五歲的姪兒登基。

四皇子人頭落地的一刻，所有人都明白，那個當年最不起眼的皇子成了最後的勝利者，東泰國正式進入了吉正雄時代。

昨晚意識到可能是東泰攝政王到了，成弈當即派人出外探查，卻沒有半點兒消息。這麼一個梟雄似的人物出現在帝都，自然讓如今負責京畿安危的成弈如坐針氈。

「東泰攝政王？」卻不想陳毓的震驚較之成弈猶甚。「這人不是周敏寧的僕人嗎？」

「周敏寧，那又是誰？」成弈神情狐疑。

「周敏寧就是前些時日傳言被人姦殺後拋屍的那個教坊司頭牌雲菲。」陳毓蹙眉道：「不過我懷疑，她和鎮撫司怕是有某種神秘聯繫。」

他當下把顏天祺的事和自己這些天的調查一一說給成弈聽。

成弈有些怪異的瞄了陳毓一眼，原來這小子是為了調查吉正雄才去教坊司的？之前倒是冤枉他了。

陳毓被瞧得渾身發毛，依舊硬著頭皮道：「成……」嚥了口唾沫，勉強把「大哥」兩個字嚥下去，換成將軍。「成將軍，這會兒怕是得趕緊去一趟鎮撫司。」

成弈面無表情的起身，走了幾步又站住，防賊一般的盯住陳毓。「你也去。」

「啊？」陳毓有些掙扎的應了聲，又偷偷深吸了一口氣。到處都是小七的氣息呢，這裡果然是小七住的地方。

他不敢反對，終於磨磨蹭蹭的跟著成弈出了門，垂頭喪氣的正要跟著往馬上爬，雖然腿上的傷口依舊有些疼，陳毓可不敢在未來大舅子面前表現得嬌氣。

沒想到一下被旁邊的侍衛攔住，指了指不遠處停的一輛不起眼的青布馬車。「公子坐那個吧。」

陳毓愣了一下，趕緊衝成弈點頭，狗腿的道：「謝謝，大——咳咳……」

「哥」字還未出口，成弈已經一揚馬鞭，馬前蹄騰空而起，下一刻絕塵而去，只留下停在原地吃了一嘴煙塵的陳毓……

縱馬奔馳了一會兒，成弈內心的鬱氣終於消了些，又想到陳毓之前可是和李景浩有些嫌隙，一下子又悶了起來。這李景浩，這麼多年了，成家父子都沒有看透此人。

在府裡時再怎麼看陳毓不順眼，一旦對著外人，成少帥迅疾切換到護短的模式，沒有絲毫困難的把陳毓劃歸到自己翼下。之所以會讓陳毓一起來，除了整件事陳毓知道得最清楚外，也是成弈覺得，陳毓遲早得入朝堂，和李景浩的誤會自然越早化解越好。

兩人一前一後進了李府，不一會兒，身著玄色外袍的李景浩便緩步而入，他的身後還跟著個人。

陳毓愣了一下，這人是熟人，正是徐恆。只是徐恆走起路來怎麼一拐一拐的啊？

徐恆無聲的叫了聲「兄弟」，不敢上前寒暄，連帶的瞧著跟陳毓站在一起的成弈，也是詫異不已。

那處茶館本是鎮撫司的一個秘密聯絡處，被陳毓誤打誤撞闖了進去，一番探查後，自然著落在徐恆身上，可憐徐恆足足被打了三十板子。

本來徐恆還擔心自家老大的性子，怕是陳毓再機靈這回也難免受些皮肉之苦，沒想到這小子倒是個有能為的，搬來了成家少帥當說客。

「原來是成將軍大駕光臨，失迎了。」李景浩聲音低沈，自有一股說不出來的懾人氣勢，令得陳毓脊背一下挺直，便是成弈也一副如臨大敵的模樣。

「李大人客氣了。」成弈也挺有膽識，運了運氣，朝著陳毓嘴一努。「這是我一位小兄弟，之前冒犯了李大人，特意帶他前來賠罪，另外，還有些關於雲菲的事，李大人或許也想知道。」

徐恆的眼睛亮了亮，連之前正眼都不肯看陳毓一眼的李景浩也蹙了下眉頭。

陳毓的來歷他之前已經聽徐恆一五一十交代過，倒不知道怎麼轉頭又攀上成家了？可看成弈的模樣，似是對陳毓極為不喜。這樣矛盾的事，當真讓人有些糊塗。而且也實在想不通，這陳毓到底什麼本事，讓成弈十分勉強之下又如此盡力的護著他。

「既如此，成將軍請坐。」李景浩道，卻絲毫沒有打算給陳毓備座。待得兩人坐下，這才瞧向陳毓。「說吧，你知道些什麼。」

語氣冷淡，儼然審理犯人的模樣。

陳毓有些彆扭，倒是徐恆和成弈都是神情一鬆。李景浩這人惜言如金，不怕他說話難聽，就怕他不說話，就比方說徐恆，之前只來得及叫了聲「老大」，就被一下踹了出去，然後就是噼哩啪啦的一頓板子。

相對於徐恆的那頓皮肉之苦，陳毓眼下的待遇已是好上天了。

陳毓理了理思路，把之前跟成弈說的話又說了一遍，到得最後，又加了一句。「我覺得這件事，說不好那位大理寺少卿柳玉函知道些什麼。」

一句話出口，堂上就靜了一下。朝中哪個不知，柳玉函不就是鎮撫司老大李景浩罩著的人？

李景浩倒是沒說什麼，徑直起身。「咱們先去一趟大理寺。」

成弈長舒了一口氣，自己果然沒有看錯李景浩，這人雖整個人由內而外都散發著一股鬼神莫近的懾人氣勢，對大周卻最是忠誠，絕不會因私廢公。

依照成弈的意思，到了這個地步，很是礙眼的陳毓就該老老實實滾回家了，不料陳毓依舊厚著臉皮跟了過來。

這都幾天了，顏天祺可還在大理寺的牢裡呢！

待來至大理寺外，入眼卻先看到一輛熟悉的馬車，陳毓不由一怔，顧不得腿疼，一下從車上下來，急急的跑過去。

那邊馬車裡坐的正是一夜未眠的陳秀並陳慧！

乍然見到陳毓，陳秀還能勉強把持住，陳慧卻是「哇」的一聲就哭了出來，直接從馬車上跑下來，朝著陳毓懷裡就撲了過去。「大哥，快救救娘！」

正往裡走的李景浩猛地站住身，徐恆也正關注著陳毓的動靜，一個不提防，好險沒撞到李景浩身上，嚇得忙往旁邊一跳。

「大人，怎麼了？」

李景浩一句話都沒說，只死死的盯著那個正哭得珠淚紛紛的小姑娘。

陳毓心裡咯噔一下。慧慧不是和娘親跟著爹在任上嗎？怎麼會突然來到京城，還和阿姊一大早就守在大理寺外？「快救救娘」又是什麼意思？難不成是娘親出事了？

心急火燎之下，頓時忘了腿上的傷，疾步上前就想去抱陳慧。「慧慧別哭，慢點說，娘……」

他不慎扯動了傷口，腿部猛一痙攣，陳慧正好撲來，差點沒把陳毓給撞倒，身子一踉蹌之下，正好跌進一個人的懷裡。

陳毓顧不得看後面的人是誰，忙不迭就探手抱住陳慧。「慧慧——」

待站穩身形，只覺四周冷颼颼的，便是勉強抱起來的陳慧也被人接過去。

「多謝……」陳毓一顆心全在陳慧身上，待轉回身想要把陳慧接回來，卻一下傻了眼。還以為身後扶了自己一把的人是徐恆呢，再不濟也是自己那個嘴硬心軟的未來大舅子，卻沒料到竟是冷得跟一塊冰似的李景浩。

陳慧也被眼前的變故給嚇到了，小小的鼻翼一抽一吸的，兩顆大大的淚珠要掉不掉的含在眼裡，那副委屈的小模樣，真是讓人瞧得心都要化了。

怔怔的瞧著懷裡的小姑娘，李景浩冰冷的神情越來越柔軟，到得最後，慢慢露出一個僵硬的笑容，輕聲道：「好孩子，不哭，跟我說說，妳娘在哪裡，我幫妳，好不好？」

他聲線止不住的有些發顫，耳邊更是一遍遍響起另外一個脆脆的、宛若玉石一般的童音——

「大哥，不走好不好？文文會想你的……」

「大哥，娘昨兒個晚上哭了呢，等文文再大些，就讓爹娘帶我去看你好不好？你一定要等文文長大啊，可不要跑得太遠了，太遠了，文文就找不到你了。」

可自己終究還是跑得太遠了，然後，爹娘也真的帶著小妹來了，哪裡料到爹娘並小妹路上遭遇山賊，等自己接到消息趕過去時，等待他的只有一地凌亂。

甚而爹娘屍首七零八落，妹妹則不知所蹤……

那瀕臨絕境的生死關頭，淒慘無助的小妹是不是也在一遍遍的叫著大哥？而那時，自己又在哪裡？

瞧著即便手法生疏卻依舊努力想要溫柔些、讓懷裡的小姑娘更舒服點的李景浩，身後的徐恆終於受不了刺激，一屁股坐倒地上。眼前這是什麼鬼？這人真是自己冰山閻羅一般的老大，而不是被什麼鬼魅精怪給附了體？

成弈眼睛也閃了下，倒沒想到，李景浩還有這樣溫和的一面，有李景浩這句話，陳家人的性命無憂矣。陳毓這小子，倒是個有福的。

陳毓卻不是這般想的。

李景浩之前給人的感覺太過可怕，突然由一個奪命閻羅變為鄰家大叔的畫面實在太過驚悚，陳毓蹙了下眉頭，探手就把陳慧抱了回來。「李大人，舍妹無禮，還請恕罪。」

陳慧這會兒的眼淚終於掉了下來，六、七歲的孩子也說不清，直覺那位抱自己的伯伯也不是什麼壞人，可小姑娘依賴自己大哥慣了，探手勾住陳毓的脖子，無限信任的窩在陳毓懷裡，一聲一聲的叫著「大哥」，那模樣，彷彿有自己大哥在，就是天塌下來也不怕了。

感覺到陳慧的不安，李景浩沒有再上前搶人，後退了一步，努力讓自己看起來像平時一樣，卻又控制不住偷瞥一眼那兄妹三人。什麼東泰攝政王之類的，早被拋到了腦後，李景浩眼下只想知道，這個叫慧慧的小姑娘，她娘親，是誰？

那兩個年長的也就罷了，小的這個怎麼跟妹妹如此像？簡直就是一個模子裡刻出來的。

更不可思議的是把小姑娘抱在懷裡時，那怎麼也控制不住的、來自血緣的悸動——

之前第一次遇到少女時的韓倩雲，自己能清晰的分辨出來，這女孩也就是一個和妹妹長得有些像的人，而抱著慧慧時，李景浩卻是控制不住的想要落淚。

陳秀扶著腰，蹣跚著走過來，強忍著悲痛瞧著弟妹。「阿弟，娘親她來京城了，可剛到家就被柳玉函給抓走了……」說到最後，也是控制不住的哽咽出聲。

從娘親被抓走到如今見著陳毓，丈夫就一直在外奔波，可即便這樣求爺爺告奶奶，卻根本沒找到一個肯伸出援手的人。

娘親來京城了？還被柳玉函給抓走了？陳毓瞳孔猛一收縮，本是溫潤柔和的眼神瞬間暴戾無比。「柳玉函！」

說話間，一個男子帶了人匆匆從衙門裡走出來，可不正是柳玉函？

乍然見到外面站的這些人，柳玉函吃了一驚。今天這是怎麼了？竟然李景浩和成弈兩尊大佛齊至？

柳玉函是潘系的人，驟然看到成弈不免有些驚恐，好在李景浩在，成弈無論如何不敢太過給自己沒臉才是。饒是如此，他手心也已是汗濕一片。

柳玉函先小心的對著成弈見了個禮，再拐回頭拜見李景浩，剛要套近乎，一陣殺氣忽然從背後襲來，柳玉函回頭，驚得眼珠子都快掉下來了，一柄閃著寒光的寶劍正朝著自己脖頸處劈下。

「不可！」成弈沒想到陳毓會是這般性急之人，要知道這可是大理寺衙門外，陳毓真是挾持朝廷命官的話，便是自己也保不了他。即便那人再罪大惡極，最後也還得皇上裁決，可輪不到一個小小的舉人動手，更何況鎮撫司的一把手李景浩也在場。

陳毓眼中卻是一片決然。

不得不說上一世的烙印實在太重，一想到李靜文可能在獄中遭遇不幸，陳毓根本就完全失去了理智。眼下唯一能想到的，就是先控制住柳玉函，把娘親救出來，至於其他的，等把人救出來再說。

李景浩見狀，一下抓住陳毓的手腕，陳毓一個把持不住，手裡的寶劍掉落地上。

「我方才說過的話，你不相信？」李景浩右腳一踩，從地上挑起寶劍，握在手中。

被那殺氣十足的一劍嚇得跌坐在地的柳玉函這會兒終於覺得又活過來了，抖著手指著陳毓。「亡命之徒！果然是亡命之徒！來人、快來人，把他給抓起來——」

又翻身一把抱住李景浩的腿。「李、李大人，您也看到了，您、您可要為我作主啊！」

李景浩卻跟沒聽見一般，一下抽出腿來。柳玉函完全沒想到李景浩會有此動作，身子被帶得猛一歪，雙手堪堪撐在地上，才不致摔個狗吃屎。

還未反應過來，李景浩已轉身對陳毓姊弟三人道：「走吧。有本官在，定不會冤枉一個好人，也不會放過一個壞人。」

後一句話明明是場面話，李景浩卻說得殺氣騰騰。

柳玉函嚇得剛直起的身子又是一軟，忽然想到一個可能——難不成李景浩知道了什麼？

於是他假裝扭了腳，磨磨蹭蹭不願跟著，眼瞧著眾人堂而皇之進了大理寺，柳玉函這才

「蹭」的一下從地上爬起來，轉身就想跑。若然真被李景浩發現真相，自己怕是會死無葬身之地。

哪料想正好撞在兩個眉目淩厲的漢子身上，正是徐恆和成弈的手下。

「柳大人，你是原告，按照你說的，你大哥可是被人殺了，怎麼能這時候走呢？」徐恆笑得簡直不能再假。

柳玉函臉色一白，勉強道：「那是自然。」

只能跟著兩人往回走。

雖一面也未曾見過，李景浩卻不自主的把一顆心全懸在了陳毓娘親的身上。

聽說鎮撫司和英國公府兩大巨頭連袂而至，當值官員不敢怠慢，忙調出存檔，然後小聲回稟。「昨日柳大人帶回來的那名女囚，在天字型大小囚牢，獄卒常全。」

成弈一聽臉就黑了，大理寺的囚牢分為天地人三等，但凡押入天字型大小牢房的全是罪大惡極或已然勾決的罪囚，陳毓的娘親怎麼說也是堂堂伯夫人，退一萬步說，即便陳毓真的殺了人，又如何能連累到家人？更不要說把堂堂伯夫人送到那樣一個所在了。

李景浩如何不知道這一點？那天字型大小牢房他倒也熟悉，當下也不要人帶路，徑直搶在前面往那裡而去。

後面陳毓幾個也忙跟上，越往前走，過道越逼仄陰暗，味道幾乎能把人熏死過去的騷臭，再往裡些不時還會撞見有著一雙黃瑩瑩眼睛的大老鼠……

見到有人來，那些老鼠也不怕，貼著牆角蹲著，頗為好奇的瞧著來的一行人，甚而可以清楚的瞧見那灰毛上的一縷血跡，陳毓下意識的把抖成一團的陳慧摁在懷裡，整個人已被無邊的恨意給控制。

幾人速度快得緊，很快來至天字型大小牢房的區域。放眼瞧去，並不見獄卒的蹤跡。

「常全？」徐恆喊了一聲。

無人應答，反倒是旁邊的囚牢裡響起一陣鐐銬撞擊地面的聲音，緊接著一個宛若鍋鏟擦過鐵鍋的聲音在眾人耳邊響起。「常爺爺、常大王，嘻嘻，別打了，我給您舔、我給您舔——」

陳秀聞聲瞧去，嚇得臉色慘白。隔著巴掌大的小窗戶，明明滅滅的火把下，正好瞧見一個滿臉鮮血，眼眶外還掛著個白慘慘似是眼珠的物事……

瞧那血跡淋漓的模樣，分明剛受過酷刑的樣子。

陳毓驀地站住身，不顧陳慧的意願，強行扒開她的手交給徐恆抱著，又懇求的瞧向成弈。「大哥，麻煩你，把我姊姊她們送出去。」

自己則探手掐住柳玉函的脖子。「常全他在哪間牢房裡？」

用腳趾頭想也知道，那被折磨得不成人樣的男子口中的常大王，必然是那個常全無疑。

這人手段如此凶殘，實在難以想像落在他手裡的娘親會怎樣……

柳玉函臉都白了，陳毓現在的狀態實在太過可怖，柳玉函直覺若是不配合的話，這人真能立刻拗斷自己脖子。更可怕的是李景浩的反應，陳毓如此膽大妄為，他竟和沒瞧見一般，絲毫沒有阻止的意思。

一想到李景浩知道真相後可能會使的毒辣手段，柳玉函腿都軟了，勉強往右前方指了一下，便被陳毓拖死狗一般拽著往牢房而去。

而此時最深處的那間牢房裡，常全高踞在床榻之上，傲然俯視著趴在地上縮成一團、依舊不願妥協的李靜文。

常全是個慣會享受的人，在這偌大的天字型大小牢房，更是以決人生死的閻羅自居，這間牢房就是常全特意給自己這個地下之王配置的。

作為一個獄卒，還是一個以凌虐人為樂的獄卒，這間牢房的布置自然全按常全的喜好來，不獨那張大床是刺眼的血紅色，便是四面的牆壁上也沾滿了帶血的毛髮，幾截斷骨、數根手指，甚而正中間的如血紅燭正好插在一個白森森的骷髏裡。再加上常全下襬處滴滴答答往下面滴個不停的紅色血滴，簡直讓人有宛若置身地獄之感。

「嘖嘖——」常全起身，饒有興味的繞著李靜文轉了一圈，手中的鞭子劃過地面，發出刺耳的磨擦聲。

剛剛凌虐過人，常全這會兒只覺興奮無比，好像渾身都叫囂著讓他蹂躪地上這鮮花一般甜美的女人。

「還真是難得的上等貨色。」常全越瞧越是癡迷，抬起手來，帶血的手指朝著李靜文的面頰拂去。

李靜文腦袋已有些混沌，卻依舊強撐著極快的往旁邊一偏，身上的衣衫晃了一下，便有一道道數指厚的鞭痕露出。昨天先就挨了一頓鞭子，除了一張臉尚且完好，李靜文整個身上幾乎沒有一塊好肉了。

常全臉色一沈，一下箝住李靜文的下巴。「賤人，不想再挨鞭子，就按爺說的做──哎呀！」

李靜文躲無可躲之下，忽然張嘴一下狠狠咬在常全的手上。

「哎呀，還真是朵帶刺的花兒！」常全揚手，一巴掌甩在李靜文臉上，又抬起另一隻被李靜文咬得血肉模糊的手，送到嘴裡，一點點舔著上面殷紅的鮮血，那般享受的模樣，彷彿在吃什麼山珍海味一般。

「本大爺還就喜歡妳這個調調。」常全獰笑著慢慢起身，猛地一抖隨身攜帶的那條牛皮鞭子，朝著地上的李靜文胸部就是一鞭子下去，鞭子起處，帶起一溜刺目的血花。

李靜文疼得猛一痙攣，只那波椎心刺骨的劇痛還未散去，常全又一鞭子落下，牢房裡頓時鮮血四濺，李靜文疼得整個人縮成一團，依舊無法抵禦雨點般從天而落的鞭子，在地上不停翻滾著，直到最後沒了一點力氣。「相公、毓兒，救我……」

「咯咯咯──」常全越發興奮。「賤人，好好看看，我才是妳的親親相公，快叫我一聲聽聽？」

話音未落，牢房外傳來一陣急促的腳步聲，常全正因過於興奮而激動得全身發抖，聽到聲音不由有些惱火。「誰？爺正忙著——」

一句話未完，房門卻一下被人給踹開。

撲面而來的殺氣令得常全激靈靈打了個冷顫，整個人也清醒了不少，手中的鞭子下意識指向一步跨入門來、怎麼瞧都有些稚嫩的陳毓。「大膽！這是什麼地方，也是你可以進來的？」

陳毓一把揪住鞭子，只覺入手一片濡濕，定睛往地上一看，頓時心神俱裂，地上縮成一團滿身血跡的人，可不正是娘親？

「該死！」這一刻，陳毓哪裡還記得身後的李景浩？抬腿狠狠的一腳踹過去，常全慘叫一聲，整個人流星一般朝石板牆上摔去，一陣令人牙疼的骨頭碎裂聲隨即響起。

「啊！」癱軟在地的柳玉函嚇得「咕咚」一聲嚥了口唾沫。

陳毓這個時候自然顧不上理他，飛奔上前，一把扶起李靜文的頭放在腿上。「娘！娘您怎麼樣？是毓兒、是毓兒來了——」

身邊忽然咚的一聲響，陳毓抬頭，淚眼矇矓中卻瞧見李景浩正跪坐在自己身前，癡癡瞧著躺在陳毓腿上昏迷不醒的李靜文，剛毅的臉上遍布淚痕。「文文——」

文文？陳毓震驚的看向他，李景浩怎麼知道娘親的閨名？

縮在最後邊的柳玉函也無疑聽見了李景浩的話，直嚇得魂都飛了。待瞧見陳毓也好、李景浩也罷，注意力全在李靜文身上，終於哆哆嗦嗦的站起身來，轉身就想往外跑，可李景浩好像背後長了眼睛一般，拽出腰間佩劍朝著後面用力擲了過去。

慘叫聲隨即傳來，柳玉函竟被那柄劍給牢牢的釘在了石牆上。

「毓、毓兒？」許是察覺到身邊熟悉的氣息，李靜文昏昏沈沈的睜開眼，正好對上陳毓流著淚的雙眼，眼睛頓時一亮。「毓兒！真的……真的是你？」

又忽然想到什麼，下一刻臉色大變。「毓兒！快、快走，去找你爹……柳……說你殺了人……」自己這麼好的兒子，怎麼可能會殺人？可那人權勢太大，絕不是兒子惹得起的。

柳玉函的背後是鎮撫司的指揮使，這話可是那個惡魔一般的常全親口說的！

「快走！那姓柳……姓柳的和、和鎮撫司的人，有親……」

說到最後一句話，李靜文堅持不下去，慘白著臉昏了過去。

李景浩一下攥緊拳頭，牙齒咬得咯咯作響——

王八蛋！柳玉函他怎麼敢！如果說之前還只是有些懷疑，這時候已完全能確信，柳玉函會對文文下手並非臨時起意，怕是早有預謀。

李景浩身體前傾就想去抱李靜文，卻被陳毓用力一把推開。

陳毓一下把李靜文抱了起來，用力過大，大腿部的傷口迸裂，鮮血很快染紅了外袍。

「別碰我娘，你們全是一丘之貉！我娘沒事就算了，若然有個好歹，陳毓在此發誓，拚著和你們同歸於盡，也要你們給我娘償命！」

不管李景浩和娘親有什麼樣的緣分，陳毓這一刻都恨得想要殺人。若非是仗著李景浩的勢，那柳玉函怎麼就敢對娘親下此毒手？

李景浩被推得好險沒跌倒，身體一下撞在冰冷的石板上，僵立在當地，久久說不出一句話來。是啊，自己又算什麼？生死關頭，不能護衛在妹妹身側，甚至正是自己身邊的人打著鎮撫司的旗號，把妹妹害到了這般境地。

「唔——」李靜文身上到處都是鞭傷，儘管陳毓已盡力讓動作輕柔些，李靜文還是疼得不住哆嗦。可即便迷迷糊糊中，李靜文依舊強忍著不讓自己痛呼出聲。毓兒自來是個心事重的，不能讓他擔心，無論如何，不能讓他擔心啊……

「娘，您痛了就喊出來，我們很快就出去，我已經讓人去叫小七了，小七很厲害的，她一定可以把您治好……」陳毓努力保持著動作的平穩，以期讓李靜文少受些痛楚，眼淚不停的往下掉。

後面的李景浩瞧著那急速往外而去的單薄背影，只覺胸口處好像要炸裂開來，嘴角也跟著嘔出一大口血來，心裡更是如同刀割。

那兩人，一個是自己的妹妹，另外一個，則是自己的外甥啊！他們都是自己在這個世上最親的人，卻因為自己的失誤，還有這些人渣……

李景浩轉頭，視線在昏迷過去的柳玉函身上停駐片刻，又緩緩轉到正掙扎著想要從地上爬起來的常全，他抬手拾起地上那沾滿了李靜文鮮血的皮鞭，忽然朝著自己身上狠狠的就是一鞭，那般痛徹心腑的感覺令李景浩一張臉都有些扭曲。

妹妹方才就是一遍遍受著這樣的苦楚嗎？

喉嚨裡發出一聲宛若凶獸般的低吼，李景浩提起皮鞭朝著常全兜頭抽下……

柳玉函正好清醒過來，待瞧見李景浩渾身浴血宛若瘋狂的模樣，剛想要大叫，卻忽然意識到什麼，迅疾摀住自己的嘴巴。

之前覺得李景浩是閻羅、是屠夫，這會兒卻覺得，這人分明就是個瘋子！柳玉函寧可這麼流血痛死，無論如何也比驚動了他，動手處置自己得好。

哪知怕什麼來什麼，李景浩正轉過身來，從來冷漠的眼睛中充斥的卻是足以把整個世界給焚毀的火焰，柳玉函嚇得一下咬住了自己的手。「大人！李大人，看在倩雲的分上，您饒了我吧……」

下體一熱，一陣騷臭味隨之飄了出來。

第三十一章　聯手

大理寺外。

「韓夫人莫要擔心，有兩位大人在，定然可保令堂無恙。」見陳秀的臉色實在太難看，怎麼著也算熟人，徐恆一邊拍著懷裡不住哆嗦的陳慧，一邊絞盡腦汁的想著法子寬慰，只心裡卻是不住打鼓。

小毓是怎麼想的啊？怎麼把自己和成少帥全給支出來了？自家老大那樣的冰山性子可最是個冷酷無情的，還牽扯了個老大平日多有維護的柳玉函，若然兩人真是在裡面發生了什麼磨擦，可真是連個勸的人都沒有了。

「多謝大人。」雖不知眼前幾人是什麼來路，可從方才柳玉函的驚慌反應來看，定然身分都高得緊，尤其是旁邊默不作聲的那位英俊將軍。陳秀這會兒心裡終於有了些希望，只是沒見到娘親之前，始終不敢放下心來。

幾人正自靜默，一輛馬車忽然疾馳而至，成弈回頭，頓時一臉的生無可戀。

可不正是自家的馬車？用腳趾頭想也知道，車上的人定然是小七。都說女生外向，成弈今兒個算是知道這句話是什麼意思了。

罷了，反正早晚是陳家的人，這會兒在未來婆婆面前刷刷好感也沒什麼壞處……可自己這心裡，怎麼就那麼不得勁呢？

果然，車簾一掀，小七當先就從車上跳了下來，那般火燒火燎的模樣，令得陳秀幾個也紛紛回頭。

小七也瞧見了面沈似水的成弈，不覺縮了下腦袋，卻在瞧見挺著肚子勉強站著的陳秀時驚了一下，顧不得跟大哥問好，忙不迭上前一把扶住陳秀。

「秀姊姊可不好這麼站著，怎麼著也得小心肚裡的孩子不是？」

她回身一迭連聲的吩咐白草掇個高些的軟凳過來，又拿了保暖的毛皮衣服幫陳秀蓋好。

被小心服侍的陳秀驚得一下瞪大眼睛，這漂亮的小姑娘是誰呀？叫得倒是親，可她不認得啊！

成弈瞧得嘴角直抽，就是自己這個親大哥，也沒見這丫頭這麼小心巴結過。

旁邊的徐恆也是眼睛都直了，心說這是哪家小姐啊？看穿戴怕身分必定不一般，可也沒聽說韓家有什麼了不得的親戚在京城啊？

陳秀終於回神，剛要問對方是誰，陳毓已抱著李靜文快步出來，她一下站起身來。

「娘！」

「娘親！」陳慧也拚命掙扎著從徐恆懷裡爬下來，哭著朝陳毓二人跑去，到了近前，卻懂事的跟在後面，只是不停抹淚，並不拽著陳毓要娘。

小姑娘乖巧的模樣讓人心疼，徐恆忙又一把抱起，跟著陳毓往車上而去。

「多謝大哥。」陳毓感激地對默默瞧過來的成弈點了點頭，絲毫沒有猶豫的上了小七的馬車。

小七的馬車無疑更加寬闊些，也更平穩，顛簸小了，娘親自然能少受些苦。

「去貓兒胡同韓府。」

徐恆忙把懷裡的陳慧也遞過去，又小聲問了一句。「我們老大呢？」

陳毓這個苦主都出來了，怎麼老大還待在裡面呢？牢房本就不是什麼好去處，更何況是大理寺的天字型大小牢房呢？

陳毓接過陳慧，說了一聲「多謝」，沒回答徐恆的問題。

陳毓這會兒也是心亂如麻，如果說之前憤怒之下，使得陳毓完全忽視了李景浩的反常表現，可瞧見被寶劍插在牆上的柳玉函的那一刻，就讓陳毓隨即明白過來，李景浩十之八九就是上一世從青樓中帶走娘親的那位神秘人。

這也就可以解釋通為何自己殺了人卻沒有遭到通緝，更甚者，對方抹去了娘親一切不堪的生活痕跡。堂堂鎮撫司指揮使，要做到這些太容易。

這一世陳毓拚命想要避開那個上一世帶走了李靜文的人，沒料到還是躲不過兩人相遇的宿命。甚而還是因為李景浩的緣故，陳毓才能順利救出李靜文。

只眼下最重要的還是救治娘親，至於其他事情根本不在陳毓考慮之內。

徐恆有些莫名其妙，倒也體諒陳毓的反應。這小子，當初甫一從人販子手裡逃脫時，可不就是先拐了自己，拚了命的去救他那時的姨母、這會兒的娘親李靜文？

徐恆向那邊已然上馬準備離開的成弈拱了拱手，一個人快步往天牢裡而去。

雖然相信自家老大無論出現在哪裡，都應該沒有人能夠傷害到他，可做人小弟的，也要善盡小弟的本分不是？越往裡走越覺得不妙——怎麼會有那麼濃烈的血腥味？

再不敢怠慢，快步往前疾奔。才來至常全布置的那間牢房外，正好遇上一身冰絕氣息的李景浩正往外走。徐恆的心咯噔一下，忙不迭往旁邊側身，待李景浩走過，才敢偷眼往後瞧，嚇得一下摀住了嘴巴。

牢房裡除了一堆碎肉，哪還有一個活人？咦，也不對呀，這麼久了，好像沒看到大理寺少卿柳玉函出來啊？

他不由打了個寒噤，那堆碎肉裡，不會還有柳玉函吧？

徐恆怎麼也想不明白，自己不在的時間裡，到底發生了什麼。畢竟，從跟在李景浩身邊，就沒見自家老大這麼失態過，這些人到底做了什麼，令得大人如此大違常情？

待走到光亮處，徐恆腳下再次一個踉蹌，老天，自己看到了什麼？

老大的身上交錯著幾道深深的鞭痕，那鞭的力度不獨把李景浩的衣服抽裂了數尺長的口子，連帶的還能清晰的瞧見裡面翻捲出來的血肉……

「大人——」一個戰戰兢兢的聲音同時響起，徐恆抬頭，來人倒也認識，可不正是大理寺卿余文昌？

余文昌一大早就被皇上宣了過去，待得回返，聽說太子少保、左翼前鋒軍統領成弈，並鎮撫司指揮使李景浩連袂而至，頓時被嚇得出了一身的冷汗。

難不成是自己衙門出了什麼大事？不然怎麼會驚動這樣兩尊大佛？他忙不迭跑來拜見，沒見著成弈的影子，卻被李景浩的模樣好險沒給嚇趴下。

是誰？竟然這麼大膽，敢對李大人用刑？

剛要正氣凜然的上前表示自己的義憤並聲援，忽然意識到不對，李大人可是從自己轄下的囚牢內走出來的，那不是說，動手傷了他的人和大理寺有關？

這個念頭一出來，余文昌差點沒哭出來，以著非人的速度衝到李景浩面前，抖著聲音道：「大人……到底是誰？怎麼敢、怎麼就敢對大人下此狠手？」

李景浩瞥了眼旁邊神情緊張、一副生無可戀、天要塌下來模樣的余文昌，聲音冰冷。

「柳玉函、常全以下犯上、勾結東泰賊人，已被我處死，你現在帶上大理寺鐵衛去伏牛巷忠英伯府，緝捕柳家所有人，但凡有人反抗，即刻殺無赦。」

又招呼徐恆迅疾往另一個方向而去。

好一個東泰攝政王，還真是會藏！

因不知道李靜文到底傷情如何，來之前小七自然準備了大量的藥物，成府裡的百草園幾乎被小丫頭搬空了一半，甚而還拿來了一支幾百年的老蔘。

這麼多東西擺在院子裡，委實可觀，陳秀瞧得一愣一愣的，越發鬧不清這瞧著比起自己弟弟還小的姑娘到底是什麼來頭了。

思量了半晌，終究憂心忡忡的對陳毓道：「娘親瞧著傷勢頗重，這小姑娘……年齡也太小了吧？」

陳毓還沒有答話，韓伯霖已陪著一個肅著臉的中年人進了府。「夫人、毓哥兒，岳母這會兒在哪裡，這位是汪太醫。」

陳秀在路上時，就急忙派人打馬回府告訴韓伯霖娘親已經救出來了，只是受了重傷。

韓伯霖也是悲喜交集，兩天來不知吃了多少閉門羹，甚而連去告御狀的心思都有了，不料陳毓出馬，岳母竟然救出來了，心裡一時對小舅子佩服不已。便忙忙的跑去太醫院，所謂有錢能使鬼推磨，那些國手自己請不來，可一般的太醫，還是能請得動的。

那汪太醫打量了整個院子一番，心想這小小的翰林，家境倒是富足，可也不耐煩跟韓伯霖應酬。但凡能請得起太醫的，哪個不是朝中顯貴？他肯來這裡，已經是給足了這小翰林面子了。

「姊夫，這幾天辛苦你了。」陳毓忙上前見禮，方才從陳秀的嘴裡也聽說了韓伯霖為了娘親四處奔波的情景。作為一個頗有一番傲骨的文人，韓伯霖做到如此地步委實難能可貴，自己當初果然沒有看錯人。

「說什麼辛苦不辛苦的，我也沒幫上什麼忙。」韓伯霖擺了擺手，神情明顯有些黯然，下一刻卻又振作精神。「對了，岳母在哪裡，還是快請汪太醫去幫岳母診治一番吧。」

「這位就是汪太醫嗎？小子謝過。」陳毓上前施了一禮，並不急著請汪太醫過去。「我娘親那裡已請了人診治，麻煩汪太醫白跑了一趟，真是抱歉。」

啊？韓伯霖怔了一下，便是陳秀也有些發急，忙不迭搶上前一步，陪著笑臉對汪太醫道：「我弟弟人小不懂事，還請汪太醫原諒一二，我娘親的傷就拜託大人了。」

陳毓真是哭笑不得。雖然明白姊姊也是為娘親好，可放眼整個京城，醫術既好還對娘親無比盡心的，怕沒有一個人能比得上自家小七了。

只是姊姊既然說了，他也只得委婉道：「不然，先請汪太醫就座，若然小七無法應對，再請汪太醫出手也不遲。」

一句話說得汪太醫臉色頓時沈了下來。

若非韓伯霖給的報酬著實豐厚，又死乞白賴的求著自己，自己怎麼可能踏足一個小小的七品官邸？果然是沒見過什麼世面的，聽對方的意思，竟不相信自己的醫術？

「既有國手在，在下就此告辭。」口中說著，就要拂袖離開。

驚得韓伯霖忙不迭上前阻攔，暗暗埋怨小舅子太不通人情世故，不知道這郎中都是年紀越大就越金貴嗎？何況汪太醫可是太醫院的，怎麼也比個小姑娘強啊！更不要說太醫院的人瞧著沒多大權力，可接觸的全是權貴人家，小舅子這麼不給面子，真得罪了這位汪太醫，什麼時候在權貴那裡上點眼藥，可就麻煩了。

汪太醫卻是不耐得緊，沈下臉來就想出言斥責，外面僕人忽然一路小跑著過來，一迭連聲道：「老爺、老爺，外面又來了位太醫院的，說是要來給親家太太診治！」

「又來了個太醫院的？」韓伯霖就愣了，下意識的看向陳毓，自己可就請了一位汪太醫，還是千難萬難。這自己找上門來的太醫，莫非是陳毓請的？

陳毓也有些摸不著頭腦，擺了擺手，示意與自己無干。

汪太醫卻是「嗤」的笑了一聲，也就自己這樣初入太醫院的，因為京城米貴，才不得不紆尊降貴到這翰林府上，這是瞧他不高興了要走，又請了什麼人來充大尾巴狼了？

這韓家人也不知道怎麼想的，以為太醫就是街上的大白菜，隨隨便便就可以撿一個回來嗎，他來了還不夠，還又來了個？還是自己上趕著找來的？哄騙小孩子還差不多。

他也不走了，只要笑不笑的瞧著韓伯霖幾人。「是嗎？倒不知又是哪位國手到了，我倒要拜會拜會。」

瞧汪太醫的模樣，還是把人給得罪了，韓伯霖只覺嘴裡發苦，又不知外面的太醫是什麼來路，只得吩咐「快請」。

很快，一個國字臉男子帶了個藥童匆匆而入。

韓伯霖仔細瞧了一眼，確實不認識，便是陳毓也微微搖了搖頭。

剛要上前詢問，正冷著臉站在一邊的汪太醫忽然搶步而出，一路小跑著就迎了上去，臉上更是笑容滿面。「哎呀，蘇大人，原來是您老到了。」

他回頭瞧著韓伯霖，神情就有些苦澀。「韓大人，你瞞得在下好苦，既是連我們太醫院第一國手都給請了來，又何須在下前來獻醜？」

來的這人可不是太醫院院判蘇別鶴？

一句話說得韓伯霖越發丈二金剛摸不著頭腦，太醫院第一國手？還姓蘇？那不就是——

「您是……蘇院判，蘇大人？」

不會吧，這位可是專給宮裡的貴人診病的，尋常世家貴族也別想讓他出手，怎麼可能會為了岳母特意過來一趟？

蘇別鶴點了點頭，腳下不停。「病人在哪裡，快帶我去瞧瞧。」說話時微有些喘息，甚而神情也有些無奈。

不怪蘇別鶴如此，方才本來正在自家院子裡小憩呢，卻被人連拖帶拽的送上了馬車，然後車馬一路疾速而來，好險沒把自己這身骨頭給顛散架。可蘇別鶴有氣發不出來呀！那些如狼似虎強盜一般的下人，全是鎮撫司指揮使李家的，連帶的半路上還碰見指揮使夫人，除了送上各種救命的靈藥之外，更一再拜託務必小心診治病人。

本來想著會去李大人府上，哪裡想到竟來到一個小小的翰林家。也不知這翰林家的女眷是何來頭，還能驚動李景浩那個活閻羅。

「蘇大人莫急，先坐下歇息片刻。」陳毓跟韓伯霖一起上前迎住，又一迭聲命人上茶。一番做派，令得蘇別鶴越發糊塗。看李家急如星火的模樣，病人好似已然病入膏肓，怎麼這家屬倒是半點兒不著急啊？

還是汪太醫苦笑一聲給蘇別鶴解惑。「那個，不瞞院判大人，裡面已有名醫在為陳夫人診治。」

蘇別鶴一下蹙緊了眉頭。「哪個醫館的？可有醫案，拿來我看一下。」

既是李景浩所託，蘇別鶴自然不敢輕忽。更對韓家辦事頗不以為然，連自己這個院判都請了，又何須再請他人？

「並無醫案。也這會兒工夫了，小——」又把「七」字嚥下。「小姐應該也要出來了，不麻煩的話，到時候再讓她跟蘇大人探討一番。」陳毓道。

小姐？還探討？蘇別鶴眉頭蹙得更緊。「胡鬧！我怎麼沒聽說這京城有哪家小姐會醫術的？」

這樣說也不對，倒是有一位小姐醫術也是頂尖的，可她的地位可不比自己，就是李閻羅出面，也別想能把人請過來。

只是自己既然來了，就是擔著干係的，若然房間裡那位夫人情形不妙，到時候李大人怕是要怪罪在自己頭上。

蘇別鶴這話算是說到汪太醫心坎裡去了，不由頻頻點頭。「韓大人，令弟年幼無知，你也算入京數年了，可不要和他一般糊塗。我也就罷了，蘇大人的醫術你竟是也不信嗎……」

說話間，房門「嘩啦」一下打開，小七從裡面走了出來，陳毓幾人忙迎了過去。

「如何，可有礙？」

「傷口已經處理過了。」小七神情明顯有些疲憊，嘴角卻有笑意。

李靜文受傷頗重，好在底子好，又是自己親自配備的藥物，雖需臥床數日，但好好將養一番，恢復如初沒有問題。

陳秀和韓伯霖頻頻點頭，轉身衝著蘇別鶴懇求道：「還要勞煩蘇大人替岳母看一下，這位小姐的處置可還妥當？」

「年紀這麼小，能有什麼精妙手段？倒是個會吹牛的。」小七的身形被擋著，聽聲音卻也能判斷出來，定然也就十四、五歲罷了，聽小七話說得滿，蘇別鶴眉頭皺得更緊。「你們前面帶路，快領我去看看。」正眼也不瞧小七，抬腿就要往裡去。

陳毓也沒想到姊姊、姊夫這麼不相信小七，瞧著小七，神情不免歉疚不已。

小七被陳毓瞧得臉一紅，不自在的別過頭去，下一刻卻是抿嘴一笑。「大師兄，你說誰吹牛呢？」

軟軟糯糯的女聲令得正大步前行的蘇別鶴身子一僵，有些不敢相信自己的耳朵。

那汪太醫也遲疑的瞧過去──大師兄？這小姑娘叫誰呢？

待瞧見微微笑著站在原地的小七，蘇別鶴眼睛一下亮了，無比驚喜的上前。「小師妹，真的是妳？哎呦，師兄真是該打，說話不過腦子，冒犯我家小師妹了。」心裡對房間裡那位夫人的身分更加好奇，別人不知道小師妹的身分，自己可清楚，這小丫頭可是貨真價實的國公府貴女，還是最受寵的那個。放眼大周朝，身分比這小丫頭尊貴的用指頭數也能數得過來。

方才還想著，不可能有人請得動她的，怎麼就肯巴巴的跑來給人瞧病了呢？

兩人年紀雖相差頗大，平日裡卻也是打慣了嘴仗的，蘇別鶴甚至已經做好了牙尖嘴利的小師妹搶白自己幾句的準備，哪知道小七卻只是應了一聲，沒有再多說一句話，更稀罕的是臉上的神情柔順得緊，甚至……還有點紅？

「哎呀，小師妹，妳也會臉紅啊？」蘇別鶴忍了忍，又忍了忍，終是控制不住的吆喝了出來，小七頓時又羞又氣。

即便秀姊姊也算是熟人了，可她還是想留個好印象啊！大師兄倒好，一來就接二連三的拆自己臺。

看蘇別鶴的性子實在有些棒槌，又心疼小七剛才累著了，陳毓忙上前一步。「你們師兄妹怕是多日未見了吧？還有汪太醫，難得來一趟府裡，還請一併到正堂稍坐。」

汪太醫也是個明白人，能讓自家院判大人出馬，甚而瞧著院判那小師妹怕也是出身貴家，哪還敢再留？一迭聲的告辭，更在臨離開時，悄悄把韓伯霖之前給的診金又死活塞了回去。

小七則是趁眾人不注意，狠狠的剜了蘇別鶴一眼，這才轉向陳毓，小聲道：「你和秀姊姊不用在這裡陪著我們了，我和師兄再商討一下如何用藥，你跟秀姊姊去看看伯母吧。」

這可算是兩人知道彼此身分後，清醒狀態下的第一次談話，小七雖很想瞧一下陳毓的臉，卻害羞得緊，始終低著頭。

倒是陳毓，不錯眼的盯著小七，心裡更是不住感慨，自己何德何能，這一世竟然能找到這般合心意的貼心女子，當下溫柔的應了聲。「好。」

又向蘇別鶴告了罪，這才和陳秀夫妻一起離開。

蘇別鶴神情越發怪異，到這會兒還看不出小師妹和那陳公子之間有些不對勁，那蘇別鶴就真的是瞎子了。但又不好發問，正自苦思冥想，腦子裡忽然靈光一閃。「小師妹，那陳公子可是師父舊識啊？」

「嗯。」小七點頭。「毓……我是說陳公子，陳公子的先生乃是大儒柳和鳴，和師父是知己好友。對了，當初沈家的事，就是靠了陳公子才得以圓滿解決呢。」

一說起陳毓，小七便眉飛色舞，那般與有榮焉的模樣，令得蘇別鶴終於確信自己果然沒多想，這個陳毓，十之八九就是師父不止一次在自己耳邊念叨的那個小師妹的孽緣！現在小師妹會出現在這裡，那豈不是說成家人對此事也是樂見其成了？看來方才那位陳公子，不出意外就是自己未來小妹夫了。

怪不得陳毓知道小師妹的底細，小師妹又這麼盡心盡力。那可是未來家婆，怎麼也得好好表現不是？哎呀，自己真是該打，方才小師妹那般，明顯是想要給未來婆家人留個好印象的，不想全被自己給攪和了。可得想個法子補救一番，不然定然會被小師妹給記恨上的！

那邊陳秀也對小七的身分好奇得緊，三人進屋瞧了一眼，看娘親睡得安穩，心放下了一大半之餘，也不敢多停。待來至屋外，陳秀終於忍不住問出了心裡的疑問。「方才幫娘親診治的那位小七姑娘，到底是什麼來歷啊？」

實在是覺得那小丫頭和弟弟的關係有些古怪，眼下爹爹不在，娘親又受了傷，陳秀就自覺的把陳毓的事給接管了過來。

看弟弟的樣子，對那小七也是喜歡的，小丫頭既是蘇大人的小師妹，即便是個醫女，也算是有身分的，頂頂難得的是對了毓哥兒的心思。真是合適了就稟明父母，待娘親好了，請了冰人提一提，畢竟弟弟的歲數也是該說親了。

韓伯霖對陳秀的看法有些不以為然，那蘇別鶴雖是一再調侃小丫頭，卻又隱隱的有些討好，單從這一點來看，小丫頭的身分怕不只是「院判的小師妹」這麼簡單。

「妳說小七啊，她也是京城人，她的父親和兄長姊夫應該也認識。」

「我認識？」韓伯霖怔了一下。「難不成是我們翰林院的？」

京城人際關係太過複雜，翰林院的交際圈子又窄，饒是韓伯霖有著過目不忘的美譽，能認全的也就自己所在的翰林院各位大人了。

「倒不是翰林院的。」提到小七，陳毓明顯心情很好。「小七的爹眼下不在京城，不過她兄長眼下正在京城，名字叫做成弈。」

「成弈？」韓伯霖站住腳。「這名字怎麼有些熟呢？」

下一刻卻是好險沒嚇得坐地上。「不會是……太子少保、左翼前鋒軍統領……成弈吧？」口中說著，還是忍不住嚥了口口水。

儘管知道小舅子不是凡人，可要贏得國公府小姐青睞，好像也不大可能的吧？

孰料陳毓卻點了點頭。「不錯，就是他。」

「我就說嘛……」韓伯霖咕噥了聲，下一刻忽然意識到不對，猛地轉身，若非陳毓躲得快，兩人就要撞上。「你你你，你說什麼？那小七真是成少帥的妹子？」

「自然。」陳毓點頭，笑了笑又加了一句。「不出意外的話，還會是你未來的弟媳。」

韓伯霖的嘴巴，一下張成了圓形，弄得旁邊的陳秀越發心急，忙忙的推了丈夫一把。

「成少帥的妹子很厲害嗎？」又不甘心的道：「可我們毓哥兒也不差呀，這才多大，就是舉人了呢。」

「我的夫人啊，妳知道成少帥的另一個妹妹嫁給了誰嗎？」韓伯霖幽幽的道。

「誰呀？」陳秀卻是不服氣。「難不成比咱們毓哥兒還要厲害？」

韓伯霖嘆了口氣，重重的點了點頭。「他的另一個妹子，嫁的人……是太子。」

一句話說得陳秀也終於閉了嘴，瞧著前面依舊不緊不慢前行的陳毓，頓時愁得不行。

這可怎麼好？弟弟好不容易看上個女孩子，怎麼就是這成家的呢？

陰暗的囚牢，令人作嘔的空氣，淒慘的呻吟……

整整一天了，韓倩雲由之前的不敢置信，到現在的絕望不甘。

柳玉書那個混蛋死了，自己馬上就是堂堂正正的伯夫人了，家中有丈夫的寵愛、外面有大哥李景浩這個靠山，怎麼可能就會和其他罪囚一般，關押在這樣暗無天日的地方呢？

她再也忍不住，拚命的晃起了鐵柵欄，瘋子一般的不停叫喊。「來人，快來人！我丈夫是大理寺少卿柳玉函，你們不能這麼關著我，快放我出去……」

獄卒厲聲打斷她。「嚎什麼？信不信再敢亂叫，把妳的舌頭給拔了。」

一句話嚇得韓倩雲一個踉蹌，一下坐倒地上，呆愣半晌，卻是再一次撲到柵欄前。「我不找柳玉函了，我找李景浩——」

看那獄卒拿起鐵棍就想往自己手上敲，韓倩雲嚇得連滾帶爬縮回角落裡，卻依舊直著嗓子道：「你不能打我、你不能打我！你知道我大哥是誰嗎？我大哥是鎮撫司指揮使李景浩，你要是敢碰我一根手指頭，我大哥一定會把你碎屍萬段。」

「李大人？」那獄卒愣了一下，臉上神情果然充滿了敬畏，雖不大相信韓倩雲所言，依舊不敢再輕舉妄動。

沒聽說李大人有什麼妹子啊，退一萬步說，若真是李大人的妹子，怎麼可能會落到這般地步？可不怕一萬就怕萬一啊，這女人言之鑿鑿，瞧著也不像是撒謊騙人的。

看獄卒有些猶豫，韓倩雲自以為得計，更是要死要活的鬧了起來。

「好，妳也別尋死覓活了。」獄卒無法，又怕擔了干係，只得道：「我這就去幫妳問一下，只一點，若是妳拿我當消遣，到時候可沒妳的好果子吃。」

「你儘管去。」看李景浩的名字這麼管用，韓倩雲越發有了底氣。「李景浩是我大哥，他定不會看著我受這樣的委屈，你要是能去幫我報信，我大哥一定會重重賞你，還有那些欺負過我的人，我大哥一定會把他們全都給殺了。」

李府。

和其他王公大臣府邸每日裡的喧鬧不同，鎮撫司指揮使李景浩的家裡最是冷清。偌大的府邸只有兩個主子罷了，老爺又是個大忙人，慣常不著家的，就李夫人守著這麼大個宅院。

只今日卻和往日不同，李夫人杜氏有些病態的臉上是少有的喜氣盈盈，喝完了藥也沒有和往常一般在榻上歪著，而是興致勃勃的帶領僕人打掃出了好幾個院子。

「這房間裡的褥子還要厚實些，對了，把地龍先給燒上。」也不知妹子的傷勢怎麼樣了，只剛受過傷的，怎麼著也要保暖些才成。

「這兒著人放上一架秋千，小外甥女的年紀正是愛玩的歲數呢……」

「這裡讓人弄個魚池吧，對了，把外面這棵老樹給砍了，改種竹子。」

外甥可是個有大才的，那麼小的年紀就中了舉人，讀書人都有些雅趣，這院子裡可得要餵點魚、種幾竿竹子、養些花草才好。

「對了，再置辦些小孩子喜歡的玩意兒備著……」大外甥女聽說就要臨產了呢，一想到會有小嬰兒的哭聲在院子裡響起，杜氏就止不住的想要笑。

真好，自己和老爺這麼多年都是孤單單的，真是妹子身子好了，一大家人接過來，家裡可就真真熱鬧了。

其實照著杜氏的心思，這會兒就想過去守在李靜文身邊的，只兩家的關係還未挑破，這麼貿貿然登門委實有些不妥，只得命人流水一般的把各種補品送進韓家。

正自布置，外面管家突然進來，言說鎮撫司的人來報，說是詔獄中有一個叫韓倩雲的女囚，要死要活的非要見老爺不可。

杜氏臉上的笑容慢慢淡去，沈思片刻，點了點頭。「我去見她。」

韓倩雲在牢獄中已是等得絕望了，本來瞧著那獄卒的態度，想著自己還是跟其他骯髒囚徒不一樣的。哪想到就在方才，卻被旁邊囚犯砸了一頭的餿飯，更無法忍受的是，那裡面還一股的尿騷味……

杜氏走進來時，瞧見的正是縮在牆角渾身騷臭、頭上還沾著米粒的韓倩雲。

聽到鐵門響，韓倩雲有些呆滯的抬起頭來，待瞧見眼前人是杜氏，登時連滾帶爬的就撲了過來，一把抱住杜氏的腿。「嫂嫂！好嫂嫂，妳快救我，我要離開這個地方，我不要待在這裡……」

杜氏任她抱著自己的腿，低頭瞧著匍匐在地上的這個女子，神情有些複雜，漸漸的，又變為痛恨。

雖然外人口中自家老爺就是再冷酷不過的一個人，唯有自己明白，他的心有多軟。

就比如對待自己，當初不過是一面之緣，受了父親的一點點恩惠，老爺就義無反顧的娶了再見時已然成了罪囚的自己，甚而成親後自己因被人暗算而無法再給李家誕下一兒半女，老爺始終對自己不離不棄，亦不願意再讓別的女人為他誕下孩兒。

其間夫妻倆也曾走投無路過，一直到現在的大富大貴，可老爺，始終是年少時那個瞧見自己就笑得溫暖無比的老爺……

這樣長情的人，若然不是柳家欲壑難填，對老爺苦苦尋覓這麼多年的嫡親妹子下毒手，老爺又怎麼會棄韓倩雲於不顧？虧這女人，做出這麼喪心病狂的事來，還有臉求老爺救她！

韓倩雲哭了一會兒，終於覺得有些不對勁，有些惶恐的抬起頭來。「嫂子，妳一向最疼我，我剛來到京城時，在伯府裡被欺負，是嫂子妳幫我撐腰，我才能過上好日子。嫂子，我心裡一直把景浩大哥當成我的親大哥、把妳當成我的親嫂子啊！今兒個這件事跟我沒關係，是柳玉函，都是柳玉函的錯！是他喪心病狂，想出那樣的歹毒法子，跟我沒有關係啊！」

想來想去，韓倩雲模模糊糊意識到，許是柳玉函想要暗算李靜文的事被察覺了，不然，自己怎麼可能突然就被人抓到了這裡。「嫂子，妳救我出去吧，你們要殺，就殺柳玉函好了，大哥要是不消氣，不然……我就出家做姑子！只要能離開這裡就好，嫂子，求求妳，帶我離開這裡吧！只要能出去，讓我給妳做牛做馬都成……」

竟是這麼個涼薄的性子嗎？聽韓倩雲如此說，杜氏眼中僅有的一絲憐憫也消失殆盡。若然老爺不在了，自己一定會陪著他到黃泉；儘管柳玉函是懾於自家的威勢，才對韓倩雲百般寵愛，可兩人好歹也是這麼多年的恩愛夫妻了，這麼容易就說出讓自己丈夫去死的話，韓倩雲，何其自私又狠心。

杜氏抽出自己的腿，任韓倩雲跌坐在地上，盯著韓倩雲的眼睛。「我只問妳一句話，這之前，妳可見過靜文？」

「我——」韓倩雲頓時語塞，神情也明顯有些慌亂，雖則下一刻忙不迭搖頭，杜氏又如何肯再信她？長嘆一口氣，頭也不回的出了監牢。

「記得不要再提我家老爺的名諱，不然，我一定不介意讓妳把靜文妹子遭的罪重受一遭。」

從此橋歸橋、路歸路，這已經是自己能做的最大限度的退讓了。

等韓倩雲反應過來，杜氏的身影早已消失不見。

呆坐在地上怔愣半晌，韓倩雲終於無比絕望的意識到，自己已是徹底走上了一條絕路了。

杜氏來至外面，正要上車，卻忽然聽見西南方向一陣宛若打雷般的巨響傳來，連帶的還有沖天的火勢，幾乎遮住了西南方向的半片天空。

她不由悚然而驚，那個方位可不正是皇上溫泉行宮的所在？

這麼一愣神的工夫，又有接連幾聲驚雷般的聲音傳來，大街上行人盡皆嚇得面色如土、紛紛走避。明明是冬日天氣，怎麼打了這麼多雷？難道是上天降下什麼災兆？

那聲音實在太響，便是朝堂上的眾位大臣神情也都是驚疑不定，至於高高坐在龍座上的皇上，更是一臉寒霜，眼睛刀子似的落在侍立在第一位的太子頭上，然後是二皇子，甚而剛到上朝年齡的最小的七皇子都沒逃過皇上的眼刀。

難不成外面的驚雷聲和幾位皇子有關？

有那機敏些的大臣驀然意識到什麼，下意識的瞧向武將行列，卻發現太子的大舅子成弈今兒並未上朝。又覷一眼位於文官之首的潘太師，對方面色如常，倒是看不出什麼來。

皇上明顯心情不佳，只叫幾位皇子去暖閣議事，其他大臣則可散朝。

等出了朝堂，各家大臣紛紛派出手下去外面探訪，很快知道了一個驚人的消息，方才的聲音，並不是打雷，而是伴隨著西南方向的火勢傳出來的。

又等了些時候，一個簡直讓人心肝俱顫的消息傳來。

那著火的地方不是別處，正是溫泉行宮，更可怖的是那著起來的東西也不知是什麼物事，黑乎乎的跟油一樣，水撲不滅，足足燒了好幾個時辰，偌大的行宮，就這麼傾刻間毀於一旦。

這還不是最可怕的。最可怕的是，這背後蘊含的細節——

皇上年紀大了，越發不抗寒，近幾年來，每到這個時節，就會暫時挪到溫泉行宮處理朝政，按照慣例，今日就是皇上出發的日子。

想到某個可能，所有人頭髮梢都要豎起來了。

西暖閣內，這會兒也是一片肅殺。太子周杲打頭，之後是二皇子周樾，然後是四皇子、六皇子、七皇子，一溜兒跪在冰冷的地上。

「好好，朕果然養了幾個好兒子——」皇上冷眼瞧了片刻，手裡的杯子忽然狠狠的摔在地上，自己卻忽然癱倒在位子上，身子也劇烈的顫抖起來。

「父皇……」太子周杲離得最近，一下被熱熱的茶水濺到，連帶的臉頰上還被一點碎瓷片劃出一道血痕，這會兒卻是完全顧不得了，忙忙的從地上爬起來，一把扶住皇上。「父皇，您怎麼樣了？快傳太醫——」

二皇子周樾也跟著跑過來，迅速的從腰間解下一個漂亮的錦囊，從中摸出一丸藥遞過來。「這是父皇慣常用的藥物，快先餵父皇服下一粒。」

周杲接過，放在口裡嚐了下，果然是父皇平常用的藥丸。心情不免有些複雜。

從小到大，周樾都是個伶俐的，即便自己是元后嫡子，一出生便被封為太子，父皇心裡最寵愛的兒子始終是周樾。甚至這麼多年來，周樾的風光絲毫不亞於自己這個太子……

服了藥的皇上終於緩緩醒來，疲憊的眼神在神情焦灼的幾個兒子身上一一掃過，眼底是從沒有過的冷淡。「你們退下吧。我想靜一靜。」

這就是自己的兒子們！所謂的父慈子孝，根本全都是假的。今兒的行宮大火，要說跟自己這幾個兒子中的某個沒有關係，自己是一點兒也不信的。

虧得有景浩在，不然，自己這次怕真要在劫難逃了。

說什麼東泰攝政王的陰謀，若沒有內奸，怎麼會引來外鬼？

這就是自己的兒子啊，竟然夥同外人，來要自己這個爹的命！

幾個人本不想走，可皇上卻已閉上了眼睛，明顯不想搭理幾人的意思。幾人無法，只得退了出去，行至外面時正好碰見李景浩並成弈正連袂而入。

周杲神情一喜，周樾的臉色則有些陰沈。

聽聞是李景浩、成弈兩人到了，皇上忙讓宣進來，看到李景浩臉上的擔憂，擺了擺手，有些落寞的道：「景浩啊，虧得有你，不然，朕這會兒怕是已經去陪先皇了。」

一句話說得李景浩「撲通」一聲就跪倒在地，旁邊的成弈也有些驚疑不定，皇上這話，是想借機敲打太子？

倒是皇上自失的一笑。「罷了，朕也是病得糊塗了。你們起來吧。對了，那東泰攝政王如何了？」

「微臣無能。」兩人齊聲道。

那吉正雄果然是個奸詐的，雖受了重傷，卻依舊讓他逃了出去……

「朕知道了。」皇上擺了擺手。「成愛卿辛苦了，先下去吧。景浩，你留下來，陪朕說會兒話。」

成弈走出宮門時，只覺寒風似是有些刺骨，下意識的抬頭望去，竟有點點雪花正飄飄而下。

「大哥——」

成弈回頭，可不正是自己那太子妹夫，他無聲的嘆了口氣，上了周杲的車駕。

要說自己真是命苦，操心自家妹子也就罷了，連這兩個妹夫都得一併照料著。

待來至車上，周杲對著成弈深深一揖。「多謝大哥了。」

「謝我作什麼？」再是自己妹夫，可也是太子，成弈可不敢受他的禮。「我還不知道太子嗎，這事情自然和太子無關。」

自己這太子妹夫也是少有的端方之人，就比如說大妹妹嫁給太子已經三年有餘，到這會兒還沒有個喜信，兩人感情卻依舊好得緊。

回去得催催小七，繼續給大妹妹熬藥。皇上對太子越發不喜，太子膝下至今沒有嫡子，無疑也是其中一個重要緣故。

聽成弈說得斬釘截鐵，周杲長嘆一聲。「話雖如此，可若非大哥出手，說不得，這黑鍋我又得揹著了。」

天下人都知道，父皇若然故去，他就是最大的利益既得者！而且說不好即便查破此次案件與自己無關，父皇心裡卻依舊同自己生了嫌隙。

「不做虧心事，不怕鬼敲門。只要自身行得直、立得正，管外人說些什麼？」聯想到方才皇上所言，成弈如何不明白太子這會兒的失落和憋屈，當下委婉勸道：「你只盡心做自己該做的事，皇上自然能察覺到太子的一片赤誠孝心。」

「我記下了。」周杲點頭，半晌卻是自失的一笑。「大哥你今兒個可是做了我的福星，再過幾天就是我的生辰呢，虧得大哥你，不然……」

若非成弈和李景浩勘破此案，說不好自己會被父皇送到宗人府過壽了。

「什麼福星。」成弈搖搖頭，卻又頓了一下，要說福星，還真有，不過不是自己，而是自己那個未來的小妹夫，陳毓。

不管是小七小時候被拐，還是三年前鐵翼族王子現身京都令得成家被拋上風口浪尖，再加上這次識破吉正雄的陰謀，之所以能安然落幕可不全由一個關鍵人物？那就是陳毓。

這會兒想想，原來陳毓這小子竟然跟自家這麼有緣呢。

成弈臨下車時頓了頓，笑著對周杲道：「太子待會兒回去轉告一聲太子妃，家裡替小七相看了人家。」

「是嗎？哪家兒郎，不然我先替小七相看一番？看看配不配得上她。」周杲也大感興趣，雖然沒見過幾面，可自己那小姨子絕對是鬼靈精一個，自己還想著在皇室幫她挑一個呢，倒沒想到，岳家那邊已經有了人選了，也不知道是哪家王孫公子？

「你眼下怕是見不著他，也就是一個舉人罷了，過年就要參加春闈的。」成弈笑著道：

「他的名字叫陳毓。」

一個小小的舉人就能把小姨子給娶走？周杲簡直以為自己耳朵幻聽了，不過，陳毓這個名字好像在哪裡聽說過啊？

「哎喲，小毓，虧得你哥哥我命大，不然怕是真要燒死在裡面了。」提起那場大火，徐恆這會兒還心有餘悸。

那吉正雄當真狡猾，玩起了狡兔三窟的計策。大人帶了自己等人趕到柳玉函說的那地方時，早已人去樓空，虧得大人心細，發現了蛛絲馬跡，才一路追蹤到行宮所在。結果倒好，差點兒被那狗日的吉正雄給坑了。

「不過那小子也沒撈到什麼好處。」徐恆憤憤。「被我家大人一刀砍掉了左胳膊，堂堂東泰攝政王，惶惶如喪家之犬，也算栽到家了。那吉正雄也是狗急跳牆，才會倉卒之間命人點火，借著火勢逃了出去，不然，定叫那個王八蛋把人頭也得留在這兒！」

「你說那黑乎乎的跟屎一樣的東西，威力怎麼就那麼大呢？」徐恆不住嘖嘖著。「竟然不怕水，還就撲不滅了。」

黑乎乎的？很容易著火，還不怕水？

陳毓愣了一下，聽著怎麼和上一世見識過的沙漠裡的黑油那麼像呢？記得那個沙漠小國裡的路全是那種黑乎乎的東西鋪的，效果卻是好得不得了。當時山寨裡路難走得緊，自己還想著，等有機會了也拿來鋪到山寨去，不知道好不好使？

按照徐恆所言，行宮裡的那種黑乎乎的東西，十之八九就是黑油呢。

「對了，我家大人想要見你，讓我問一下，你什麼時候有空？」說這句話時，徐恆的神情明顯有些忐忑。從進了鎮撫司，就知道自家老大是最不苟言笑的一個人，這回不知怎麼了，八卦得不得了，特別是有關自己跟陳毓認識的過程，更是不厭其煩的問個不停。

在聽說初次碰到陳毓是在他六歲，說到這小子那麼大點兒就鬼靈精得不得了，不但從拍花的手裡跑了出來，還坑了自己去救人，都尤其專注得緊。

雖然對兩人關係好奇，可事關老大，徐恆也不敢過分探詢，試探了半天，看陳毓滴水不漏，絲毫沒有幫自己解惑的意思，只得悻悻的離開。「別忘了明日去清香園茶樓。」

對徐恆的好奇心，陳毓只作不知。實在是對於李景浩和娘親的關係，陳毓眼下也不敢下斷言。

第三十二章　赴宴

第二日一早，陳毓就一個人去了清香園。

清香園茶樓，就是之前陳毓跟蹤鎮撫司侍衛而被追殺的那個茶樓。

「公子，樓上請。」還是上次那個店小二，瞧見陳毓，右眼皮就開始不住的跳。

小二名叫陳鐵柱，上次出了陳毓這個烏龍，不但徐恆挨了板子，這陳鐵柱更慘，到現在傷還沒好索利，走起路來，都是一拐一拐的。

只覺這陳毓也不是常人，窺伺鎮撫司還輕鬆逃跑，然後不過隔了幾天，又大搖大擺的以老大客人的身分重新回到茶樓來，看來這位陳公子也是個有大能為的。

再次來到上次那個房間外，陳毓神情不由一肅，有些說不出的緊張。

上一世曾隱隱對帶走姨母的人多方猜測，這一世也是千防萬防，畢竟上一世既可做出那般大手筆，對方身分必然不凡，豈料到人算不如天算，這世兩人還是遇著了。如果說上一世陳毓對這個神秘人更多的是感激，那這一世主要是防備。好在眼下姨母已是變成了娘親，陳毓的心終於稍稍放下來些。

憑他如何位高權重，總不能做出拆散自己一家的事來。

陳毓正醞釀著氣勢，想著待會兒談判時好歹不能在氣勢上弱於對方，房門忽然從裡面打開。但見胳膊上裹著繃帶，一臉鬍子拉碴、很有些憔悴的李景浩就站在門內，上上下下打量了陳毓幾眼。「站在門外做什麼，怎麼不進來？」

語氣十分溫和，甚而，陳毓還聽出了一點長輩的氣勢？

陳毓的性格是遇強則強，如果對方一上來就給自己來個下馬威的話，說不得陳毓還能更坦然些，未料想位高權重、自來被傳為閻羅一般的人物，親自來給自己開門不說，看向自己的眼神，更是和老爹平日裡看自己時出奇的像……

陳毓剛坐好，一杯茶也同時被送到面前。

李景浩並沒有叫其他人過來伺候，房間裡也就兩人罷了。李景浩這個鎮撫司指揮使親自給自己倒的茶，讓陳毓激靈了一下，忙雙手去接，卻被李景浩讓開。

「熱，別燙著。」說著又忽然蹙眉。「這是龍井，你可喝得慣？不然，讓他們上花茶……」

陳毓委實哭笑不得，不是催命閻羅嗎？忽然換了這種畫風真真讓人吃不消。

又隱隱覺得，或許也不是什麼壞事，畢竟，李景浩看起來對自己並沒有什麼敵意，甚而把自己當孩子看了。那是不是意味著，自己之前擔心這人會對自己或者家人不利的事不會發生了……

只這種感覺彆扭得緊，陳毓當下搖搖頭，護住茶杯。「不用那麼麻煩，龍井就好。」

看陳毓有些緊張，李景浩倒也沒有堅持換，摩挲著手裡的茶杯，片刻後終是忍不住道：

「你娘她……現在怎樣？」

雖然力持語氣平靜，聲調裡的顫抖卻是騙不了人。

按照李景浩的本意，本來是想要一刻也等不了的去看妹妹，可之前陳毓的反應他也瞧在眼裡，明顯對他誤會頗深。

而東泰攝政王的事和雲菲的生死也迫在眉睫，好在去得及時，不獨粉碎了吉正雄的陰謀，連帶的還順利救出了雲菲——他早就準備放雲菲離開了，剛好借這個機會讓雲菲詐死，也知道那凌錚和雲菲兩情相悅，如今成全二人，想必這會兒，兩人已逍遙於江湖之上了吧？

好容易那邊事了，又被皇上召進宮中，李景浩離開皇宮後，根本家都沒回就直接來了這茶樓，一直枯坐到現在。

李景浩不是不累，可腦子裡亂得很，一閉眼睛，眼前就是妹妹渾身是血、昏迷不醒的模樣，又唯恐驚嚇到韓家，也不敢硬闖……

「謝大人關心，我娘眼下已無大礙。」陳毓低頭瞧著眼前的茶杯，語氣依舊僵硬。

李景浩不說出他的目的到底是什麼，陳毓就一刻放不下心來。

這般全身戒備的樣子，令得李景浩眉心蹙起。如此態度，李景浩倒是在朝中其他同僚那裡經常見到，只是那些人如此，自在情理之中，陳毓這般，卻讓李景浩心裡不舒服得緊。

眼前這個，可是自己的外甥。

他想著自己是不是板著面孔，嚇著小孩子了？只是並沒有同這樣大的少年相處的經驗，李景浩努力調整自己的狀態，落在陳毓的眼裡，更加說不出的古怪。

看陳毓如坐針氈的模樣，李景浩語氣越發溫和。「你還不知道我是誰吧？你娘親，也就是靜文，是我的妹妹——」

「啊？」陳毓霍地抬頭，心裡鬆了一口氣的同時，更有些說不出來的滋味。

雖然種種跡象也讓陳毓認識到，李景浩會關心娘親，絕不是他上一世認定的男女之情，畢竟，娘親從大牢裡被抱出來時的樣子，是無論如何也稱不上美的。

還沒想好怎麼說，李景浩已經義正辭嚴的再次開口。「你應該叫我一聲舅舅的。」語氣極為殷切。

「李大人這樣說，眼下還有些為時過早吧。」陳毓卻只作聽不出來。

之所以從來沒有提過親人，是因為娘親以為她的親人已經全都不在了，現在驟然冒出來個哥哥，要是鬧出認錯的鬧劇，豈非要讓娘親傷心？

更何況陳毓還有心結，雖然對娘親出手的是柳玉函夫婦，可追根究底，還不是因為李景浩？柳玉函之所以敢這麼猖狂，中間未嘗不是仗了眼前這人的勢。

陳毓的態度，李景浩倒是不以為忤，甚而對眼前這個憑空多出來的外甥越發欣賞。畢竟自己的位置在這兒放著呢，陳清和雖是三品官員，可比起自己來，差得可不是一星半點兒。

若是其他人，有這樣的好事，可不得上趕著。而陳毓之前在牢中也好、眼下也罷，明顯是真的維護自己的娘親，李景浩甚至相信，當初陳毓說若靜文有個三長兩短，他就是死也要報仇，那話絕不是說來玩的。

文文有個好兒子呢，當然，自己也有個好外甥。

這般想著，李景浩想要聽一聲外甥喊舅舅的渴望無疑更加強烈，徑直取了個玉珮遞過去。

「這東西你可見過？」

這不是娘親的玉珮嗎？陳毓大吃一驚。「你什麼時候拿了我娘的玉珮？」

「你再瞧瞧。」李景浩嘴角笑意更濃，雖然已經確定了李靜文的身分，李景浩卻絲毫不介意讓兄妹關係更加鐵證如山。好像唯有那樣，才讓李景浩對找到妹妹有點真實感，確信眼前一切不是在作夢。

陳毓翻來覆去的瞧著，終於在中間發現一個小小的「浩」字。

「你娘的那塊，上面是個『文』字。」李景浩眼中滿滿的全是傷感。

這兩枚玉珮是妹妹出生時，爹爹請人一併雕琢的，離家的時候爹取了出來，分別佩帶在自己和妹妹身上。那時還以為爹娘想得太多了，自己又能離家多久？倒沒想到，卻是一別經年，再無相見之日，玉珮則成了兄妹相認的信物。

陳毓起身恭敬的把玉珮還給李景浩，仍舊沒說什麼。

雖是李景浩的身分已無可置疑，可到底要怎樣，也得等娘親拿了主意才成。沒道理娘親還沒認哥哥呢，自己這邊就上趕著叫舅舅的。

李景浩鬆了一口氣，這小子，終於信了？可眼巴巴的等了半天，依舊沒有等到那一聲舅舅來，他也不敢發脾氣。自己這個舅舅不同於尋常人的娘舅，想要讓小傢伙親近，並樹立做人舅舅的威嚴，怕是還有一段路好走。

他依舊語氣軟和的揀著關心的事問了些，尤其是和李靜文有關的，李景浩都聽得特別認真，還好幾次怕陳毓口乾，給他續茶。

李景浩年齡比之陳毓可要大得多，即便不是舅舅，一個陌生長者這般殷勤，陳毓也是一百個坐立不安。更何況李景浩的模樣還尤其淒慘，不獨眼裡布著血絲，更兼嘴唇都是乾裂的。

陳毓好歹覷了個空，起身告辭，李景浩明顯意猶未盡，只站起來時，身體晃了一下，陳毓下意識的伸手扶住。

李景浩只覺胸腔裡又酸又熱，用力握了下陳毓的手，又似是想起什麼。「成家要是敢難為你，告訴我。」

這世上沒有鎮撫司打聽不出來的事，不過一夜之間，陳毓和成家小七的糾葛李景浩就知道了個七七八八，不免有些不滿。他成家位高權重又怎樣，自己外甥這麼優秀的也是打著燈籠難找。成家真是敢難為他，自己這個當人娘舅的可是第一個不答應。

又探手從背後拉出好大一個包裹來。「這是本朝歷任狀元的科考文章，還有他們給來年參加科舉的家中後輩備考的題目，你拿去瞧瞧，看看可有所得？這段日子只管全力備考，有什麼難處也只管讓人通知我。」

李景浩第一次覺得這鎮撫司還真是有用，比方說手裡的這些東西，就是下面監察百官的錦衣衛蹲人房頂無聊時給弄過來的。之前全被他當成廢物扔到牆旮旯裡了，這會兒卻被連夜整理出來，寶貝似的捧到陳毓面前。

陳毓大窘，卻也只好接過，頂著李景浩滿眼的希冀落荒而逃。

只到了樓下時，憶起李景浩憔悴的模樣，終是不忍心，囑咐小二送碗粥並些糕點上去。

陳鐵柱懵懵懂懂的送上去，發現自家老大竟是歪在椅子上睡著了，忙要退出去，卻依舊驚動了李景浩。

見來人是陳鐵柱，李景浩神情明顯有些不悅。

陳鐵柱嚇得腿一軟，邊往外退邊應聲道：「大人恕罪，是陳公子讓我送來的，卑職以為陳公子是轉告大人之命——」

正不知所措間，那邊李景浩臉色已陰轉晴，臉上的笑意似是無論如何不能止住。「回來！我正好餓了，快端過來。」

因不知道李景浩愛吃什麼，就吩咐廚房的人每樣都裝了一些，這滿滿一托盤瞧著也委實可觀。陳鐵柱倒不覺得老大會吃多少，畢竟印象裡，曾經也上過一次糕點，只老大嫌太為甜膩，根本嚐都沒嚐就讓人端了出來。

眼下聽話的送了過來，也做好了再端回去的心理準備。哪想到李景浩先端起粥一飲而盡，然後又把托盤上所有的點心一掃而空。

陳鐵柱瞧著都替他覺得膩得慌……

李景浩心裡卻是得意得緊，外甥孝敬了自己好吃的，這麼多年了，還是第一次得到來自於家中晚輩的關心，李大人心裡這個激動、這個興奮喲！

對了，自己收了外甥的孝敬，倒是應該準備回禮呢。

他忙不迭派人回家送信，很快，流水一般的禮物再次送往韓府，還俱是成雙成對的。

陳秀問了後被告知，這些物事全是送來讓陳毓求親用的。

至於陳毓，揹了李景浩硬塞到懷裡的包袱轉身去了顏府，豪氣干雲的分了一半給剛從天牢裡放出來的顏天祺，正好顏子章因顏天祺的事也趕了回來，聽說這裡面全是狀元時文，還以為陳毓是吹大氣呢，待隨手一翻，登時就懵了。

這孩子還真不是吹牛，這些文章有的自己也見過，還有的尚且蓋著那些狀元公的小印。只是既得狀元，哪個不是傲得緊？毓兒這孩子全給弄了來不說，還這麼全乎。那些狀元公，什麼時候這麼大方了？

在小七的精心調理之下，李靜文的身體以非比尋常的速度好轉。

陳毓和小七兩人之間的關係也日漸親密，只是好景不長，發現李靜文已無大礙，成奕立馬掐斷了小七和韓家的聯繫，也不差這麼幾個月，無論如何不能落人口實。

習慣了靈秀慧黠的小七日日相伴，李靜文和陳秀一時間頗不習慣，兩人私下裡沒少咕噥著讓陳毓最好想法子快些把人給娶進門，卻也知道這是根本不可能的。畢竟小七那麼好的姑娘，確實值得最好的，更有成家顯赫的家世，陳毓若不春闈及第，還真就沒臉上門求親。

成家說是世代勛貴都是輕的，陳家的門第，即便陳毓高中，想把小七娶回家，那都是顯而易見的高攀。本就是下嫁，要是陳毓再連個功名都沒有，小七可真要被滿京城的貴家看笑話了，人心險惡，到時可不知道會傳出什麼閒話呢！

即便小七心裡對此毫不在意，成家父子卻不可能瞧著放在手心裡的寶貝受這樣的委屈。

也因此，押著陳毓好好讀書，便成了兩個女人做得最賣力的事。

陳秀因為身子漸重，精力有所不濟，可耐不住人家有個責任心奇重的老公啊，韓伯霖簡直拿出了自己科考時的毅力，愣是挑燈夜戰，給陳毓寫了一份最詳盡的備考計劃書。

至於計劃的有力執行者，自然就是李靜文了。

李靜文和李景浩已經兄妹相認，礙於李景浩的特殊身分，這件事除了兩家人心裡有數，對外即便是成家，也並不清楚到底是怎麼回事。之所以如此，主要是李景浩擔心自己仇人太多，之前李夫人可不就是在懷孕時被人暗算，以致失了骨肉不說，還再不能孕育孩兒。

自家親人只要自家疼便可，何須嚷嚷的滿天下人都知道？

李景浩可不想再一次見到渾身是血的妹妹或是這些如此艱難才尋到的親人遭殃，只私下裡直接把自己最頂尖的影衛撥給了李靜文。

有這些人看著，韓伯霖的計劃執行可行性簡直就是百分之百。陳毓別說偷懶，就是在如廁時多迷瞪會兒，都會有人準時彙報給李靜文。

除此之外，已經確認年後出任都察院左副都御史的顏子章閒來無事之下，就把培養子姪當作了自己的千秋大業。家裡的二兒子也就罷了，這一科基本上等同於陪太子讀書，湊數的可能性大。

反倒是好友之子陳毓，說是美玉良才一點兒也不為過。每每寫出的文章都能令顏子章眼前一亮，不獨文筆老練更兼形式華美，堪稱錦繡華章。顏子章不由得都會沈浸在陳毓詩文的境界中，每每誦完，尚且意猶未盡，糊自己兒子一臉之餘，往陳毓那裡也跑得更勤。

如此高密度、全方位的圍追堵截下，陳毓真是想不進步都難。

也虧得陳毓雖有少年的身子，卻沒有少年的心，不然，怕早就中二病發作、撂挑子不幹了。更不要說陳毓本身的經歷就是最大的作弊利器，上一世就有過目不忘的本領，這一世自幼修習功夫，讓這一本領比之上一世更是有過之而無不及。

兩世的修行加起來，說陳毓把四書五經掌握得滾瓜爛熟都不為過，韓伯霖也好、顏子章也罷，每每拿這方面的學問考校他，愣是沒揪出過陳毓一點兒過錯。

還是初次晉升娘舅的李景浩心疼陳毓，不時潛入陳家，關心完妹子後，就會把充沛得拋灑不完的長輩愛全傾注在陳毓身上，和陳毓一番拳來腳往之後，再把人拐帶出去放放風。讓陳毓淚流滿面的充分體會到，原來有了娘舅的人就是不一樣。可是娘舅，求憐愛即可，不要拳腳相加啊！

充實的日子總是過得飛快，二月初六，韓伯霖喜得貴子，陳毓也榮升為一個再可愛不過的小胖子的娘舅。

只小胖子的到來也沒能讓陳毓擺脫之前的困境，好在苦日子總有到頭的一天，二月二十六，陳毓春闈的日子終於到了。

和其他舉子的提心吊膽不同，這些日子飽受摧殘的陳毓，滿懷著「終於解脫了」、「從此之後再不用被那麼一群人以愛為名卻行盡欺凌之事了」等諸般念頭，喜極而泣的大步入考場。

滿眼淚花撲向考舍的俊美少年也令得主考官大為感動，都說人心向學，此言善矣。瞧瞧方才那少年，有機會下場，激動得哭成什麼樣了。

所謂厚積薄發，三場考試下來，陳毓只覺得比之鄉試還要順手。至於說能不能考中就不在自己考慮中了，盡人事聽天命，自己已經盡力了，反正舅舅大人已經拍著胸脯保證過了，無論如何，就是搶，也會幫著自己把媳婦娶進門。

就只是這般密集訓練太累人，考試期間又下了幾場雨，等出得考場，暈倒的舉子可不是一個、兩個，陳毓這樣自詡鋼筋鐵骨的，回家後也是倒頭就睡，這一覺足足睡了三天三夜，把李靜文給嚇得不輕。

小七不好意思親至，只能連哄帶嚇，好歹請得大師兄蘇別鶴親自出馬。

蘇別鶴到了時還以為是出了什麼人命大事呢，待診了脈，氣得鬍子都翹起來了。小師妹果然欠揍，情郎睡個覺還逼著自己堂堂院判巴巴跑來診脈。

陳毓打著呵欠送走蘇別鶴，李靜文也收拾好行裝要出門了。

今兒可是百花節，太子妃親自在京城東苑主辦百花宴，遍邀京城貴女出席。

以太子妃身分之尊貴，這樣的請柬自然千金難求，李靜文無論如何也想不到，自己也收了一張。畢竟，李靜文伯夫人的稱號說起來也算是個人物，可也得分擱哪兒，就權貴雲集的京城而言，真是太稀鬆平常了。

李靜文明白自己會收到這份請柬，十之八九和兒子有關。畢竟，小七可是太子妃的親妹子，這會兒春闈已畢，說不得成、陳兩家聯姻的事很快就將提上日程，太子妃怕是還想最後幫著妹子相看一番婆家人。存了這個念頭，李靜文有些惴惴。

「娘親莫要擔心。」陳毓睏得眼睛都要睜不開了，一邊扶了李靜文上車，一邊安慰道：「太子妃這些日子心情應該正好，而且聽小七說，她姊姊也是極明理的人，必不會特特難為娘親。」

更何況自己那同樣護短的舅母也要去，總不會看著娘親被人欺負。

李靜文卻是頗不以為然。再明理又如何？也得分在什麼事上。就比如自己，也是明理的，可當初還不是對女婿一家百般挑剔？不過，毓哥兒說的太子妃心情好是怎麼回事？

「太子妃就要當娘了，自然心情好。」睡夢中被人叫醒，陳毓完全依著本能寬慰李靜文。記得不錯的話，上一世這一年，太子殿下在庶長女、次女之後，終於得了個嫡子，當真是普天同慶，算算時間，這個時候可不應該已經有喜信了？

李靜文不疑有他，想著八成是小七悄悄派人傳遞的消息。太子妃既有了身孕，那可是四年來第一次有了喜信，果然是合該開心的大喜事，而且有孕的女人都特別心軟，看來方才分明就是自己嚇自己了？

如此一想，李靜文心情果然鬆快多了。

至於陳毓，則迷迷瞪瞪的由管家攙著又送回床上繼續睡了，只挨著床上時，陳毓模模糊糊意識到，自己好像說了什麼了不得的大事，但腦子裡一片漿糊，根本還沒想起來呢，就又墜入黑甜夢鄉中睡沈實了。

世上萬物，但凡沾上「皇家」二字，就會憑空多上千條瑞氣。更不要說這百花節雖是年年都有，東苑卻是三年才開放一次，再加上由太子妃親手書寫的請柬，都為此次百花節綴上了一層高貴氣息，京中但凡有些身分的人家，無不為能得到這樣一份請柬為榮。

瞧著那前不見頭、後不見尾的蜿蜒長龍，李靜文一時只覺得眼都是花的。再瞧瞧前前後後的或馬車或轎子，那叫一個威風、那叫一個豪華，甚而一部分車子上還打造有各樣的花紋。

「那是雲家的族徽。」侍女小茹看李靜文面露不解，忙低聲幫著解釋。

小茹是李景浩特意送過來的侍女，不獨熟識京城風物，更武藝高強。這次李靜文到東苑赴宴，自然就帶上了她。

至於這些花紋，李靜文不清楚，小茹卻明白，正是獨屬於那些底蘊深厚的世家的族徽。這些世家都在大周朝至少屹立了上百年之久，說是根深葉茂也不為過。

李靜文的神情頓時顯出些敬畏來。

「夫人也不須擔心。」小茹忙低聲寬慰。「那些世家雖頗有些底氣，可家中後輩卻是不爭氣的居多，甚至有些，也就是個空架子罷了。」

小茹這話倒是大實話，世家裡頗有一些人家是吃老本，儘管外在光鮮，內裡日子卻是過得捉襟見肘。

就比方說剛才那雲家，雖托著侯府的名頭，家中境況靡亂得緊，吃喝嫖賭甚至扒灰，真是不一而足，後輩子弟又不爭氣，最大的也就做個五品郎中罷了，是典型吃老本家族。

偏是雲家老夫人還自視甚高，一心想給自己幾個兒子娶個家世好又嫁妝豐厚的，這次來不知是又瞄準了哪家姑娘。

和這樣的人家相比，陳家這樣的伯府也算得上是新貴了。

陳清和年紀輕輕已是做到了三品大員，更因為之前的亮眼表現而簡在帝心。至於家產之豐厚，以小茹的觀察力，一眼就瞧出這伯府裡還真是不差錢。若然公子真能春闈高中，陳家父子同在朝為官，望族的氣勢也就出來了。

小茹這番說辭，令得李靜文的心終於安穩了些，剛要開口問話，馬車猛地往旁邊一帶，若非小茹反應快，一把扶住李靜文的腰，怕不整個人都得栽出去。

那車夫也嚇得夠嗆，也不管橫在路中間的車了，忙不迭從車轅位置上下來，不住抹汗。

「夫人、夫人──」

「我無事。」李靜文明顯受了驚嚇，臉色有些蒼白。剛要問車夫怎麼回事，又一陣馬車停靠聲音響起，李靜文探頭去瞧，可不正是之前說過的那輛雲家的馬車？

而雲家馬車的側後方，還有一輛垂著紫色珠簾豪華大氣的馬車也側停在那裡。

李靜文還來不及開口，雲家馬車車門已然打開，一個渾身綺羅的五十餘歲婦人從車上跳下，看也沒看陳家的馬車，忙不迭的朝著那輛豪華馬車跑了過去。「哎呀，這可怎麼得了，潘小姐可有礙？都是那些子不長眼的，竟然連小姐的路也敢擋著。」

口中說著，轉身對陳家的馬車怒聲道：「這是哪家的女眷，怎麼如此不懂規矩？東苑門外也敢橫衝直撞，真真沒規矩至極！還不快下來跟潘小姐賠罪？」

李靜文頓時有些無措，自己本來在前面好好走著，從三輛車停的情形也能看出，若非雲家馬車突然往自己這個方向插過來，又怎麼會有此亂局？怎麼這雲老夫人不自己反省，反而斥責自己？

雲老夫人汪氏這會兒也憤怒得緊。

雲侯府一日日敗落，家中男人不爭氣，雲老夫人作為一家子的老祖宗，雖名為侯夫人，在世家圈子裡地位卻不高。好在前不久的一次宴席中，給她巴上了潘家夫人。

潘家和成家一般都是大周朝最頂尖的世家，家族之鼎盛絕非雲家這樣行將敗落的家族可比。不說潘家老爺子眼下乃是文官之首加封太師，食雙俸，潘家一眾女兒也讓人眼饞得緊。如今後宮裡獨掌大權的可不正是潘貴妃？

也因此，潘家馬車雖是本來在後面，可這一路行來，那些有眼色的人家紛紛讓路，雲老夫人汪氏不但讓路，還想乘機跟在潘家的馬車後面，也好向其他人家展示一下雲家和潘家的親密關係。哪料想旁邊那聽都沒聽說過的忠義伯府的馬車竟如此不識好歹，不但沒避讓路邊，反倒逼得雲家馬車停了下來，甚而連累了潘家人。

潘家可是尊大佛，汪氏供著還來不及，哪裡肯有一絲一毫的得罪？

當下只把所有罪責都推到旁邊這輛很是眼生的馬車上，再怎麼說，也就是家伯府罷了，別說跟潘家比，就是跟自家比，可也差了十萬八千里不止。

看汪氏這般氣勢洶洶的模樣，又知道對方是侯夫人，李靜文無奈，只得下了馬車，小茹也跟著跳下。

瞧見李靜文從馬車上下來，汪氏轉過身來，一張臉冷冰冰的板著，無比倨傲的俯視著李靜文，一副等著李靜文低頭賠罪的模樣。

這麼年輕的女子，一瞧就是沒見過什麼世面的！

李靜文果然有些緊張，卻聽得小茹輕輕道：「夫人您瞧，她的衣服。」

李靜文應聲看去，汪氏身上穿的可不正是自家織坊的絲綢？只汪氏身上穿的，雖也是當季新款，卻是織坊裡出了點小差錯的那一批，比方說袖口處的雲紋粗細方面就有些微的差別。當然，不仔細看是看不出來的。

果然如小茹說的，雲家就是個空架子罷了，李靜文心裡的惶恐果然少了些。

李靜文的神情也落在汪氏眼裡，汪氏下意識的就想縮起袖子，再瞧瞧李靜文身上的穿著打扮，品級雖沒有自己高，所穿所戴卻無一不是精品，不由又是嫉妒又是憤恨。

「怎麼？老身還說錯了妳不成？東苑門外也敢橫衝直撞，可真是吃了熊心豹膽，真真一點兒教養也無！」

一番話說得李靜文臉色有些不好看，便是小茹也不由瞪大了眼睛，不可思議的望向了汪氏。

這女人還真不怕禍從口出，畢竟，方才那番話可是把自家老大也給罵進去了。

汪氏卻並不覺得自己說得有多過分，畢竟，陳家的名號過去可是從未聽說過，伯夫人這樣的級別，在以侯夫人自居的汪氏眼裡也就跟自家奴僕沒什麼兩樣。看李靜文不說話，當下一皺眉道：「若非妳不懂規矩，怎麼會令得潘家馬車受阻。果然是沒見過什麼世面的，還愣著做什麼？還不快過來給潘夫人賠罪！」

滿以為對方定會嚇得什麼似的，孰料李靜文蹙了蹙眉頭緩聲道：「老夫人怕是弄錯了吧？您老瞧一下自己的馬車，想是人太多了，您的馬兒受了驚嚇，才會有此碰撞。」

雖然心裡對汪氏方才的語氣厭煩之極，李靜文也不欲惹事，只委婉指出是對方的責任。「既然老夫人無事，不然咱們還是各自上車，這樣堵著後面的車，怕是有失體統。」

汪氏簡直以為自己耳朵幻聽了，眼前這女人是真傻還是假傻？不應該小心翼翼的爬過來賠罪嗎？怎麼還敢同自己講起理來了？

說句不好聽的，地位對等的人才有理可講，至於地位不對等的，當然身分尊貴的無論說什麼都是對的了，頓時怒極。「妳是沒長耳朵嗎？我是說——」

話卻被一個清冷的聲音打斷。「我道是誰呢，原來是雲夫人，還真是好大的威風。」

「什麼威風？」汪氏回頭怒斥，看清了對方的容貌後，像是被人掐住了喉嚨，後面訓斥的話再也說不出口。怎麼竟是她——

鎮撫司指揮使李景浩的夫人杜氏。

杜氏的品級更在自己之上，更要命的是她家老爺李景浩可是個催命閻羅，真是惹了她，家裡以後怕就別想安生了！汪氏不明白，杜氏怎麼會跑過來的，還一副對她很是不滿的樣子？

杜氏卻是長出了一口氣。

杜氏的馬車本來在後面，只是和潘家馬車人人敬畏巴結不同，杜氏的馬車是人人避之唯恐不及，這也使得杜氏一路暢通無阻，正巧趕上汪氏發威。

杜氏先瞧了眼李靜文，看小姑子的模樣沒受太多委屈，心終於放下了些，轉向吶吶著不知該怎麼跟自己搭訕的汪氏，根本沒有給她開口的餘地。「皇家園林之外，這般橫衝直撞，成何體統？還不讓妳的馬車退開？這般攔著路，是存心要攪鬧了這次百花節嗎？」

一番話和方才汪氏所說一般無二，只李靜文尚敢辯解，汪氏卻嚇得一句話也不敢說，只得倉皇的往後退，哪知屋漏偏逢連夜雨，膝蓋處卻不知為何突然一麻，一個收勢不住，跌坐在地上，眼睜睜的瞧著李靜文上了馬車，杜氏的馬車緊跟在後面，朝著東苑揚長而去。

「太子妃的性子瞧著倒是個沈靜的，並不是那等容不得人的，而且既要做親家，怎麼也不會特特為難妳才是。」

下了馬車，瞧見李靜文神情中明顯有些緊張，杜氏忙笑著低聲勸解。

「嗯。方才多虧嫂子……」

李靜文本就生得好看，今兒個特特精心打扮過，又是個生面孔，這麼一路走來，頗是引起了一些人的好奇，只是瞧見和她離得極近的杜氏，所有人便打消了好奇念頭。

正說著話呢，李靜文忽然站住腳，往身後瞧了一眼，小茹順著李靜文的視線瞧去，作勢去攙李靜文，小聲提醒道：「後面這些人，正是潘家人。」

「潘家人？」李靜文怔了一下，微微點了點頭，狐疑的眼神只在站在潘家人最後面的那個粉衫清秀小姐身上停頓片刻。

還以為是錯覺，可這女子眼神的躲閃明明顯證明，自己方才的感覺是對的，對方方才確然一直盯著自己看。只女子的面容，自己從未見過，這女子緣何一直盯著自己？

百思不得其解之下，李靜文也不好開口詢問。

餘光瞟過李靜文遠去的身影，粉衫女子再次抬起頭來，神情複雜。

還以為離開臨河縣，這一生都不會再見到陳家的人，沒想到竟然在這東苑碰了個正著。

「昭表姊、昭表姊，李昭！」一個不悅的聲音忽然在耳旁響起。

粉衫女子終於回神，有些巴結的對旁邊的黃衫女子笑了一笑。「怎麼了，芳妹妹？」

聽李昭叫得親熱，黃衫女子眼中閃過些嫌棄來，語氣也有些不耐。「這裡可是東苑，容不得半點行差踏錯，妳那般盯著那個女人瞧做什麼？一個伯夫人罷了，也值當得把妳稀罕成這樣？早就說不讓妳跟過來，偏要厚著臉皮去求我爹……」

黃衫女子名叫阮玉芳，正是阮筠的女兒。至於這名叫李昭的女子，自然就是陳毓的前未婚妻、李運豐的女兒了。

「表妹莫要生氣，也就是看到了個故人。」看阮玉芳變臉，李昭心裡不是一般的發堵，卻也無可奈何。之前爹娘用盡種種手段，才使得自己如願以償和表哥阮玉海定親，哪知前些時日卻出了件意外，爹爹幫舅父謀劃的都察院左副都御史職位成了空，舅父也就罷了，舅母對自家人就有了心結，連帶的自己在舅家人心目中的地位也是一落千丈。

至於本就眼裡只有她那些潘家表姊的未來小姑子阮玉芳，更是正眼都不肯瞧自己了。

李昭心裡鬱悶不已，更對瞧著明顯就是春風得意的李靜文厭憎得不行。

自家的楣運，可不就是從跟陳家對上開始？當年若非陳家橫插一槓，這會兒被封了伯爺的怕就是自己父親了，自己也就是堂堂伯爺府的嫡小姐，身分比之阮玉芳可還要尊貴，哪裡需要受這些窩囊氣？

這般想著，又厭惡的瞧了一眼李靜文，卻意外的發現，李靜文的身邊多了個明麗如畫的少女。而隨著那少女出現，本被人簇擁著走在最中間的潘家小姐潘雅雲腳步頓了一下。

別人不認得，潘雅雲卻是見過，這少女不是別人，正是英國公府最小的女兒、太子妃的妹妹成安蓉。

因著潘、成兩家地位相當，外人也就難免會把兩家的子女相互比較。論起男丁來，自然是國公府的成弈搶眼，可比起女兒來，誰不誇潘家女更加儀態萬千？

卻不想當日太子選妃，恰逢成家平定鐵翼族的喜訊傳來，潘家卻有些把柄被人抓住，以致自己二姊潘美雲眼睜睜的瞧著本是勝券在握的太子妃位置被成浣浣搶走，而二姊只能退居側妃之位。

現在成家和潘家尚未嫁人的嫡小姐，也就各剩下一個罷了，潘家是潘雅雲，成家則是成安蓉，會被人拿來比較自然也在情理之中。

因著成安蓉的緣故，連帶的對跟成安蓉並排而行的婦人也有些好奇，潘雅雲指了一下李靜文小聲道：「妳們可有人曉得那女人的來歷？」

倒也有人注意到方才來的路上起了衝突的那一幕。「這女人不就是之前那個擋了咱們路的什麼伯夫人嗎？」

阮玉芳一心想要討好潘雅雲，當下不懷好意的推了李昭一下。「表姊，那個女人妳不是認識嗎？」

方才李昭可是說得清楚，那所謂的伯夫人，是她的故人。

一句話說得李昭頓時弄了個大紅臉，要怎麼說那女人差點兒成了自己的婆母？

見潘雅雲拿眼瞧了過來，這還是這位高貴的潘小姐第一次正眼瞧自己，李昭頓時受寵若驚。「不瞞小姐，那女人我確然認識，叫李靜文，乃是商家出身，最是愛財如命……」

「商家女出身的伯夫人，還愛財如命？」潘雅雲聽得好險沒笑出聲來，成安蓉腦袋被驢踢了吧？竟會和個伯夫人——還是出身卑賤的伯夫人——相談甚歡？轉念一想卻旋即明白過來。

成安蓉平日裡說是足不出戶也不為過，又能認識什麼上得了檯面的人？

一想到外人竟然把自己和這樣的成安蓉相提並論，潘雅雲憋屈無比之餘又有些揚眉吐氣，連帶的瞧著李昭也頗為順眼。「妳就是芳兒的那個表姊？叫什麼名字？」

「不敢勞小姐動問，小姐叫我阿昭便好。」李昭說著，乖巧的走到潘雅雲身邊。

阮玉芳翻了翻白眼，自己這個表姊，還真是個心眼多的，真會借竿子往上爬。

聽說娘家人到了，太子側妃潘美雲也迎了出來。

相較於潘雅雲的清麗，潘美雲無疑是個明豔至極的超級大美人。

剛傳出懷孕的喜訊，肚子應該不顯，潘美雲卻穿著寬鬆無比的衣袍，明顯是向所有來東苑的女賓宣告，她這會兒懷有身孕。

「哎呀，好娘娘哎，怎麼這就跑出來了？天還有些涼，仔細可不要受了涼才好。」不待潘美雲走過來，潘夫人已忙忙的跑過去，小心的扶住女兒，看著潘美雲的肚腹處又是得意又是驕傲，更是不停殷殷叮囑。「今兒雖是百花節，妳可也不能累著自己……」

真要生出個男孩來，可是太子的第一個兒子，也是皇上的第一個男孫，意義自然非比尋常。

「娘放心，」潘美雲心情極好的抱住潘夫人一隻胳膊，剛要說話，正好瞧見太子妃成浣浣正匆匆朝這裡走來，當下道：「太子妃最疼我了，自從我有孕，太子妃比我還高興呢，每日裡湯湯水水的供養著，唯恐我受什麼委屈，哪裡會累著我？」

成浣浣走過來，正好聽見潘美雲這番話。成家人普遍身高較高，成浣浣也不例外，倒是長相再雅致不過，但許是事務繁多，成浣浣臉色明顯有些憔悴。「原來是潘夫人到了。快請裡面坐。」

說著，親自陪了眾人來至前面一處花海旁。

那裡正盛開著各色花卉，花枝招展、香氣氤氳，簡直和仙境一般。又因這裡便是賞花的主會場，早有下人在花海旁綠蔭下隨著曲廊走勢擺了眾多桌椅，上面放置有點心和茶水，以備大家走累了小憩。

對太子妃的禮遇，潘夫人嘴裡雖是說著感謝的話，內心卻是暗爽。老天有眼，讓自己女兒連番兩次懷孕，反倒是太子妃，嫁與太子四年，卻生生就是個不下蛋的雞。

再是身分高貴，沒有兒女傍身始終是抬不起頭的。沒瞧見太子妃的臉色，相較於女兒的紅潤，即便拿厚厚的粉遮了，依舊透出幾分憔悴的蒼白來。

因著太子妃和潘家人的到來，原本三三兩兩坐在這裡的女眷紛紛起身上前拜見，神情裡有敬畏也有羨慕。

李靜文也在人群中，看見太子妃的模樣，不由擔心，來時兒子可是說過，太子妃也是有了身孕的，這麼東奔西跑的操勞，可怎麼是好？

她又瞧瞧旁邊的小七。

小七不是懂醫術嗎？瞧見姊姊這樣勞累，怎麼也不知道勸勸？

「哎呀，臣妾有些累了呢。」那邊潘美雲的聲音再次響起，甚而還有些不舒服的撫了撫胸口。

「怎麼了？」成浣浣咬了咬牙，強撐著道。

這兩天也不知怎麼了，老是提不起精神來，倦怠得緊，總覺得疲累，連飯都不想吃。本來今兒個就是太醫院請平安脈的日子，成浣浣卻不想落人口實。

太子府眼下也就自己和潘美雲兩個主事的罷了，潘美雲有了身孕已是盡人皆知，要是自己也躺倒，外人定要說是自己心存嫉妒才故意裝病。編排自己也就罷了，連帶的太子跟娘家怕都逃不過。為了避免不必要的口舌，成浣浣索性令太醫院改日再來請脈。

潘美雲心裡雖頗為享受成浣浣的反應，面上卻是不顯。「無事，今兒個事情多，妹妹幫不上忙也就罷了，怎麼能再讓太子妃操心？太子妃不用管我，我歇一下便好。」

潘夫人的臉色就有些沈下來，瞧向潘美雲的大丫鬟香凝。「側妃娘娘今兒早上用了什麼？」

那香凝嚇得「撲通」一聲跪倒在地。「夫人恕罪。娘娘今兒早上胃口不好，就用了點粥，對了還有碗雞湯，只那雞湯許是太油膩了，側妃娘娘吃了一口就吐了——」

一句話未完，成浣浣臉一白，忽然頭一歪，止不住嘔了一口。

潘夫人聲音戛然而止，臉上已有些怒容，半晌卻冷哼一聲。「太子妃這是何意？若是老身話裡有什麼冒犯之處，還請太子妃明白指出便是，不須如此令人難堪。」言辭咄咄逼人。

成浣浣臉色越發不好，那邊小七和李靜文看情形不對，也忙快步上前，一邊一個扶住成浣浣。

李靜文並不認得潘夫人是誰，只覺這滿身珠翠的夫人也未免太囂張了些。當下邊小心的扶成浣浣坐了邊道：「太子妃娘娘快坐下歇會兒，這懷了孕的人啊，最是精力不足。您身子又矜貴，我瞧著怕是胃口也不好，可不好再累著了。」

一句話出口，場中氣氛一下變得沈悶而又緊張，甚而有那腦子靈活的，已經開始不動聲色的往外退。

於京城權貴人家的後宅而言，太子妃的不孕根本就是眾所周知的事實。說句不好聽的，有關太子妃的受孕問題，乃是太子府甚而大周朝皇室、包括上流階層聚會時，所有人談話時最大的禁忌。

背後再怎麼議論紛紛，可憑著成家的威勢，加上太子一直表現得對成浣浣情深意重，從沒有一個人敢正面同和太子妃有關的人說起這個話題，即便得意如潘家，也只敢暗爽罷了。

不料今兒個也算開了眼界，竟然有一個從未見過的陌生面孔和太子妃說起這個問題，更可笑的是對方話裡的意思，分明是以為太子妃有了身孕。

真懷孕了還好，只是可能嗎？

這女人一定是想巴上太子妃想瘋了吧？可即便再如何想攀上太子妃這條金大腿，這樣的事也是可以隨隨便便拿出來拍馬屁的嗎？如此言語分明是戳人心窩子還差不多。太子妃就是再大氣，也定然受不了被人當眾這麼嘲諷，心裡不定怎樣恨毒了這個突然冒出來的女人呢！

便是旁邊的杜氏，也擔心小姑子這回魯莽了，說不得真會讓太子妃翻臉。不由上前一步，想著真是有個什麼事，自己好歹也要護住小姑子才是。

至於其他人，一面想留下來看笑話，一面又怕被暴怒的太子妃給殃及到，心裡當真是矛盾得緊。

唯有雲老夫人汪氏想法不同。

汪氏這回來，可不是單單為了一個百花節，而是受了旁人指點，衝著成家小女兒成安蓉而來。

雲家第五子，也是汪氏最疼愛的幼子雲清，前些日子剛蒙恩蔭得了個御前三等侍衛的缺。雲清長得也算俊俏，嘴巴也甜，汪氏從小便疼得什麼似的，現在又做了御前侍衛，汪氏心裡想便是尚主也未嘗不可。好在她還沒完全昏了頭，明白以侯府眼下的境遇，怕是不可能有那般好事。

只是即便不是公主，怎麼也得是名門閨秀。除此之外，還得嫁妝豐厚……

正滿京城裡尋找合適的人選，可巧，就從潘夫人嘴裡聽到了成安蓉這個名字。

成安蓉的家世讓汪氏滿意至極，可和名滿京都的成家大小姐相比，成安蓉無疑太過平凡了，貌也好、才也好，俱皆不顯，尤其是病懨懨的身子……

只成家那樣顯赫的家世，又是汪氏無比渴望的，再加上可以預期成安蓉豐厚無比的嫁妝，雲家必能擺脫眼前入不敷出的窘境，自己這有名無實的侯夫人憋屈了這麼多年，終於能揚眉吐氣了。

因此方才一進苑中，汪氏就開始不著痕跡的打聽成安蓉的去向，待瞧見成安蓉的模樣，頓時心花怒放。還以為那成小姐如何不堪呢，哪裡想到是一個脫俗的小美人兒。

又想著京城中既有那般傳言，必然不是空穴來風，難不成是身有暗疾？再聯想到至今不孕的太子妃身上，不免擔憂。但汪氏很快釋然，到時候只管讓兒子多納幾房妾室，照樣可以多子多孫，何況若不能生養，不是更好拿捏？省得她自恃公府小姐的身分在自己面前擺譜。

這般一想，不由越看越滿意。

正想著怎麼找個機會上前攀談，並在太子妃娘娘面前亮個相，可巧機會就來了。更讓汪氏喜出望外的是，那個犯了太子妃忌諱的不是旁人，正是方才路上弄得自己顏面掃地的那個伯夫人李氏。

「真是不知所謂。太子妃娘娘身體貴重，豈是妳一個小小的伯夫人可以隨便議論的？這般沒規矩的人，也不知用了什麼手段、走了什麼人的門路，竟然就給妳混到了東苑來?!」

這句話把之前護著李靜文的杜氏也給拐了進去。

汪氏口中說著，又諂笑著想要擠開李靜文去扶成浣浣。「太子妃娘娘身子矜貴，可莫要為個上不得檯面的人氣壞了身子。太子妃也莫要太過慈和，省得那些臉皮厚的蹬鼻子上臉，叫老身說，不如現在就把人趕出去。」

只要李氏這會兒被東宮侍衛叉出去，自己保證這李氏定然會就此成為整個大周朝的笑話，更會從此被上流社會列為拒絕往來戶。

「妳做什麼?站遠些！」哪知還沒來到太子妃身側，就被人冷聲喝止。

汪氏吃了一嚇，臉上的笑容隨即僵住。喝止她的人不是別人，正是方才還心心念念的準兒媳婦成安蓉。

小七厭惡的瞧了汪氏一眼，又對李靜文投了個安撫性的眼色。這才轉向自家大姊，臉上神情慎重無比。

雖然是親姊妹，可成浣浣畢竟身分特殊，兩姊妹也有數月未見了。第一眼瞧見成浣浣的憔悴模樣，小七只覺得心疼，想著是太子宮裡太過辛苦所致。

之前因為服用各種藥物調理的緣故，成浣浣也曾出現過類似懷孕的症狀，第一次還曾欣喜若狂，可等御醫來了後，發現根本就是一場空歡喜，第二天還不得不強顏歡笑，直面各種「關心」。那之後，再出現身體不適，成浣浣都會第一時間派人去叫自家妹子。

小七醫術高明這件事，成浣浣自然明白。看小七這會兒的臉色，便是大氣如成浣浣，這會兒一顆心也「撲通通」急劇的跳了起來。

之前小七都是診一下脈便能得出結果，可從方才那位陳夫人話出口，到這會兒為止這麼長時間了，小七卻始終一副如臨大敵的模樣。難不成，真有可能是喜信？

一旦心裡升起這個希冀，無論如何也壓不下去了，若非李靜文在旁攙扶，成浣浣簡直覺得自己連坐都坐不住了。

察覺到成浣浣的緊張情緒，小七不動聲色的在成浣浣身上幾個穴道按壓了幾下，覺得成浣浣應該可以承受即將到來的喜訊後，這才輕輕點了點頭。

成浣浣眼睛裡蓄滿了淚水，一下用力抓住李靜文的手，神情中滿是感激，甚而有些語無倫次。「陳夫人，謝謝——」

成浣浣這句話再真心實意不過。

一定是上天不願看自己受苦，才會派陳夫人這麼個好人給自己送來喜訊吧？自己的身體自己知道，一直都是強撐著罷了，真是這麼勞累一整天，真不敢想像會發生什麼事，單就這一點而言，陳夫人就是自己的恩人啊！

成浣浣當下再不敢亂動，倒是小七趕緊著人回太子府去抬一頂軟轎來，又令那些丫鬟讓人群散開。這麼多人圍著，姊姊定然更不舒服。

正忙亂間，就聽見外面有人道：「快讓開、快讓開，太醫來了！」

成浣浣小心的背過去拭了拭淚，這才轉身瞧去，心下奇怪，她並沒有派人去請御醫啊？

正自疑惑，潘夫人已然上前，似笑非笑的瞧著成浣浣道：「側妃娘娘方才身體不適，這才剛差人請了御醫來，倒沒料到，太子妃娘娘身體也有貴恙。」

方才小七如臨大敵的模樣，明顯落入了潘夫人眼裡。成、潘兩家宿怨已久，尤其在認定了成浣浣奪去本該屬於潘美雲的太子妃位置後，潘夫人覺得成浣浣怎麼倒楣都解不了心頭恨意。最好成浣浣犯了大錯，丟掉太子妃的位置才好，卻也知道除非成家倒了，否則這希望太過渺茫。

可只要有讓太子妃痛苦的機會，她還是絕不會放過的。

沒瞧見方才成浣浣激動的模樣？還有她身邊的人，竟然也真信了，要是御醫當著所有人的面告訴大家，太子妃不過又是一場空歡喜罷了，還不得把她給羞死？

「也好。」成浣浣如何看不透潘夫人想些什麼，點了點頭。

小七可是太醫院院判蘇別鶴的師妹，便是蘇別鶴本人都說過，論起婦科他猶在小妹之下。既然小妹如此說，那自己當然是真的懷孕了。潘夫人既然想要分享自己的喜悅，那就成全她。

那御醫也終於從讓開的人群中走了過來，卻出了一頭的冷汗，心裡更是暗暗叫苦。都是老人精，御醫可不信潘夫人會有這麼好心！明明之前說是讓自己來瞧側妃娘娘的，怎麼到頭來卻成了替太子妃娘娘診脈？

再結合方才聽到的隻言半語，已然明白，竟是有關太子妃的孕事。

這可是大忌諱啊！真有了喜訊還好說，若然不是，自己這個御醫說不好就當到頭了。

他哆哆嗦嗦的上前，剛要伸手探脈，一陣馬匹嘶鳴聲忽然響起，眾人回頭，都是一驚，只見太子周杲正大踏步而來，當下除了那些命婦依舊原地行禮外，各府小姐慌忙閃避一旁。

周杲看都不看她們一眼，只管喜氣盈盈的瞧著成浣浣。

周杲年幼時體弱，一直跟著成父習武，和成浣浣可算得上是青梅竹馬。自成親以來，夫妻倆也是琴瑟和諧、感情甚篤。從剛成親時，周杲就滿心盼望著成浣浣能生下兩人的孩子來，卻不想這一等就是四年之久。

方才本來正在太子府議事，卻聽說太子妃派人回府中速速抬一頂軟轎過去。周杲有些疑惑，就多問了一句，才被下人報之，太子妃有喜了。

周杲當時第一反應也是一點兒不信，但聽說小姨子也在，而且安排人回來抬轎子的就是小姨子，周杲「騰」的一下就站了起來，直接拐回頭去告訴裡面的東宮臣屬，議事到此結束。

本來那些僚屬還有些不樂意，待聽說竟是太子妃有喜了，連總黑著一張臉的太傅都樂得合不攏嘴，直說相較於正在討論的事務而言，自然是太子妃有喜的事更重要了。

太子可是一國儲君，子嗣若是不旺，可會直接影響到屁股下的位置坐不坐得穩。

看到周杲也來了，潘美雲臉色有些難看。自己有孕時，太子可沒有這麼隆重，也就只派人賜下賞賜罷了，甚而先去安慰了成涴涴，然後才到了自己房裡。這會兒不過道聽塗說，竟然就巴巴的趕了來。

旁邊的潘夫人捏了捏她手，眼中甚而閃過些笑意。

太子能來，實在是意外之喜。沒料到太子妃的人那般能鬧騰，沒有確切消息前就敢報給太子殿下，待得御醫的結果出來，知道太子妃並沒有懷孕，太子折了面子，要處罰的可不但是那些下人，說不好對太子妃也會厭棄。

潘美雲也想通了這一點，亦步亦趨的跟在太子身後，就等著欣賞即將到來的精彩時刻。

太子已然來到成涴涴身邊坐下，這才示意御醫上前。

「太子妃娘娘，請。」御醫試探性的探出手，驚「咦」了一聲，下一刻坐直身子，更加聚精會神。

方才已經在小七那裡得了準信，成涴涴只和太子一起一眨不眨的盯著御醫。

御醫的冷汗唰的就下來了，先探出一隻手探查片刻，擦擦汗，又再次伸出手……

如此三番，終於翻身跪倒在地。「恭喜太子殿下、恭喜太子妃娘娘。雖然脈象尚不明顯，可確然是有喜無疑。」

「真的？」太子剛坐下又猛地站了起來，成浣浣即便已經心裡有了底，依舊再次淚盈於睫。

「太子妃小心！」御醫嚇了一跳，忙道：「太子妃身體有些弱，須得好好調養才是，切不可再如此操勞。」更是連道萬幸，虧得有旁人提醒，不然太子妃真這麼操勞一整日，實在不敢想像肚子裡的小殿下還能不能保得住。也對那點醒太子妃的人充滿好奇，這膽量可不是一般的肥。

一句話說得太子夫婦俱皆對李靜文感激不已，虧得這位陳夫人，不然，還真會出大事。

旁邊的李靜文卻早已傻了，連太子妃都不知道她自己懷了孕，那在家裡睡得昏天黑地的兒子又是如何曉得的？

第三十三章　朝政大事

「浣浣，小心些。」太過激動，素來穩重的太子都有些失態，甚而連軟轎都沒讓坐，而是直接著人抬了自己鑾駕來。

太子鑾駕的平穩自然又在軟轎之上，至於說怕不夠軟，太子府裡還缺少軟墊嗎？多鋪些就是，就連四壁都用厚厚的毯子給圍上，天還有些冷嘛，可不要凍著太子妃才好。

瞧著太子扶著太子妃坐上鑾駕揚長而去，潘美雲臉色蒼白，眼淚一串串的就落了下來，便是身形也搖搖欲墜。

潘夫人嚇得忙扶住，咬牙道：「好女兒，可仔細身子，即便她也懷孕了又如何，那裡面可也不知到底是個什麼貨色，只要妳十個月後肚子爭氣生個兒子，太子跟前最矜貴的還是妳……」

話雖這麼說，潘夫人依舊難掩失落——若然太子妃也生個兒子呢？

和潘家人氣氛的低沈不同，李靜文那裡卻是熱鬧得緊，尤其是那些成過親的少婦，對李靜文真不是一般的熱情。

聽說一開始可是連御醫都差點兒沒診出太子妃的喜脈，這位陳夫人又緣何一眼就能看出來，語氣還那麼篤定？

有人猜測，說不好這位陳夫人本身就是杏林高手，又或者就是個有大福氣的人。畢竟，即便醫術再如何高超，怎麼就能第一眼便看出她有孕呢？

以致幾戶娶了媳婦兒一年多還沒見動靜的人家立馬就把李靜文圍了起來，也不賞花了，盡顧著讓自家媳婦兒或者女兒到李靜文眼前轉，那模樣好似李靜文一開口，自家馬上就能多子多孫似的。

直把李靜文給窘得臉都要僵了。天地良心，自己跟送子觀音她老人家真沒有關係，就是兒子說了句夢話呀！

因今天發生的事太多，太子妃及成家人先後離開，潘家又一副看誰都不順眼的模樣，眾人也無心再待下去，匆匆拜了花神後便各自回家。

和來時李靜文一個人都不認識不同，離開時很多人紛紛同李靜文點頭致意。

即便家裡不缺孩子，可這位陳夫人明擺著福緣深厚，能得太子府垂青，說不好日後還有大造化，君不見那御醫方才得了多少賞賜？直接一眼看出太子妃懷孕的這位陳夫人，得的好處還能夠少了嗎？

聽那太醫的話，太子妃娘娘若再繼續操勞，會發生什麼情況還真不好說。陳夫人這可不僅僅是立功，甚而已算是有恩了，能讓太子殿下那般尊貴人物欠下人情，連她那位在外為官的夫君都得跟著沾光不少。

這些人的話自然也落到了潘家人的耳朵裡，潘夫人神情越發冰冷，瞧著李靜文的眼神恍若刀子一般。

旁邊杜氏瞧著明顯坐立不安的李靜文，臉上神情卻是慈愛得緊。「咱們也回去吧。」

李景浩是長子，比李靜文足足大出十歲有餘，這些年來又經過了太多風雨，瞧著人越發老相。反倒是李靜文，在娘家時有秦家兩老寵著，待得嫁人，雖是續弦，偏是被家裡一大一小兩個男人護得跟什麼似的，雖年近三十，卻依舊保有著宛若少女時的嬌美。

杜氏甚而覺得，真是和夫君站在一處，兩人不似兄妹，瞧著倒是父女也差不多了。難得的是正牌小姑子的性情也委實討人喜歡，對自己這對突然冒出來的兄嫂，是真的打心眼裡依戀，從不願給自己夫妻添丁點兒麻煩。只李靜文越是這樣，令得自己夫妻越想多疼她一些。

兩人親暱的模樣果然令得一些想要借李靜文這個筏子巴上潘府的人家腦子清醒了一下，霍然想到聽說之前來時，杜氏出面給李靜文撐過一回腰了，再想到方才神情驚恐、嚇得幾乎癱在地上連道都不會走的雲家老夫人，便歇了去找李靜文晦氣的心思。

殷鑑未遠，還是不要自討晦氣。焉知這李氏連太子妃會懷孕之事都知道，是不是錦衣衛探訪出來後再故意說給李氏聽，好來拍太子妃馬屁的？

李景浩聽了傳言可是一張大冷臉，錦衣衛敢去窺探太子房事？也還沒有這麼閒扯淡！所以說女人們的想像力總是能衝出大周、撼動天際。

至於真的洩漏了這個消息的陳毓，這會兒正候在東苑門外。

從睡夢中驚醒，陳毓恍惚間還以為自己作了個夢，好像夢裡跟娘親說起太子妃有孕的事……一念及此，嚇得陳毓頓時睡意全無，慌忙洗漱後就匆匆趕來東苑門外，迎面正碰上太子的鑾駕匆匆離開，緊隨著其後的是成家的車子，隔著窗帷，陳毓能瞧見布簾動了一下，小七的面容在裡面一閃而逝。

陳毓不覺愈加擔心，若非發生什麼事，小七定然不會拋下娘親一個人離開。

正自徬徨，又一群人走出東苑，在最右邊緩緩而行的，可不正是娘親和舅母？

陳毓小心覷了眼李靜文的神情，倒是不像受到驚嚇的樣子，心終於放下來些，忙快步迎過去。「娘親、舅母。」

「毓兒。」李靜文眼睛一亮，忽然想到之前兒子的鐵口直斷，心不覺一下提了上去。

李靜文的神情太過複雜，陳毓不由苦笑，看來自己之前不是作夢，十之八九是真的跟娘親說了太子妃有孕的事。他剛要開口說話，在察覺某股直勾勾的視線後，猛然回頭。

李昭不及收回眼睛，神情頓時有些尷尬，心裡更是震驚不已。

陳毓的外貌太過耀眼，一出現就令得眾人紛紛詫異。人生得俊也就罷了，更難得的是身上不見一點兒少年人的狂妄稚氣，這麼多貴人面前不見絲毫惶恐，君子如玉的儒雅之外，更有覽遍千山的沈穩，一下就把其他人家前來接家裡女眷的公子哥兒們給比了下去。

如果說用一句話來形容李昭的感覺，那就是鶴立雞群。甚而李昭不得不承認，即便是自己的表哥阮玉海，真是到了這裡，也會被那少年比得泯然眾人矣。

更讓李昭無法接受的是，方才距離李靜文更近些，李昭隱隱約約聽見那少年喊了「娘親」。兩人神情這麼親熱，還是這般稱呼，這少年除了那個當年曾欺負過自己的小惡魔陳毓外，李昭根本沒法做他想，當真說不出自己心裡是什麼滋味。

陳毓護著李靜文上了車，好在這一路上再沒有遇見什麼事。

可李靜文這一路上看陳毓的眼光都有些躲躲閃閃，分明心中有事的樣子……

嚇得陳毓到家後，隨便從桌子上拿了張請柬就一溜煙躲了出去。爹爹說過，自己「未卜先知」的本領便是小七也不能說的，還是給老爹寫封信，讓他頭疼吧。

待走出門外才發現，手裡的這張請柬是趙恩澤著人送來的，反正左右無事，不如就去湊湊熱鬧。

陳毓一路胡思亂想著來到狀元樓，上樓梯時差點兒跟人撞上。待抬頭瞧去，卻是熟人。

可不正是朱慶涵？

朱慶涵明顯也瞧見了陳毓，又比手勢、又抹脖子，一副如臨大敵的模樣。

陳毓愣了一下，這才注意到朱慶涵的前面還有一位年過六旬的老人，並一個面白無鬚的中年人。小侯爺既然這般緊張，想來應是他家長輩，當下回了朱慶涵一個意會的眼神，側身閃避一旁。

正好瞧見趙恩澤正和幾個舉子一同結伴而來，當下微微一頷首。「趙兄。」

趙恩澤也快走幾步，把了陳毓的手臂，笑著回頭對其他人道：「諸位兄台，我給大家介紹一下，這位就是我們江南的解元公，陳毓。」

一時其他人紛紛過來問好，唯有一人不近不遠的站著，瞧向陳毓的面孔很是狐疑。這人竟然也叫陳毓？怎麼和昭表妹定過親的那個小癟三一個名字？

眾人寒暄著往隔壁的房間而去，陳毓臨離開時不動聲色的瞧了一眼始終默然不語的老人。朱慶涵可最是個天不怕地不怕的人物，平日裡連頂頭上司的帳都不賣，怎麼會在一個老人面前這麼小心？

「那是你的朋友？」目送著一眾舉子進了房間，老人緩緩開口。

「是。」沒想到自己背後做的小動作會被發現，朱慶涵頓時惶恐不已。

畢竟是頂級貴人圈裡長大的孩子，朱慶涵平日裡表現得再二，也得分是對誰，面前這位老人可是大周最至尊至重的那位——

大周朝的皇帝陛下。

十二歲登基、十五歲翦除朝中權臣，獨掌大周政權近五十年，其間經歷多少風雨，自來一言決人生死。雖然舅舅一向對自己比對幾位皇子表兄弟還要慈愛，朱慶涵每次見了皇上，依舊和老鼠見了貓相仿。

「你那個朋友，怕是有些不簡單。」沈默了片刻，皇上又道。

之所以會這般說，實在是那個少年的身上有一種奇異的矛盾感。明明瞧著也就十五、六歲的年紀罷了，偏是有著三、四十歲人的沈穩，那般穩重的模樣，捫心自問，即便是

十五、六歲時的自己也不可能做到這般收發自如。

鬧不懂舅舅這話到底是褒還是貶，朱慶涵的心一下提了起來，偷偷向上瞄了一眼，這一看不打緊，心卻一下揪了起來。

這些日子憊賴，鮮少到宮中去，也好些日子沒跟皇上單獨相處了，方才沒注意到，這會兒離得近了才發現皇上瘦了不少，便是印象裡自來銳利的眼光也有些渾濁了。

朱慶涵心裡一酸，上前一步扶住皇上，眼裡神情又是擔心又是難過。娘親早逝，爹爹又常年駐守邊疆，皇上舅舅雖是高高在上，卻是朱慶涵心裡很為眷戀的長輩。

「舅舅，您怎麼瘦了這麼多……」

毫不掩飾的赤誠令得皇上心裡一暖，拍了拍朱慶涵扶著自己時微微有些顫抖的手，語氣有些寂寥。

「無妨，老了，身體自然就會出問題。」

看朱慶涵眼睛都紅了，他不由暗暗喟嘆，不過是偶有看顧的外甥，倒是比幾個兒子都更貼心。

他剛想說什麼又停住，門外響起一陣腳步聲，一直無聲服侍在旁邊的總管太監鄭善明上前一步，打開門，太子周杲和鎮撫司指揮使李景浩正站在門外

鄭善明讓開身，周杲和李景浩一前一後走了進來。

「父親。」周杲略略點了下頭，匆匆上前一步，瞧著老人的神情明顯有些緊張。「您怎

麼出來了？身體可有什麼不適？」

不怪太子這般，前兒個晚上皇上忽然暈倒，還是李景浩連夜去了太子府中，周杲才知道這件事。

雖然李景浩並沒有多說什麼，但會突然宣太子進宮，甚而一向最注重尊卑之別的李景浩無措到差點兒連君臣之間的分際都給忘了，上前拖著太子就跑，明顯說明皇上當時的病情已極為凶險。

「無妨，我的身體我有數。」皇上擺了擺手，明顯不想再提。「既然來了，也別站著了，都陪我坐坐。」

周杲皺了皺眉頭，只得把到了嘴邊的話又嚥回去，小心翼翼的陪坐在下面，李景浩則依舊柱子似的侍立一旁。

朱慶涵也聽說過，每回大比之年，皇上都會微服到外面走一遭，既暗暗考察一下當年舉子的素質，又能傾聽民聲，還是朝政之外的一種放鬆。據說當初輔助皇上十五歲翦除權臣的上任宰相溫慶懷，和皇上的際遇就是這麼開始的。以致這些年來，每年會試後，皇上出來到京城裡舉子雲集的地方逛一圈，簡直成了不成文的定例。

「景浩也坐。」皇上對李景浩招了招手，想要說什麼，神情忽然一僵，李景浩和鄭善明神情都有些緊張，好在皇上很快緩解過來。

周杲臉上擔憂之色更濃，剛想繼續苦求，皇上作了個噤聲的動作，卻是隔壁房間幾個舉子的爭論聲傳來。

「東泰不過蠻夷小國，受我天朝教化，也算識時務——」

「那是，我大周泱泱天朝，自有大國氣度，令得萬國朝服，也在情理之中……」

言辭之間，不免自豪之意。

一番話語無疑令得皇上很是熨帖，神情上的鬱色也消失了不少。

李景浩神情不顯，鄭善明和朱慶涵的神情也跟著放鬆不少。如今皇上體弱，可受不得刺激，這些舉子倒是幫了大忙。

唯有周杲，臉色有些不好看。

不怪周杲如此，實在周杲再明白不過隔壁舉子熱火朝天議論的是什麼——

正是十日前東泰使者來大周朝見的事。

一直桀驁不馴的東泰使者這回竟是少有的溫順，不獨恭恭敬敬的依照要求做足了禮節，更表達了年年來朝之意。話裡話外都充滿了對大周的敬仰，又希望大周允許他們派來學者工匠，以便把大周先進的文化和技藝傳回國內，讓東泰舉國上下都能接受大周教化沐浴。

當然，除此之外，東泰使者還委婉的表達了想要借些銀子花的意思……

和東泰成為鄰居這麼些年，因為邊境問題，兩國一直征戰不斷，東泰還是第一次低頭，即便之前因為行宮大火事件對東泰表示不滿的皇上，這會兒也鬱氣盡消，舉國上下都有一種揚眉吐氣的感覺。

事情傳到民間，令得京都百姓也興奮不已，除了極個別不同的聲音外，幾乎所有人都是樂見其成，甚而有人斷言，這將是大周建國數百年以來最大的盛事，至於能感化得東泰來降的皇上，則必然因為此事成為千古一帝、彪炳史冊……

周杲之所以心情苦澀，乃因為推動了整件事進行並取得這樣輝煌戰果的，正是二皇子周樾。隨著東泰國臣服事件的發酵，周樾賢明、才幹非凡的名聲也越來越深入人心。周樾本就得皇上寵愛，經此事後，聲名無疑達到了一個新的高峰，如果說之前氣勢還弱於周杲，經此事後，不但在朝中聲望和周杲形成分庭抗禮之勢，甚而隱隱有超越周杲的跡象。

以致周杲在上書朝廷表達了對東泰來朝的疑慮後，不獨沒有得到支持，反而被朝中大部分臣子視為嫉賢妒能。

現在這些舉子的話無疑會令皇上認定，接受東泰的臣服乃是民心所向，直接後果則會讓周杲的處境更加雪上加霜。

「皇上是什麼人物？乃是幾百年都出不了一個的聖賢帝王，會有此等盛事自然也在情理之中。」

又一個男子的聲音響起，此話一出，也得到了在座相當多舉子的附和。

周杲益發不舒服，實在是怎麼聽這人都有拍馬屁的嫌疑。甚而懷疑，這人是不是猜到了什麼……

不得不說周杲的直覺極準，說這番話的人可不就是李昭現在的未婚夫阮玉海？

身為潘家的外孫，阮玉海自然聽家裡長輩提起過，每年大比時皇上都有出來遛達，以期借此發現人才的習慣。

雖從未結交過，阮玉海卻識得朱慶涵，能讓朱慶涵都那般小心翼翼伺候著的人，又豈會是等閒人物？更不要說老人身邊那個面白無鬚的中年人，怎麼瞧都像是宮中太監。

若真能偶遇真龍天子，也和皇上來一番君臣際遇，說不好自己會成為第二個穩坐大周相位三十年的溫慶懷。這般想著，阮玉海眼睛在各位舉子臉上溜了一圈，心裡一喜。

便是穩重如趙恩澤，提起此事都是熱血沸騰的模樣，反倒是陳毓和另一個坐在角落裡的書生盡皆緘默不語，看來是有不同意見了？

他當下給旁邊一個名叫祝覽的舉子使了個眼色。祝覽的父親祝紅運正在阮筠的手下做官，這父子倆俱是很會看人眼色的人物，和阮玉海對視一眼，自然立馬領會了阮玉海的意思。

祝覽站起身來，對著始終沈默不語的陳毓抬手一揖。「陳公子貴為江南府解元，一直不曾開口，難不成另有高見？還望說出來，讓我等聆聽一二。」

這番話無疑得到了除趙恩澤等幾個人外，大多數人的贊同。

實在是在座諸位中陳毓年齡最小，卻因為是江南府解元的緣故而名聲最顯，所謂文無第一，武無第二，這些私下裡自詡天之驕子的舉子們表面上不說什麼，心裡卻是沒一個服氣的。更不要說一想到明日就要放榜，所有人全都興奮得緊，多少露出些輕狂的模樣來，反倒是最小的陳毓卻有著非同一般的冷靜，絲毫不見放浪形骸的模樣，身上那股淡定自若的高人風範，無形中把在座所有人都給比了下去。

沒見識過陳毓的本領，這會兒對陳毓表示不服的可不是一個、兩個。

陳毓手捧著茶杯，放到唇邊抿了一口，似笑非笑的瞥了祝覽一眼，似乎能洞穿一切的犀利眼神，令得祝覽臉上得意的笑容一下僵在了那裡。好在祝覽也非常人，很快醒過神來，當下眉眼一挑，意有所指道：「還是陳公子心裡，我等不夠格聆聽你的高見？」

這句話無疑是對陳毓的將軍，若然陳毓依舊保持沈默，除了無形中會被打上傲慢、目中無人的標籤，更是得罪了在座諸人。

「在下得罪過祝公子嗎？」陳毓終於慢吞吞放下茶杯，臉上的表情無辜至極。「即便祝公子看陳某不順眼，又何必非要把在下推到諸位的對立面？」

這祝覽還真是把自己當成孩子來坑了。只古人有言，空談誤國，此言誠不欺我也。

陳毓很清楚，上一世皇上信了東泰人的話，在二皇子的一力推動下，兩國結盟轟轟烈烈的進行著，東泰如願既拿走了白銀，又帶回了先進的工藝，尤其是冶煉業。

相較於手工業發達的東泰，大周冶煉業水平高出他們不是一點半點兒。而冶煉作為和製作武器息息相關的行當，本來乃是國家機密，當時商談時，原本也是把冶煉業排除在外的，不知東泰人做了什麼手腳，竟全都學了去。

第二年皇上駕崩，太子登基，新皇執政兩年後，東泰就故態復萌，揮兵入侵大周。更諷刺的是，彼時雖則凶悍，可一直在武器上弱於大周的東泰，利用學自大周的冶煉術打造出足可以和大周相媲美的武器，以致大周武器上的優勢喪失殆盡，令得東邊半壁江山淪入東泰人之手。

這之後，大周雖然最終收復失地，卻也遭受巨創，以致到陳毓離世，都是處在風雨飄搖之中。眼下大周就要重蹈覆轍，這些自詡當世最有才華的人竟還為之歌功頌德，當真愚蠢之至。

陳毓本就生得俊美，這麼一副無辜的表情迷惑性自然不是一般的強，令得周圍本來站在祝覽的立場上等著看笑話的其他舉子也不免慚愧，深覺這麼難為個比自己等人小那麼多的少年，有失君子氣度。

在座諸位舉子中，祝覽年齡算是大的了，這會兒老臉也有些發紅，只是做都已經做了，要是沒什麼效果，豈不是意味著白白得罪了人還一無所得？

當下呵呵一笑。「陳公子說笑了，學問一途，與年齡無關，就比方說你年齡雖小，不是依舊得了堂堂江南府的解元嗎？江南文風鼎盛世所共知，聽說陳公子又是出自名震大周的白鹿書院，所謂師出名門，且聖人有言，天下興亡，匹夫有責，陳公子還是莫要藏拙，讓我等領略一番白鹿書院高徒的風采。」

言下之意，若然陳毓依舊不開口，不但陳毓本人，便是白鹿書院也是浪得虛名了。竟然連自己師門也給算進去了？

陳毓臉一下沈了下來，便是其他出自白鹿書院的人也都有些惱火，既厭憎祝覽等人的咄咄逼人，又不滿陳毓的默不作聲。

「祝公子既如此說，在下倒是確有幾點拙見。」

猜出朱慶涵那位客人身分的可不只是阮玉海一個，作為和朱小侯爺關係極好的兄弟，陳毓第一時間就瞧出，那老者十之八九乃是天下至尊。

這也是陳毓之前一直有些躊躇的原因，明知道歷史的未來走向，陳毓自然絕不可能違心的對東泰國來朝之事表示贊同。依照上一世的發展，東泰國的陰謀最後得逞了，足可以說明曾經雄霸天下的那位至尊，確實老了，失了這般洞察力。

再怎麼說，自己也不過是一個小小的舉子罷了，於這等軍國大事，根本不可能有插手的餘地。而且逆皇上之意而行，自己舉業沒有著落不算什麼，陳毓就怕會禍及家人。

只不過種種念頭一閃而過後，陳毓心裡卻是很快有了決斷，所謂大丈夫有所為有所不為，上一世一股熱血無處揮灑，這一世無論如何，也都做不到面對即將到來的危難而緘默不言。

覆巢之下，焉有完卵？上一世大周風雨飄搖之時，多少百姓流離失所埋骨荒野？便是見慣了廝殺流血的陳毓都無比惻然。雖然跨出去這一步，不見得能改變歷史，可不做的話，卻一點希望都沒有。既然連重活一世的事情都會發生，焉知沒有其他奇蹟出現？

「古人有言，君子淡以親，小人甘以絕。彼無故以合者，則無故以離。自東泰有國以來，和我大周互為友好之邦的次數還少嗎？可哪一次不是言而無信，朝奉詔令，晚則毀棄。這般背信棄義的小人，又哪裡有半分誠信可言？」

不說前朝，就是大周建國以來，幾乎每隔一、二十年東泰便會以種種藉口妄啟戰端，虧得大周國力蒸蒸日上，即便過程如何艱難，最終都能將東泰入侵者趕出本朝疆域。這麼多次交鋒以來，東泰的本性暴露得還不夠徹底嗎？對方根本就是貪得無厭、見義忘利、厚顏無恥的小人。每每打怕了就投降，可一旦恢復點元氣，又會故態復萌。

「究其根底，東泰根本就是一個毫無禮義廉恥，沒有任何道德底線的蠻夷之地，所謂狼子野心，便是東泰的最好寫照。君不見東泰所做事情有多無恥？不過磕幾個頭、說幾句好話，就想從大周要走大筆銀兩，更妄圖帶走咱們大周最先進的工藝。東泰自來最忌憚的，不就是大周的神兵利器嗎，真是如了他們的心願，說不好，大周用來蕩平天下的神兵就會成為東泰人砍殺大周百姓頭顱的利刃！」

即便不能阻止東泰的陰謀，起碼給那位至尊提個醒，損失些銀兩也就罷了，於大周軍事相關的種種機密，絕不可洩漏給東泰一絲一毫。

旁人也就罷了，一直情緒低落的周杲卻是聽得熱血沸騰，若非聖駕在前，恨不得衝到隔壁，親眼瞧一瞧那位叫陳毓的舉子。

方才從隔壁房間眾人對陳毓的擠兌中已經意識到，那被眾人圍攻的不是旁人，正是成府未來的嬌客、即將成為自己連襟的陳毓。本來對這個家世不顯的未來妹夫，周杲並未抱多大期望，無論如何沒有料到，陳毓會給自己帶來這麼大的驚喜。

連帶的更油然而生一股愧疚。

之前東宮一系也對東泰來朝這件事提出了異議，可之所以如此，更多的原因卻是因為此事乃是二皇子一力促成，東宮屬臣盡皆以為，二皇子會借由此事威脅到太子的地位。

相較於自己的私心，反倒是陳毓這個舉子話裡話外慮及的全是朝廷公義、國家安危。

所謂立得正則行得穩，正是因為陳毓全無私心，才能一眼瞧出禍端根源所在。

這般想著，周杲不覺偷偷看向坐在主位上的父皇，哪裡想到，正好和皇上的視線撞了個正著。

「我聽說，成家有和陳家聯姻的打算？」皇上聲音不大。

周杲頭頂卻是響起一個晴天霹靂，翻身跪倒在地，低低道：「父親——」

周杲內心苦澀之極，父皇竟對自己懷疑到了這般地步，言下之意，認為陳毓是自己特意安排的嗎？

「舅舅。」朱慶涵也忙跟著跪下，想要說什麼，瞧見皇上神情不對，只得把話嚥了下去，小聲道：「舅舅莫氣，身體要緊，那東泰算什麼？也值當得舅舅在意……」

心裡卻是有些不甘。比起其他人為東泰的臣服表示欣欣然，陳毓的話無疑更令人信服。作為一個跟東泰時常打交道的將軍，爹爹就曾經多次背後罵娘，說東泰是餵不熟的狼……

「起來吧。」皇上擺了擺手，意興闌珊之際便想起身離去，不料才站起，身體猛地痙攣起來，若非李景浩及時扶住，差點兒就要栽倒在桌子上。

下一刻更是全身都劇烈的顫抖，眼神也開始渙散。

「父親！」周杲嚇得一下從地上爬起來。

鄭善明臉上頓時一點兒血色也無。

皇上不知為何，已是接連幾日不用那些特製的丸藥了，往日在宮裡也就罷了，這會兒在這裡，怕是要出大事。

朱慶涵呆了下，忽然揚聲衝著隔壁房間道：「毓，快過來！」

記得阿毓身上經常帶些稀奇古怪的藥丸，更因為小七的緣故也頗懂一些醫術。

朱慶涵的聲音太過驚恐，陳毓不及細思，推開門快步走了出來，瞧見陳毓，朱慶涵一把扯過人來，哪知後面還有人跟過來，朱慶涵一看不認得，用力的甩上門。

跟在後頭的阮玉海一個閃躲不及，差點撞到臉，又不敢敲門進去，只得悻悻然回了房間。

饒是如此，他心情還是頗為愉悅的。

陳毓方才的話，倒是和朝中諸多武將看法一致，只可惜那些空有武力的粗人上戰場殺人還行，玩政治卻是差得多，被一眾文官口誅筆伐之下，根本除了叫囂「東泰人全不是好東西」外，再沒有其他更有說服力的觀點。

眼下文臣穩占上風，和東泰結盟已是勢在必行，且皇上都已經點了頭的。陳毓所言分明就是和皇上唱反調，即便隔壁那位老人不是皇上，可只要把陳毓的話傳出去，落到有心人的耳朵裡，自有人收拾陳家。

陳毓這會兒完全沒有心情顧及阮玉海想些什麼，實在是主位上那位老人的模樣——四肢抽搐，甚而整個人都處在一種行將癲狂的狀態中，他頓時倒抽了口冷氣。

這副模樣，可不就和當初在小農莊裡救下劉娥母女時，那出賣了劉娥的工匠鍾四的情形一般？記得當時鐘四說是服用了一種叫「神仙散」的藥物，自己還特意拿了一包交給小七。

「快讓開。」陳毓疾步上前就想過去，卻被周杲和李景浩、鄭善明齊齊攔住。

「這位老人中了毒。」陳毓瞧著李景浩，神情焦灼。

瞧見舅舅，陳毓已然確定犯病的這位老人就是皇上，若自己不趕快出手的話，皇上怕是要跟當初的鍾四一般，表現出種種不堪。雖然不知道在座諸位對皇上發作時的情況知道多少，陳毓卻肯定，真是皇上清醒過來知道自己曾醜態畢露，在座諸人都討不了好去。

「你能治？」李景浩緊盯著陳毓的眼睛。

「我見過。無法根治，但能暫時延緩病情。」他說著瞧向鄭善明。「貴主人是不是經常吃一種東西，吃完後就精神很好，若一陣沒有服用，會渾身不舒服，先是委靡不振，然後痛苦不已，體內猶如萬蟻鑽心、麻癢難當？」

一番話說得鄭善明好險沒哭出來，忙不迭點頭，點了半晌卻又搖頭。

這少年還真有幾把刷子，說的可不正是皇上的情形？

皇上年齡大了，身體越發虛弱，前些年又添了個頭疼的症候，一旦疼起來，便是皇上這般堅毅的性子都受不住。可巧得了那藥丸，嘗試之下倒是神效，吃下一丸身體情形便好得多。只是隨著年齡越來越大，身體不舒服的時候越發頻繁，不得不加重藥丸的服用量。時至今日，竟是一日不可或離了。

只皇上的性子，一生都不曾受制於人，那些藥丸雖是好東西，皇上覺得也不好太過依賴，這幾日就慢慢減少了藥丸的服用。可巧除了每日越發困頓、提不起精神外，頭疼並沒有再犯過，也就漸漸放心，甚而這次已是足足兩日沒碰了。

無論如何也沒有料到，沒了藥丸的壓制，病症就這麼氣勢洶洶的過來了。鄭善明不由暗暗後悔，要是自己偷帶一粒藥丸就好了，皇上也不致如此痛苦……

只少年說反了吧？皇上不是因為吃了藥才如此，而是因為沒吃藥，才壓不住體內猖狂的病魔……

他完全沒注意到，神情處於崩潰邊緣的皇上眼中閃過一道亮光，剛想開口說什麼，卻被體內一波更大的痛苦席捲。

這會兒看鄭善明讓開，周杲立馬明白，陳毓口中所說狀況竟然全說中。他本就先入為主的接受了陳毓這個出身不顯的未來連襟，到此更無半點疑慮，更是認定——怪不得人還沒有考中進士呢，就被大舅子給預訂下來。

「我相信你。」周杲又轉向李景浩道：「讓他給父親診治，出了事情，我一力承擔。」

「讓他，來——」皇上神情猙獰，只覺得腦袋就要炸了，甚而控制不住想要往牆上撞，心知再沒有藥丸的話，自己不定會做出什麼癲狂的事來。當著自己的兒子、外甥和最信任的屬下出醜，是自己絕沒有辦法忍受的。

聽皇上這般說，李景浩也退開一步，瞧著陳毓的眼神卻是頗有些擔憂。若毓兒的手段有效也就罷了，若然無效……

陳毓已是快步上前，手指在周恆身上連點。

不得不說，小七不愧是醫道天才，當時得了自己送過去的神仙散，數月之內就研究出了這道指法，能短時間內抑制身體對那毒物的依賴。可也只是暫時控制罷了，並沒有辦法根除，想要徹底擺脫那種毒物，還須靠自身的意志和毅力。

即便如此，隨著陳毓手勢起落，大約一炷香的工夫，皇上果然不再渾身抽搐，眼神也清明多了，只渾身已大汗淋漓，連說話的力氣都沒有。

「父親，不然先到我府中去？」周杲神情惴惴的上前道。

父皇眼下的情形委實不妙，須得趕緊請人醫治才是，可瞧著父皇發病時的可怖模樣，事關一國之君的威嚴，眼下怕是暫不適合宣御醫前來。

正好太子府距離這裡最近，當是最好的去處。雖如此想，可父子相疑在前，即便皇上這會兒連說話的力氣都沒有了，周杲卻依舊不敢自作主張。

皇上點了點頭，又目視陳毓。「你也一起。」

說完深吸一口氣，站起身。方才痛苦時對陳毓的話體會還不深刻，這會兒清醒過來，憶及陳毓所言，卻是渾身僵硬。陳毓話裡話外的意思，分明指自己以為可以祛除百病的良藥，其實正是自己如此痛苦的源頭。

看皇上想要起身，陳毓忙對周杲道：「公子快扶好令尊。」

周杲愣了下，下意識的伸出手，正好接住腳下虛浮、往旁邊歪倒的父親。

皇上身上委實沒了一點力氣，卻不肯坐下。

若然陳毓所說屬實，也就意味著宮裡早就不安全了，太子府說不好還更安全些。真是如此，自己從前怕是錯疑了太子，當下任憑周杲半摟半抱的扶著自己，並未拒絕周杲的攙扶。

周杲眼睛一下紅了，已經多長時間，父子沒有這麼親近過了？便是皇上偶爾到太子府去，別說父子坐下聊天，父皇連府裡的茶都不曾喝過一口，眼下卻肯這麼依賴自己……

想著忽然道：「父親，我揹您——」聲音已是哽咽。

「不用。」能感覺到兒子激動的情緒，皇上心裡也有些發熱，依舊搖了搖頭。眼下自己心裡也是亂得緊，明白自己的行蹤十之八九也在有心人的掌握中，當此之時，更要事事慎重，無論如何不能讓人瞧出一點破綻……

又過了片刻，皇上覺得自己精力終於恢復過來，應該不至於被看出些什麼，這才第一個走出房間。

出得門來，正好瞧見阮玉海探頭探腦的身形。

阮玉海也沒料到，會和那老人正面相對，嚇得一激靈。

皇上也不理他，徑直往樓下而去，後面周杲等人跟著出來，走在最後面的正是陳毓。

看著一行人離開，阮玉海有些氣悶，卻也無可奈何，只能眼睜睜的瞧著他們上車而去。

——未完，待續，請看文創風448《公子有點忙》4（完結篇）

2016年7月出版

丫鬟不好追

文創風 427～428

身為爺的丫鬟，煩心事一堆，好在好事也不少，
不僅能跟著遊山玩水，結識了位吃葷的美和尚，
還和分離多年的弟弟重逢，但……這其中不包括陪主子調情吧?!

大宅裡藏心計，風雨中現情深／青梅煮雪

顧媛媛怨嘆啊，上輩子是個小學老師，穿越後竟被賣到大戶人家當丫鬟，
說起這江南謝家，富貴無人比，連謝家大少也霸道得很徹底，
使喚她當他的專屬廚娘，把吃貨本色發揮得淋漓盡致。
不過她沒料到這只會吃的圓潤小子，長大後竟成了個英姿挺拔的美少年！
他身邊桃花不斷，他皆不屑一顧，只對她情有獨鍾，
她這模樣看在其他人眼中，無疑成了欲除之而後快的眼中釘，
大夫人和二小姐對她不喜，丫鬟使計爭寵，各家貴女虎視眈眈。
她努力置身事外，誰知卻換來他一句——以為忍氣吞聲就可以享一世安然？
身在異世，無枝可依，她一路戰戰兢兢，不就是為了保自己無虞？
但她其實也明白，早在不知何時，她便已交心於他，
以往都是他擋在她前頭，許是這回該換她賭一把……

為流浪貓狗加油 和貓寶貝 狗寶貝

廝守終生(一定要終生喔!)的幸福機會

對人來說，貓寶貝狗寶貝只是生活的一部分，
但妳(你)對牠們來說，卻是生活的全部，領養前請一定要考慮清楚——

▲ 愛黏人的小蜜糖 Miffy

性　　別：女生
品　　種：米克斯虎斑
年　　紀：約6或7個月大
個　　性：活潑、親人，喜愛磨蹭人
健康狀況：未結紮、已打四合一疫苗
目前住所：桃園市龜山區

本期資料來源：台灣認養地圖

『Miffy』的故事：

我與Miffy的相遇是在五月某個涼風徐徐的傍晚。

那天好不容易準時下班回家，打算去超市採買鮮食，準備施展廚藝大快朵頤一番，忽地發現一隻小小的身影在周圍的人行道與店家閒逛，完全不怕生的牠趁客人進門的瞬間溜進超市與店家，帶著好奇心一步一腳印地探索這陌生的世界。只見一臉無奈的店員不斷將Miffy請出店外，免得影響到店裡消費的客人。附近都是車水馬龍的道路，我生怕牠遭受意外，將牠抱起送到超市隔壁的動物醫院檢查是否有植入晶片。很遺憾的是，Miffy身上並沒有晶片；但牠身體健康，個性又不怕生，讓人無法確定Miffy到底有沒有主人。

後來等了好一陣子，都沒有主人與我聯繫，只好先將Miffy從動物醫院接回照顧。活潑好動的牠，有極好的彈跳力。喜歡玩鬥貓棒、追著雷射筆的光點跑，也喜歡藏在窗簾後面跟我玩躲貓貓。Miffy充滿了活力與朝氣，每天一早看到牠心情都會非常地好呢！但我的工作十分忙碌，經常到國外出差，無法好好照顧黏人親人的Miffy，所以希望能尋找一位可以好好陪伴牠成長的主人。

Miffy對人十分依賴，是一隻非常可愛的小淘氣，希望牠能成為你／妳的家人，為你／妳帶來歡樂、幸福與感動～～歡迎來信 gortexlin@gmail.com（林先生），主旨註明「我想認養Miffy」。

認養資格：

1. 認養者須年滿20歲，有獨立經濟能力，並獲得家人、同住室友或房東的同意。
2. 須同意簽認養寵物切結書。
3. 同意送養人日後之追蹤探訪，對待Miffy不離不棄。

來信請說明：

a. 個人基本資料：姓名、性別、年齡、家庭狀況、職業與經濟來源等。
b. 想認養Miffy的理由。
c. 過去養寵物的經驗，及簡介一下您的飼養環境。
d. 若未來有當兵、結婚、懷孕、畢業、出國或搬家等計劃，將如何安置Miffy？

公子有點忙 3

國家圖書館出版品預行編目資料

公子有點忙 / 佑眉著. --
初版. -- 臺北市 : 狗屋, 2016.09
冊 ; 公分. --（文創風）
ISBN 978-986-328-636-3（第3冊：平裝）. --

857.7　　　105012849

著作者　佑眉
編輯　黃暄尹
校對　黃亭蓁　許雯婷
發行所　狗屋出版社有限公司
地址　台北市104中山區龍江路71巷15號1樓
電話　02-2776-5889～0
發行字號　局版台業字845號
法律顧問　蕭雄淋律師
總經銷　知遠文化事業有限公司
電話　02-2664-8800
初版　2016年9月
國際書碼　ISBN-13　978-986-328-636-3
原著書名　《天下无双（重生）》，由北京晉江原創網絡科技有限公司授權出版

定價250元
狗屋劃撥帳號：19001626
網址：love.doghouse.com.tw　E-mail：love@doghouse.com.tw